藏　　家

许海涛　著

陕西师范大学出版总社

图书代号　WX20N2093

图书在版编目（CIP）数据

藏家／许海涛著. — 西安：陕西师范大学出版总社
有限公司，2020.12
ISBN 978 - 7 - 5695 - 1996 - 9

Ⅰ．①藏… Ⅱ．①许… Ⅲ．①短篇小说—小说集—
中国—当代 Ⅳ．①I247.7

中国版本图书馆 CIP 数据核字（2020）第 209071 号

藏家
CANG JIA

许海涛　著

出 版 人	刘东风	
责任编辑	徐小亮	
责任校对	刘　定	
出版发行	陕西师范大学出版总社	
	（西安市长安南路 199 号　邮编　710062）	
网　　址	http://www.snupg.com	
印　　刷	西安国彩印刷有限公司	
开　　本	710mm×1000mm　1/16	
印　　张	16.25	
插　　页	2	
字　　数	260 千	
版　　次	2020 年 12 月第 1 版	
印　　次	2021 年 2 月第 3 次印刷	
书　　号	ISBN 978 - 7 - 5695 - 1996 - 9	
定　　价	49.80 元	

读者购书、书店添货或发现印刷装订问题，影响阅读，请与营销部联系、调换。
电话:(029)85307864　85303635　传真:(029)85303879

窥望（自序）

　　马家窑村旁的大陵，是我的瞭望之地。

　　马家窑村东半里，蹲踞大陵。南一箭远，"藏掖"殡仪馆——半坡上，崖势和树木掩着，真像藏着掖着呢；老早时候是乱葬坟，杂乱拥挤，像大杂院。北二里，与王车村连畔种地。王车村，乃"王"曾驻辇之地。哪一尊"王"？没人说得清白。西，隔公路，与黄家窑村相望。跟马家窑一样，老早时候，黄家窑也是乱葬坟。

　　马家窑咋这样憋屈，让鬼魂围了？

　　大陵下，乱葬坟中，殡仪馆里，都是鬼魂啊！

　　先有大陵，后有乱葬坟，再后有马家窑，最后才有殡仪馆。

　　有位姓黄的洛南长工，扛活安了身，依二道原旋窑安家，遂有黄家窑。姓黄长工的同村乡党，姓马的，扛活也安了身，平地凿穴，穴内旋窑——这样的窑叫地坑窑——便有了马家窑。黄家窑坡势陡，可旋窑；马家窑坡势缓，旋不得。咋不盖房呢？

　　原上有的是黄土，长工有的是力气啊。

　　活人与鬼魂睡在一搭，怕不？

　　洛南遭大灾，逃不出来，死；逃出来，生！死里逃生了，还怕啥？窑里容了身，往前推日子。

我爷为啥在乱葬坟置地安家？

我爸说道："做买卖不稳当。先人说，原上黄土厚，庄稼旺，日子稳当些。"

在地里做得直不起腰，我爸怨道："稳稳当当下笨苦啊。"我跟在我爸后头，也做得直不起腰，想去问我爷："放着城里的舒坦日子不过，咋让后人受这个罪？"

往哪儿问我爷？我降生马家窑的时候，我爷已经睡在黄土深处的黑堂里了。我爷花了多少钱，买谁的几亩旱地，我爸不知道。我爸说道："你爷说，往东北方向走四百里，过黄河，进山西，那儿是咱的根。"

山西啥地方？

我爸答不上来。

我爸只记得他生在河南街；只记得他长在谷家巷，在窄窄的巷子里滚铁环；只记得我爷的买卖是租赁花车，像如今的豪华婚车，却鲜有"发市"；只记得我爷给他吃猪尾巴，一手油，一嘴油，再没有那样的香了……我爷卖了花车，做起了卤肉的营生；只记得他在果子市上小学，果子市有果子铺、棉花铺、粮食铺、油铺……

我们的根在哪里，我爸记不得了。

我长大了，不知道我们的根在哪里。

我儿子降生了，更不知道我们的根在哪里。

天色清朗空明，爬上覆斗顶——大陵像巨大的覆斗——我四面瞭望。南面，长长的、大大的山像挪移了，云雾缭绕，就在眼前，纵身跳，能跳到云彩上。云彩一朵又一朵，驮得了马家窑村七十七口人。挖地坑窑的马爷，佝偻腰，吭哧吭哧也爬上了覆斗顶，将一将被风吹乱的白胡子，指点着白云，对我说道："东南那一大坨白云底下，就是洛南，我屋在柴峪沟，沟里的野毛栗子，又面又甜……"我没有被野毛栗子诱惑，还是专心找河南街。正南，河的南岸，数不清的村庄，我难以确认哪一座村庄是河南街。我又找谷家巷。谷家巷在河的北岸，咸阳城里，街巷纵横，房屋鳞次栉比，我难以确认哪一条巷子是谷家巷。我朝东面瞭望，想看见黄河，更想看见黄河对岸的山西，却看见一疙瘩又一疙瘩大陵。我瞭望西面，又看见两疙瘩大陵。大陵间，散落大大小小的村庄。我爸说道："刨到根儿上，马家窑只有七户人家。"这个根儿，指马爷挖地坑窑后的十年间。之后，实行集体

藏家

化，再没有人家迁徙来。再之后，1976 年，迁移了些半坡的乱葬坟，有了殡仪馆。

之前呢？

七户人家落户马家窑之前的根呢？

除马爷记得清他出生在柴峪沟外，其他人，说得清的只是遥远的县名。村名呢，像离离原上草，被野火烧光了。

我迷茫。

我爸说道："活下来的就是根！"

我不这样想。我想，根在深处，在黑暗里，像草的根，树的根，庄稼的根。

朝北面瞭望，还是山，与南面的山一样，我不知道山的名字，像旁人一样，叫南面的山南山，叫北面的山北山。北山的山梁，朝一个方向攒着劲儿，那劲儿似乎把控了每一块山石、每一棵树、每一株草，甚至每一朵云，从四方朝中央一浪一浪奔，猛然间，拔高，凸起，直直向上，像高高擎起的火炬，直插云天。

一回又一回，一年又一年，我爬上覆斗顶瞭望，瞭望……瞭望到了什么？河南街从没有得到过确认。谷家巷也从没有找见过。从未望见过黄河。从未望见过黄河对岸的山西。只看见一疙瘩又一疙瘩的大陵，大陵间散落的村庄，不变样儿的咸阳城……

西北风吹着，东南风吹着，我一天天长大了。

到了该知道的年龄，我知道了南面的山叫秦岭，河南街和谷家巷之间的河叫渭河。我知道了大陵叫作延陵，赵飞燕、赵合德姊妹俩侍奉的汉成帝刘骜埋在覆斗下。我知道东北方向一疙瘩又一疙瘩的大陵，是康陵、渭陵、义陵、安陵、长陵、阳陵，西面的两个大陵是平陵、茂陵。这些陵下，埋的都是刘骜家的人，有他的长辈，也有他的晚辈。我知道了二道原叫作五陵原。南山和北山间，东西八百里，叫作关中。我知道了北面的山是九嵕山。"火炬"顶端，是昭陵，埋葬着李世民。我知道了昭陵西北方有乾陵，埋藏武则天和她的丈夫李治。昭陵东，绵延二百多里的山势间，有献、定、桥、泰、建、元、崇、丰、景、光、庄、章、端、贞、简、靖十六座唐陵。陵下，埋的都是李世民一家人，有他的长辈，也有他的晚辈。

有人说，刘家的陵下，是刘家的根，李家的陵下，是李家的根，都像大树的根，深深扎在黑暗里，看不见。还有人说，那不仅仅是刘家的根、李家的根，还是更多人的根，民族的根。

他们说的似乎不错。

九十三岁的马爷死了。他唯一的愿望是把他埋在洛南的柴峪沟……马爷的儿子、孙子、重孙子都无法满足他的愿望。马家窑一百二十二口人也无法满足他的愿望。这时候，马家窑已经一百二十二口人了。即使埋在火葬场东墙外的乱葬坟，为他堆起一疙瘩黄土，立一方青石的墓碑，这样原始的想法也实现不了。乱葬坟早已不准许土葬，最后，终于……马爷被推进了火化炉，高高的烟囱冒出浓烟，向东南方飘去，飘向秦岭……我望着飘游的白云，默默祷念："马爷，风长眼呢，你会回到柴峪沟！"

马爷的根在柴峪沟吗？

像草的根、树的根、庄稼的根，柴峪沟地下的黑暗里，有马爷的根吗？

在河南街，在谷家巷，在黄河，在黄河对岸的山西，在土地深处，黑暗里，像草的根、树的根、庄稼的根，有我爸、我、我儿子的根吗？

我想看见！就像我爬上覆斗顶瞭望，想看见与从前有关的一切。

王车村北二十里，一院幸存的老宅里，我看见了上千幅"容"，色彩鲜艳，神情端庄。"容"是先人像，老早时候，悬挂在中堂，或是祠堂。

在辘轳把巷的一座老房里，我看见了三百多枚印章，铜的、骨的、玉的、寿山石的、象牙的、黄杨木的……从战汉到民国，跨度两千多年。辘轳把巷与谷家巷隔一条大街。爬上谷家巷口的楼顶，我望见了马家窑，望见了汉成帝延陵。马家窑像一枚草叶。汉成帝延陵像一粒土坷垃。

在渭河南岸一个叫作六村堡的村子，我看见了上万枚瓦当，有云纹的、水涡纹的、树叶纹的，有刻"汉并天下"的，有刻"长乐未央"的，有刻"上林"的……我问主儿家咋有这么多，他笑道："这儿是汉城遗址，这些瓦当都是咱先人房檐上的呀。"还有陶的猪、牛、羊、鸡，陶的粮仓、灶、釜、盆、瓮……他说道："这些都是咱先人的家当啊！"

在秦岭北麓，一个叫作南五台的地方，我看见了近万根拴马桩，有辈辈封侯的，有太狮少狮的，有胡人驯兽的……五六百年、三四百年流传下来，挺立旷野，像兵马俑巍巍方阵一般震撼人心！主儿家说道："拴马桩不光用来拴马，还是咱庄户人家的华表呢！"

在黄河岸边，距离鲤鱼跳龙门不远，一个普通的庄户人家，我看见了五万多本老书。早的到明代，晚的到"文革"，堆垒满屋，难以插足。主儿家不善言语，见我惊诧地喊叫，只咧嘴憨憨地笑……

在五陵原，在关中，在山西，我还看见了五千多份老契约、三千多幅老绣品、两千多套老皮影、一千多本老课本、八百多本老日记、五百多帧老照片、三百多张老条案……

哎呀，数不清的老器古物，在数不清的人手上。

他们在干什么？

寻根！

寻得到吗？

能！

他们说，寻到了先人的一幅画、一行字、一枚印、一件家当，就寻到了根。

这，这算寻到了根吗？

他们说，算啊！一幅画、一行字、一枚印、一件家当，像根须，传到如今，还活着，意味着根还活着啊！

根还活着吗？

一叶窥秋，窥斑见豹，一幅画、一行字、一枚印、一件家当，就是叶，就是斑！

于是，我成为他们的徒弟。

他们被唤作"跑家"，深潜乡下，挨门进户搜罗先人的遗存，早的，更早的，老早的，更老早的先人遗存，越早越欢喜，越老越珍爱。跑得久了，跑下了规模，便被尊为"藏家"。

一丝丝根须在藏家手里聚拢，滋养起一条庞大的根系，滋养我的干渴和迷茫。

我不再爬上覆斗顶瞭望。瞭望给我的，只是迷茫和叹息。

我开始窥望。窥望一幅画、一行字、一枚印、一件家当，像透过孔隙，窥望我爸、我、我儿子的根，马爷的根，马家窑的根，黄家窑的根，王车村的根，刘家的根，李家的根，乱葬坟下的根，或许，一个民族的根……

2020 年 4 月 4 日

目录

皇后之玺

一

忠良不是个灵灵娃，却是个眼窝里有水水儿的娃。

一样啊，都坐在娘娘庙里，听佘老师高一声、低一声溅着唾沫星子讲，灵灵娃听过，念得溜儿，写得端，背得顺；不一样啊，忠良念得磕磕巴巴，写得歪歪扭扭，背得前言不搭后语。

一样啊，放学了，都奔出娘娘庙，往东南，越过高干渠三尺宽的小桥，往狼家沟跑，肚子饿很，回屋吃饭呀；不一样啊，忠良奔出娘娘庙，越过高干渠，却往西跑，一眼没留神，不见了影儿！

忠良跑到哪儿去了？

他的宝库。

他的宝库在哪儿？

渠里。

高干渠吗？

高干渠，上宽下窄，七八米的口，三四米的底，深四五米，横亘在半塬上。一渠大水由西向东，浩浩汤汤涌流而来。

忠良他爸说道:"那不是渠,是水龙,给塬上的龙供水呢!"

忠良不解,仰脖子问他爸道:"塬上有啥龙?"

忠良他爸赏给忠良一颗"毛栗子"——弯曲食指在忠良的小脑袋上点敲一下——吼道:"书念到狗肚子去了,塬上的冢疙瘩哪一个不是龙?长陵埋的是老龙,剩下的都是龙子龙孙!"

忠良嘟囔:"佘老师又不教这……"

忠良他爸扬起手,又要赏"毛栗子",忠良闪开了。忠良他爸笑道:"狗日的,敲灵了!我一天书都没念过,咋都知道了?人活世上,耳朵要扯长,眼窝里要有水水儿……"

忠良知道,他爸要开谝了!忠良就势圪蹴下,双手托脖子,仰望坐在板凳上的他爸。忠良他爸谝道:"听着,长陵埋的龙是高皇帝刘邦,安陵埋的龙是孝惠皇帝刘盈,阳陵埋的龙是孝景皇帝刘启,茂陵埋的龙是孝武皇帝刘彻,平陵埋的龙是孝昭皇帝刘弗陵,渭陵埋的龙是孝元皇帝刘奭,延陵埋的龙是孝成皇帝刘骜,义陵埋的龙是孝哀皇帝刘欣,康陵埋的龙是孝平皇帝刘衎。还有个霸陵,在灞河边儿上,埋的龙是孝文皇帝刘恒;还有个杜陵,埋的龙是孝宣皇帝刘询,在长安县。狗日的货,记下了么?"

"记下了刘邦和刘盈,剩下的没……"

"脑袋里咋像塞的是石头?你赵伯给我只讲了一遍,我就记下了,一字不落!爸再给你讲一遍。"

忠良他爸又讲了一遍。不等他爸问"记下了么",忠良抢先问道:"我赵伯做啥呢?"

忠良并不是想知道他赵伯做啥呢,只是不想让他爸再问"记下了么"。每回,只要提起赵伯,他爸就"飞谝"开来,顾不得再考问他。果然,忠良他爸中了"狗日的货"忠良的"计","咔咔"咳两声,挥一挥手臂,谝道:"你赵伯在西安城做大官呢!民国三十三年,我二十一岁,那一年秋天,我担扁担,领着你爷,牵着你婆,从商县老家的山沟沟跑出来,遇见的第一个贵人就是你赵伯!"

为啥从商县老家跑出来?

这是忠良他爸常谝的,每回的言辞都是这样:"填不饱肚子啊!听山外头来的人讲,山外头白面蒸馍、大老碗擀面尽饱咥!树挪死,人挪活,有好地方不奔，为啥一辈子窝在山里头？"

赵伯怎么就是贵人了？

这也是忠良他爸常谝的，每回的言辞都是这样："二百多里路程，你婆你爷腿脚不好，走得慢，走了十几天，一路走，一路要，要不下了，揪野果子哄一哄肚子。出了山，走到了蓝田县五里头村，遇见了你赵伯。你赵伯是大善人，给了我一块钱！别小看一块钱，袁大头啊，吹一下，放在耳朵边，'嗡'地响呢！"

赵伯为啥要给一块钱？

这才是忠良他爸最常谝的，每回的言辞都是这样："我眼窝里有水水儿啊！五里头村有一片坟地，栽了好些柏树，黑森森的。坟地里头有空房子，有钱人上坟摆祭用的。黑间没处去，咱一家人就歇在空房子里。第二天早起，我要屙屎，瞅在哪儿屙，不想屙在人家坟地里。白睡了人家的地方，不能臭了人家的先人啊！空房子东，百十步，有沟道，我就在沟道里屙。刚圪蹴下，草窝窝里头爬出一条绿长虫，冲我来呢！我赶紧提了裤子，上到沟道的半崖上，那一块是干垎。屙完，没啥擦沟子，我就势在崖上掰了块干土蛋蛋儿，嘿，跟着干土蛋蛋儿，掉出来个小瓶瓶儿！瓷的，大肚子，小口口，刚能攥到手心，青颜色，跟天一样的青，好看很！我提了裤子，在崖上刨了一阵子，啥啥儿没有了！离了坟地，上了大路，朝西安赶，碰着的第一个人就是你赵伯。你赵伯一身制服，提了个包包，神气得很，一看就不是凡人。我朝你赵伯行礼，说道：'行行好，赏一碗饭吃吧，我爸我妈两天没吃饭了！'你赵伯是善人，不嫌弃要饭的，掏出两张零票票儿给了我。我从包袱里摸出那个小瓶瓶儿，递给你赵伯，说道：'拾了个这，你要不？'你赵伯拿过小瓶瓶儿，看了又看，问我：'你在哪儿拾下的？'我指了坟地。你赵伯说道：'请你带我去看。'你赵伯到底是斯文人，对要饭的，都说'请'呢！看了，又刨了，还是啥啥儿没有。你赵伯给了我一块钱，说道：'这个小瓶儿我要了。我的钱不多，这一块大洋你先拿着。你眼窝里有水水儿！今后再捡拾到老东西，到西安书院门里的碑林找我，我姓赵。'"

啥是眼窝里有水水儿？

这更是忠良他爸最常谝的，每回的言辞都是这样："这辈子，我眼窝里最有水水儿的一回，是寻着了狼家沟！白面蒸馍、大老碗擀面的话不假，那是人家的日子呀！咱巴掌大一块地方都没有，凭啥白面蒸馍、大老碗擀面？得有一块子安身的地方呀！西安城里没咱的。西安城四方的村子，一个萝卜一个坑，也没咱的。有人给我说，渭河以北的塬上，缺水，人稀，兴许能安顿下。我坐船过了渭河，到了塬上，一样的啊，一个萝卜一个坑，还是没咱的地方！我瞅见一架骡子大车正爬坡，赶车的鞭子抢得山响，牲口蹄子刨得冒烟，还是爬不上去。我奔上去推，使了浑身的劲，推动了，大车上了坡。大车是财东的。财东给我说，塬畔畔有一条沟，有狼呢，你要有胆，住到那沟里去。咋没有胆？山里头的豹子我都不怕，还怕狼！这条沟本来没名字，狼家沟，还是我起下的呢！我跟你赵伯有缘，刚在狼家沟安顿下，就跟你赵伯打上交道了。"

打上了啥交道？

忠良他爸抽两口旱烟，满脸兴奋，说道："咱这三孔窑洞，我一镢头一锨旋下的。旋这个大窑，旋出来个铜家伙，像锅，锈得发绿呢，卖铜都没法卖。我想起了你赵伯，寻到书院门里的碑林，给他了。他又给我了一块大洋，还领我咥了一碗羊肉泡馍，又说我眼里有水水儿。咱屋在狼家沟立住户后，南山里跑出来的，北山上下来的，'河南担'拖家带口的……隔一阵子一家，都在狼家沟安了窝。柞水来的老陈家，旋窑的时候，旋出了好些陶牛、陶猪、陶马，要砸呢，我拦挡住，给你赵伯拉去了，半架子车，来回两天，你赵伯给了一块五毛钱。"

"咱没地，爸得有个营生啊！爸做上了小买卖——摇拨浪鼓，当货郎。本钱？你赵伯借给我了五块钱！货在哪儿？城隍庙，九里三，各样买卖在里边；上自绫罗和绸缎，下至牛笼与马鞭……女子娃的红头绳，男子娃的玻璃球，老婆子的铜顶针，老汉的旱烟锅……西安城隍庙大集上，啥啥儿都有！在哪儿卖？塬上啊！从长陵到平陵，四方邻近村子的男女老少，谁没听过爸摇拨浪鼓，谁没买过爸的货？爸不光卖，还换呢！一个'猫儿头'换六根针，一个陶马换三个糖丸，一堆子铜箭头换一把旱烟，一把铜剑换一条马鞭子……换下的'猫儿头'最多，好几十呢！换下的东西咋办？都给你赵伯了！你赵伯每回都说：'你眼里有水水儿！'"

"跑了三年多，账还完，挣了二十八个袁大头！瞌睡来了，就有枕头。我正寻思着置办二亩地呢，共产党得了天下，给咱分了八亩地，平展展的好地啊！我不摇拨浪鼓了，一心一意种庄稼，往后的日子，嚼白面蒸馍，咥大老碗擀面啊！"

二

高干渠是水龙。忠良的宝库却不在高干渠里。

在啥渠里？

间隔三五里，高干渠有抽水站和斗门。抽水站把高干渠的水抽上塬，往北，给塬上的"龙"供水。斗门，只须摇起闸门，水往低处流，进入支渠，往南，灌溉半塬和塬下的土地。

忠良的宝库在支渠和小渠里。

支渠，东距高干渠三尺宽的小桥不到一里；北，离娘娘庙过一里，不到一里半；南，直直地通往三四里外的刘家沟。刘家沟和狼家沟连畔种地，却是窑店公社地面。狼家沟属韩家湾公社韩家湾大队。小渠在斗门之南三百米，支渠向西开口子，浇灌狼家沟半塬上的二十亩地。小渠三尺宽，二尺深，长满了扒地草。

宝库里的宝贝是啥？

泡钉子！

泡钉子应是圆盖儿的。忠良他爷躺在棺材里，钉棺盖的时候，用的就是泡钉子，圆盖儿。那年，忠良六岁，泡钉子被砸得"咚咚"地响，把棺盖钉得死死的，他爷再也出不来了……忠良哇哇地哭了，扑在棺盖上，不许大人再砸……

渠里的泡钉子，却是方盖儿，四四方方，厚实，比钉他爷棺盖的泡钉子厚得多，钉身也长得多。可惜的是，渠里的泡钉子都锈镴了，有的碰了手，掉渣渣呢。

锈镴的泡钉子咋到了渠里？

用不着想！

麦收了种玉米，玉米收了种麦。平地种麦和玉米，坡地种稻黍和豆子。鸡啄食，狗撵鸡。这些都是天使下的，用得着忠良想吗？

泡钉子天使下就在渠里。

忠良眼窝里有水水儿，看见了，拾回屋了！旁的娃娃咋看不见？

旁的娃娃都是灵灵娃，书念得溜儿，字写得端，课文背得顺，放了学，一溜烟就跑回去了！忠良在渠里磨蹭，磨蹭到天黑，他爸就顾不得考问他，顾不得给他赏"毛栗子"了。磨蹭着做啥？弄草。荠荠菜冒出来了弄荠荠菜，灰灰菜长上来了弄灰灰菜，枸杞芽逬出来了弄枸杞芽……这些草，不单能喂猪，人还能吃呢！忠良第一回弄了草回去，天麻麻黑，他爸骂："狗日的跑到哪儿撒趸去了？"扬手要赏"毛栗子"。忠良把一抱草塞到他妈怀里，喊道："我弄草去了！"他妈拦挡住他爸："娃大了，知道弄草了！"他爸落了手，嘴上却不饶，叫道："弄草？胡屙逛荡呢！"

有一天，到支渠里弄草，拔起荠荠菜，带响了一堆泡钉子。忠良不弄草了，只拾泡钉子，不少呢！忠良的靛蓝大布书包里，装了个黑大布的袋子，专用来装草的。一时儿，拾了多半袋子，沉，提不动了。忠良提一会儿，歇一会儿，抱一会儿，歇一会儿……到了屋，天黑定了。他爸骂："天黑成啥了，你弄的哪门子草？书念不进去，胡屙逛荡得倒美！""哗啦"一声，忠良把黑布袋子里的泡钉子倒在窑门边，喘着粗气说道："拾了这么多泡钉子！"他爸捡起一个泡钉子，凑到厨房的煤油灯下看了，瞥一眼忠良，模样不凶了，暖声说道："瞎猫碰了个死老鼠，瞎雀箍了个好谷穗。快吃饭！"

瞎猫总不能老是碰上死老鼠，瞎雀总不能老是箍上好谷穗。忠良却能，除过渠里淌水的时间，多多少少，几乎每天都能从渠里拾到泡钉子！

泡钉子拾不完？

拾不完！

麦割了又能长出玉米。玉米砍了又能长出麦。鸡能下蛋，蛋又变鸡。天使下的——斗门摇起，高干渠的水涌向支渠，斗门落下，支渠里的水干了，泡钉子又冒出来了！

忠良他爸卖过六回泡钉子，最多的一回，卖了五块八毛钱；最少的一回，卖了三块九毛钱。六回，满共，卖了二十七块三毛钱。

这还不算里头的麻钱儿！

还有麻钱儿？有！麻钱儿是钱，却是废钱，当下用不成啊！忠良拾了麻钱儿，跟泡钉子混在一起，倒在窑门边。忠良他爸吼道："泡钉子是铁，麻钱儿是铜。铁是铁的价，铜是铜的价！"

星期日得了空，忠良蹲在泡钉子堆边，把里头的麻钱儿一枚一枚拣出来，另放作一堆。忠良他爸只卖给收破烂的泡钉子，却不卖麻钱儿。忠良问，忠良他爸瞪一眼忠良，吼："急啥？"

忠良他妈瞪他爸："少给老二喊，老二给屋里出力了！"

忠良他爸笑了，绵声说道："狗日的，眼窝里也有了水水儿，是出了些力！"

二十七块三毛，1968 年，一笔大钱啊！

三

就像一季庄稼收成不好，这一水过后，闸门摇下，泡钉子没长出多少，稀得很。麻钱儿也稀得很。

水过后三天，渠里还湿软得很。忠良脱了鞋，赤脚在渠里走。脚上是新鞋，千层底儿，白布裹边，黑灯芯绒面，他妈在煤油灯下熬出来的。他妈说道："开学上四年级，完小毕业，我娃就成人了，穿新鞋，精神，体面！"

之前，忠良没穿过新鞋，脚上套的，都是老大忠喜穿剩下的。不光鞋，袄儿和裤儿，都是。

忠良把新鞋和书包放在斗门的水泥台子上，进入支渠，一脚一脚往南走。水淹过，旺盛的扒地草和毛毛草倒伏了，赤脚踏在上面，脚心痒痒的。黄泥从脚指头缝隙淤出，像钻了毛毛虫，绒绒的，颤颤的，说不出来的舒服。走了好一程，零零散散，只拾了二十多个泡钉子，三个麻钱儿。忠良嘟囔："狗日的，都跑到哪儿去了？"

到了小渠开口的地方，突然，渠岸上茂盛的毛毛草丛"嗖嗖"地晃动起来！忠良跃上去，抡起黑大布袋子，砸向草丛。唉，袋子里的泡钉子和麻钱儿太少，没分量，感觉砸中了，却不顶事，眼看着一只大灰兔跃下渠岸，一纵一跳，眨眼间，没入了玉米地！浇过了水，玉米苗起了身，比忠良高，哪还看得见兔子的影儿？

忠良急喘气，嘟囔："泡钉子拾不下，兔子也砸不中！"

忠良砸中过野兔的。黑大布袋子里装了小半袋子泡钉子，有分量，眼疾手快，第一下，把野兔砸了个趔趄；第二下，把野兔砸晕了；第三下，把野兔砸死了！天擦黑，忠良右手提黑大布袋子，左手提大野兔，进了院子，他爸看见了，惊叫道："好我的儿呀，你咋给咱提回来个这？"

"砸的！"

忠良放下黑大布袋子和大野兔，仰望他爸，悲壮而又自豪。

"砸的？用啥？"

"泡钉子！"

"胡诹啥呢？兔子蹿得那么快！"

"反正砸中了！"

忠良他爸提起兔子，举高到眼前，上下看了，又摸了摸兔子的大肚子，叹道："真是瞎猫碰了个死老鼠，瞎雀箍了个好谷穗，这个兔子快生兔娃儿了，跑不动！"

不管是死老鼠，还是好谷穗，反正是一锅肉，一家人美美地咥了一顿。老大忠喜咥得最快最多，骨头都嚼碎了！兔子肉瘦，有一股子草腥味，但也是肉呀！肉，只有过年时候才能吃得上。过了几天，收破烂儿的来了狼家沟，忠良他爸卖了兔子皮，得了三毛钱！

大灰野兔没砸中，黑大布袋子里的泡钉子倒飞出去了不少，飞到了小渠里。忠良拐入小渠，捡飞掉的泡钉子。一时儿，捡回了飞掉的七八个泡钉子，还捡了十几个小渠里的泡钉子和六个麻钱儿，淤在支渠和小渠相接处。忠良踏着小渠底往西走了几步，泡钉子不少呢，比支渠里多。走了十几步，捡到了三十多个。走了百十步，捡到了六十多个。越往西走，越来越稀。

天色昏暗下来，像要下雨。忠良想转身回。转身间，瞥见前头有个黑家伙，拳头大小，像铁疙瘩，半淤在泥里！忠良蹲下，抠起黑家伙，在渠岸上的毛毛草上擦了擦糊的泥，唉，不是铁疙瘩，是黑石头！忠良扬手撇了，就要起身，瞥见黑石头窝边还有个家伙，白的，比拳头小，跟大拇指长短差不多，方不方，圆不圆，斜楞子淤在泥里。忠良抠起白家伙，抹了抹，唉，是一块白石头，又扬手撇了。白石头在扒地草上滚了几滚，躺在小渠底。忠良站了起来，望了望正南的狼家沟，望了望天上灰黑的云，起步回！

"白石头不是铁，不是铜，是个要货呀！"

往东走了两步，忠良闪过这样的念头，转过身，捡起白石头。

"狗日的，不轻呢！"

白石头小，怪了，却比黑石头沉！忠良把白石头抛高过头顶，掬双手接，砸得手疼，没接住，白石头落在脚下。忠良弯腰捡回到手上。

"爬的是个啥，兔子吗？"

白石头上头蜷卧了个动物，不像是兔子，比兔子凶恶得多，不认得是个啥！

立时，白石头成了忠良的要货，攥着，揉着，抛着……回到斗门，忠良把白石头放入书包，在斗闸的池子里洗了手，洗了脸，洗了脚，坐在斗门水泥台子上，晾干脚，穿上了新鞋，朝屋里跑去。

刚到屋，雨点子落下来。忠良他妈接过忠良的书包，又接过黑大布袋子，说道："快吃饭，豆豆面，香得很！"

四

"像是个狮子，明明儿像个狮子么……"

"像是个老虎，咋看咋都像个老虎……"

"像是个豹子，豹子是圆眼窝……"

"像是个鬼鬼子，我在老庙里头见过，恶煞得很……"

"啥石头？白得很，比雪都白……"

"还刻花呢，是啥花……"

第二天，下了早读课，忠良往书包里装进语文书，掏算数书的时候，碰着了白石头，拿了出来。过了一晚夕，把这个要货竟然给忘了！

忠良给同桌看，问道："你看我这个要货嫽不嫽？"

"嫽！"

同桌看了叫嚷！四年级的六七个娃娃传看了，都叫嚷！三年级的五六个个儿高的娃娃传看了，也叫嚷！三年级个儿矮的几个，二年级、一年级的鼻嘴子娃，有的巴巴地仰望着，有的叫嚷着，往拿白石头的娃娃跟前挤。

娘娘庙开了锅，跟过庙会时候一样。佘老师进来，没有一个娃娃觉察。

解放前，娘娘庙是娘娘庙，烧香敬娘娘；解放后，娘娘庙不烧香了，做了村小的教室。村小就这么一间教室，狼家沟和代家壕——狼家沟的邻村，东半里远，两个村子的娃娃，一二三四年级，都挤在这儿念书。四年级之后，考上了，到韩家湾公社的高小继续念书。

娘娘庙只有佘老师一位老师，上罢一年级的课，上二年级的，再上三年级、四年级的，连轴转。佘老师看娃娃们闹，重重咳了两声。有个娃娃听见了，扭头看，大喊："老师来了！"

娃娃们都扭头望佘老师。佘老师问道："吵吵嚷嚷抢着看啥呢？"

有个小个子女娃娃喊道："看白石头耍货呢！老师，我没看。"

佘老师问道："啥白石头耍货？"

白石头耍货在三年级一个高个头娃娃手上，代家壕的，叫代战军。代战军望一眼忠良，忠良没言声。代战军答道："就是这。"举起了手，挤出娃娃堆，把白石头递到了佘老师手上。忠良跟在代战军后头，站在了佘老师跟前。佘老师眯眼，先是拿到眼前看，又离远了看，还看不真，一手捏着白石头，一手掏出老花镜，戴上，不远不近看。佘老师五十多岁，眼窝不好，翻过来，倒过去，看了半晌，皱着眉，自言自语道："像是一个章子。"

佘老师扫视娃娃们，问道："谁的？"

眼底下的忠良答道："我的。"

"你的？"

"就是我的！"

"你咋有个这？"

"拾下的。"

"在哪儿拾下的？"

"放学路上。"忠良不想说出支渠和小渠，那是他的宝库。

"你真会拾，拾到了这么稀样儿个章子！"

"老师，这是啥章子？"

"刻的七扭八拐的，谁知道是个啥章子？"佘老师把白石头递给了忠良，说道："丢章子的人肯定心急，放学了，你在拾章子的地方等一等，指不定人家在那儿寻呢！"

忠良听话，后晌五点，放学了，跑到斗门，坐在水泥台子上，等。忠良仰头看天。天好看得很。血红的太阳裹着一片一片的云彩，一点儿一点儿往下坠。忠良不想到支渠和小渠里寻泡钉子和麻钱儿。这一季"庄稼"不好，拾了那一后晌，拾光了，寻也是白寻！忠良也不到渠岸和渠边弄草，秋天了，哪来的嫩草？

谁丢的章子，咋不急呢？等到了天将黑，不见一个人影。

太阳不知道坠落到了哪儿。远远的西边映出一团朦朦的黄光。慢慢地，那团光越来越淡了。忠良不等了。

到了屋，忠良把白石头递给他爸，说道："我拾了个这，佘老师说是个章子。爸，你看是咱村谁家的？"

忠良他爸把白石头上下左右端详了，用手指头搓净了白石头底面礯的泥点儿，问道："在哪儿拾下的？"

"北边的小渠里。"

"哪个小渠？"

"高干渠斗门南边，往西的小渠里。"

忠良他爸歪头想了想，又问道："小渠里头？"

"小渠里头，往西百十步。"

"怪了！小渠里咋有个这？"

"爸，这是不是章子？"

"不是章子！谁的章子这么大？佘老师说是章子，说没说刻的啥字？"

"佘老师说刻得七扭八拐的，认不得。"

"肯定不是章子！"

"那是啥？"

"爸也搞屎不懂。依爸看，这不是活人的东西！"

"不是活人的，是谁的？"

"死人的啊！"

"死人的！"忠良惊惶地叫喊，下意识搓手，像手上沾了鬼。一旁的老大忠喜，也吃了惊，后退了半步。

"死人也是人，怕啥？你两都是男子娃，要有胆，活人咋能被死人吓着?"忠良他爸瞪了两眼，两个儿子均摊，一人一眼。

"放我这儿!"

忠良他爸把白石头撂在了炕上。忠喜往窑门外走，忠良相跟着。忠良他爸撂过来一句话："上头的字，明儿，我让你寿德爷认一下。"

五

忠良和忠喜同住一孔小窑洞，同睡一盘土炕，同盖一条被子，只枕头各是各的，两块砖，垫了草垫。忠良枕西，忠喜枕东，这叫"打对睡"。

忠喜比忠良大四岁，完小毕业，没考上高小，回村劳动，下苦挣工分；年龄小，个儿不高，力气欠，见个日头只记三分工。强劳力十分工呢！到窑店学了一阵子木匠，唉，没学下来！木匠活路，一要好体力，二要好账算。这两样，忠喜一样也占不住。忠良他爸气儿不顺了，看见忠喜在眼前晃，便骂："笨怂！狗日的，下不了苦，学不下本事，这辈子咋活人呀？"

忠喜耷拉着脑袋，哭丧着脸，不敢言声。

睡定了，忠喜蹬一脚忠良，问道："佘老师真的说白石头是章子？"

忠喜也是佘老师的学生。忠良答道："真真的！"

"佘老师说的肯定对！"

"咱爸说没有那么大的章子呀。"

"佘老师念的书多，懂得多。咱爸没念过一天书，不懂！"

"就算是章子，咱爸说那是死人的呀！"

"死人的才好呢！"

"胡说，死人的有啥好，瘆得慌！"

"瘆过去就好了。章子是死人的，就没人寻咱要了啊！不就成了咱的？"

"成了咱的又能咋？"

"咱也能刻章子啊，不止刻一个，能刻四个呢。"

"刻四个，咋刻？"

"把白石头从中间'十'字锯开，不就是四蛋子？把上头的字磨掉。"

"刻那么多章子给谁？"

"给咱爸刻一个，给我刻一个，给你刻一个。谁出钱，再给谁刻一个。"

"谁刻?"

"我!"

"你?"

"我学手呢!"

"学啥手?"

"学刻章子的手呀!窑店街道的老聂,我瞅识好一阵儿了,在门面房里头给人刻章子,还给公家刻,不淋雨,不刮风,太阳晒不着,又不费力气,嫽得很!我想学刻章子。"

"咱爸知道不?"

"不知道。"

"那你咋学?"

"我想自己先练练手,有门儿再给咱爸说。"

"咋练手?"

"用白石头练呀!"

"白石头在咱爸手上呢。"

"咱爸总不能老攥在手上!我瞅空子。"

"哥,你别胡弄。咱爸知道了,打呢!"

"打啥?我学手艺呢!咱爸嫌我没本事,我得学一样本事呀。"

忠良心想,咱爸说吆牲口犁地是本事,撒麦种子耙地是本事,扬场净麦是本事,木匠铁匠铜匠砖匠陶匠是本事,没说过刻章子是本事呀!

刻章子,能成吗?忠良迷迷瞪瞪地想。想了一会儿,睡着了。

第二天黑间,喝罢汤——喝汤就是吃晚饭,塬上塬下的人都是这么个说法。今天的"汤"是蒸红薯,热热烫烫的,甜甜面面的,还有一碗开水——忠良他爸从衩衩里摸出白石头,对忠良说道:"真是个章子!难怪佘老师认不得呢。你寿德爷说是'转'字!认了半天,只认得了一个字。"

"哪个字?"

"第一个字,是个'皇'字,皇上的皇。"忠良他爸指给忠良看,忠喜凑到了跟前。

"寿德爷说是做啥的章子?"

"你寿德爷说,百家姓里有姓皇甫的,第二个字却不像是'甫',认不得！估摸是个字号的章子。字号的章子才会这么大。"

忠喜说道："爸，让我看下子。"

忠良他爸把白石头给了忠喜。忠喜看了，说道："就是个'皇'字，剩下的三个字我也不认得。忠良，佘老师咋能认不得'皇'字呢？"

忠良说道："我咋知道？"

忠良他爸说道："认得一个字顶啥？后头的字认不得，还是不知道是啥章子。给我！"

忠良他爸要过白石头，对忠良他妈说道："寻片儿碎布，我把这个字号章子包住。"

忠良他妈上了炕，在针线笸篮里翻拣出一片蓝粗布，又给了一拃长的白线绳子。忠良他爸把章子放在布片中间，折叠了布片，折得有棱有角，用白线绳子扎好，在手上掂一掂，递给忠喜，说道："把这个小包袱放在窑窝儿里。"

窑窝类似壁龛。忠良从泡钉子堆里拣出来的麻钱儿，忠良他爸装进了个布袋子，也放在窑窝里。

六

又到了黑间，睡下了，忠喜又蹬了一脚忠良。忠良问道："哥，咋？"

"忠良，那白石头是啥石头？"

"我咋知道？"

"咋那么硬，锯不动！"

忠良忽地坐起来，黑暗中，盯着"打对"的那头，吼道："你锯了？"

"小声些，操心咱爸听着了。"

"你真锯了？"忠良的声音小了，但更急切了。

"锯了。"

"锯成四蛋子了？"

"没。"

"两蛋子？"

"没。"

"几蛋子？"

"还是那一蛋子。锯不开啊！"黑暗中，忠良感觉他哥也坐了起来。听见锯不开，忠良不甚急了，问道："用啥锯的？"

"半截子钢锯条。"

"锯了多深？"

"还多深呢，连个印印儿都没锯下！我锯不动，崔老二也锯不动。"崔老二在沟东，跟忠喜一般大，他俩好。

"崔老二咋也锯？"

"他想要个章子。崔老二锯得满颡汗，钢锯条打滑，把指头给伤了。狗日的急了，把白石头撺了，撺在了碌碡上……"颡，就是脑袋。秦腔戏不是被叫作"挣破颡"么。碌碡，又笨又大的青石圆柱疙瘩，碾麦的。

"碎了？"

"我也这么想，骂崔老二……"

"到底碎了么？"

"我一边骂，一边跑过去，捡起来，没碎！不但没碎，连磕的印印儿都没有！怪了，白石头咋这么结实？"

"真要碎了，看你给咱爸说啥？"

"我也害怕呢。"

"幸亏没咋的。哥，你白日没上工？"

"我装肚子疼，溜回来拿了章子。崔老二也编了个谎，回屋拿来了半截子钢锯条，我俩跑到场畔，搁在碌碡上锯。"

"你两个真是胡整呢！"忠良躺下了。

忠喜又蹬了忠良一脚，说道："起来，还没说完呢。"

忠良爬起来，问道："又咋了？"

"我把章子拿到窑店去了！"

"拿到窑店干啥？"

"寻老聂。"

"寻老聂做啥？"

"你咋忘了？老聂会刻章子呀。"

"噢，老聂。"

"咱锯不了，老聂会锯呀!"

"还锯呀!"

"不锯，用啥练手？"

"老聂锯开了么？"

"老聂不给锯。"

"为啥？"

"老聂问我锯了做啥，我说刻章子。老聂说，娃呀，你把这个章子给叔撂这儿，要用章料，在铺子随便拿。"

"随便拿？"

"就是的，随便拿。我心里起了窍。随便拿，拿完不？这个章子值钱啊！我硬要了回来。"

"硬要？"

"老聂不好好给，问我还要啥，要啥都行，还要领我去吃炸油饼。忠良，白石头锯成四蛋子，东西在，我学刻章子，咱爸不会说啥。白石头不见了，咱爸能跟我搁下？我硬是要回来了!"

"要回来了就好！哥，再别胡拾翻了，小心咱爸知道。"

"想胡拾翻也拾翻不了，锯不开呀！忠良，你把嘴捏严，别让咱爸知道。我把白石头包好放回窑窝儿了。"

"我不说。"

"我担心老聂。他知道我是狼家沟的。"

"担心他啥？"

"担心他寻咱爸。"

"为啥？"

"临走时候，他问我是狼家沟谁的娃。"

"你咋说？"

"我没理他!"

七

忠喜不理老聂。老聂偏要理忠喜。

第二天，喝罢了汤，崔老二叫走了忠喜。煤油灯下，忠良帮他妈收拾碗筷，忠良他爸蹲在炕旁抽旱烟。有人进来，喊道："祥发兄弟！"

忠良他爸站起来，应道："你是?"

"我是窑店街道刻章子的老聂。"

"你寻我?"

"寻你！说个话。"

忠良他爸喊道："忠良，给你伯搬板凳！"

忠良小跑过来，放下小板凳，又小跑过去，给他爸也搬来了小板凳。两人坐下，忠良他爸递烟锅子给老聂："抽两口?"

老聂摆手道："不会。"

忠良他爸问道："啥话?"

老聂搓了搓手，说道："祥发兄弟，我就不拐弯了。"这句话说完，停顿了，望着忠良他爸。

忠良他爸说道："啥话嘛，直说！"

"咱屋是不是有个章子?"

"咱小门小户的，有啥章子?"

"祥发兄弟，我直说了，你咋拐弯了?"

"我咋拐弯了? 咱屋没啥章子呀！"

"白石头，上头爬了个老虎……"

"噢，那个啊，那不是咱屋的章子，是娃拾下的。你咋知道了?"

"娃拿到我铺子了。"说完，望窑里头。

"忠良，过来！"忠良他爸吼道。忠良小跑过来。忠良他爸指着忠良向老聂问道："这货?"

"不是这个，比这个大。"

"你说的是我的老大。老聂，你上门是为娃还是为章子?"

"为章子！"

"章子是你的?"

"不是我的。"

"不是你的你寻它做啥?"

"祥发兄弟，我是刻章子的呀，见那章子刻得好，想学呢。我不白要，花钱买!"

"多少钱?"

"五块钱!"见忠良他爸不言声,老聂又说道:"看你老大的样方,想学刻章子呢。你叫娃来,跟我学,比在农业社下苦强。"

"唉!"忠良他爸狠劲拍大腿。

"咋了?祥发兄弟!"

"你咋不早来呀?"

"咋?"

"唉,瞎了,刚把五块钱撇了!"

"咋把五块钱撇了?"

"老大不好好劳动,装肚子疼,跑到窑店街道逛去了,我刚把狗日的收拾了。狗日的胡掰扯,拿出那个白石头,说学刻章子,我给撇了!"

"撇了?"

"撇了!"

"撇哪儿了?"

"窑背子,崖上头!"

"崖上头?"

"就是,忠良,过来,给你叔说,撇在哪头了?"

忠良从暗处跑过来,答道:"南头。"

"南头那一块?"

"枣刺窝那一块。"

"撇了啊?可惜了!"

"一个白石头章子么,可惜啥?可惜的是你那五块钱。老聂,章子上头刻的啥字?"

"章子么,刻人名字,还能有啥?祥发兄弟,就这事,我回了。"

"你回,唉,你早些来就好了。天黑,路上小心!"

老聂站起来要走,又停下了,问道:"哪个娃拾下的?"

忠良他爸指着忠良说道:"就这货,老二。"

老聂笑问忠良道:"你在哪儿拾下的?"

"放学路上。"

"哪个放学路上？"

"我在娘娘庙上学。"

"娘娘庙！"老聂锁了眉头。

送老聂出了窑门，送出了院门，回到窑里，忠良他爸朝忠良吼："去崔老二屋，把狗日的忠喜给我唤回来！"

忠喜惨了，一顿好揍。

揍完，忠良他爸还没解气，气咻咻骂道："谁给你狗日的惯下的瞎毛病，手伸得长，偷我呢！"

抽完一锅子旱烟，忠良他爸一边弹烟锅子，一边对忠良说道："明儿早起不上学了，跟我出门！"

不等忠良说话，忠良他爸对哭丧着脸的忠喜说道："明儿早起到娘娘庙，给忠良请个假！"

八

出门到哪儿？

忠良他爸说道："到了你就知道了。"

忠良他爸把忠良从炕上提溜起来，吃了两块子"锅塌粞"——玉米面蒸的馍——出了窑门，天黑黢黢的。忠良揉一揉眼，紧撵几步，跟在他爸后头。狼家沟静悄悄的，只有父子俩"扑嗒扑嗒"的脚步声。忠良心里抽，问他爸："爸，咱狼家沟有狼没有？"

"有！"

"在哪儿？"忠良抓住了他爸的胳膊。

"谁知道在哪儿，反正有。"

"为啥？"

"咱狼家沟养不住狗。逮回来的狗娃都跑不见了。狗怕狼！"

"爸，你见过狼没有？"忠良抓紧了他爸的胳膊。

"咋能没见过？有一早起拾粪，在半坡碰着了俩狼，一左一右对面蹲着，歪头瞅我呢！"

"害怕不？"忠良贴住了他爸。

"怕啥？双狼不伤人！狗日的瞅了一阵子我，我也瞅了一阵子它俩，谁没惹谁。还有一回，黑了在公社开会，回来迟，走到崖上，听见麦地里有鼾声，大得很，我赶紧轻手轻脚快走了。谁在睡觉打鼾，知道不？"

"不知道。"

"狼！"

"狼！"忠良惊叫，抱紧了他爸。

"狼睡觉鼾声大。这时候，把狗日的惹毛了，跟人搁不下，非给你下口不可！"

忠良心口"噗噗"紧跳，四下里乱瞅，怕有狼呢！走出了狼家沟，下了塬，忠良心里坦然了，又问道："爸，我咋没见过狼？"

"狼，野的么，怕人！人多了，狼就另寻地方了。"

过了窑店，再往南走六里，是渭河。河边有个渡口，渡口有个小船。河水不大，小船慢悠悠地摇着，摇着摇着，忠良睡着了。不知睡了多长时间，影影乎乎听着他爸叫他。

"到哪了？"忠良掰开眼问道。

"西安。"

忠良一骨碌拾起来，叫道："咋一下子就到西安了？"小船荡着，明明还在渭河岸边呀。

忠良他爸笑道："渭河北是咸阳，渭河南是西安。咱从渭河北到了渭河南，不就到西安了？"

"咱去哪儿，还有多远？"

"咱去的就是西安，快到了，赶紧走！"他爸递给忠良个小布袋子，让他提着。他爸提的那个黑布袋子，看着不轻呢。

快到了？快到了，快到了！忠良问了一路，忠良他爸答了一路，就是不见到。饿了，解开小布袋子，一人吃了两块子"锅塌秋"，还是不见到。忠良走不动了，坐在地上，他爸指了正南的城门楼子说，看着了没？那就是西安城，快到了！进了城门楼子，还是不到。他爸说，这是北门，咱要去的是南门，快到了，真快到了！

见了好多的人，见了好些没见过的房子，见了好些不认得的稀奇，忠良的眼瞅不过来，不感觉乏了。他爸进了一扇大门，大门两边有一人高的石头狮子，威风得很。他爸像跟看门的认得，说了啥，看门的朝里指，说道："在呢，你去寻！"

院子大，有好些古房子，还有好些石碑子，高的，低的，大的，小的，一个跟一个不一样，像乱树林。忠良正瞅着，他爸喊道："快过来！"

他爸站在一间瓦房门口，旁边还站了一个人。忠良跑过去，他爸说道："快给你赵伯行礼！"

"我赵伯？"忠良梗着脖子问。

"快行礼！"他爸搂忠良的脖子。这就是赵伯啊，忠良低下头，弯下腰，行了礼！

"祥发，娃都这么高了！"赵伯一脸笑，招呼父子俩进了屋。刚进屋，赵伯又出去了，在门口喊："小马，过来一下。"

有个小伙子跑到了门口。赵伯说道："咸阳来了位老朋友，带着娃，快给娃寻点吃的。一早出的门，路上走了七个多小时呢！"

小伙子答应道："好！"

赵伯进了屋，坐在方桌子后边的椅子上。忠良他爸解开黑布袋子，掏出个包袱，绑得紧紧的，解开了，说道："这是些麻钱。"

泡钉子堆里拣出来的麻钱啊！忠良凑近了看。赵伯拨拉了下麻钱，说道："都是汉钱。还有啥？"

忠良他爸又从布袋子里掏出一个包袱，绑得紧紧的，解开了，说道："这是个刻字的'猫儿头'。"

赵伯解开包袱，看了一眼，说道："汉并天下，不错！还有啥？"

忠良他爸从衩衩里掏出蓝布小包袱，说道："还有个这，你看是个啥？"

赵伯解开蓝布小包袱，双手拿起白石头章子，看了一眼，脸色变了，声音也变了，叫道："哪儿来的？"

"娃拾下的。"

"哪个娃？"

"就这货！"忠良他爸拉了一把忠良。

"在哪儿拾下的？"赵伯声音颤，紧盯着忠良问道。

"小渠里拾下的。"

"哪个小渠？"

"高干渠南边的小渠。"在赵伯面前，忠良愿意说真话。赵伯才不会到他的宝库抢他的泡钉子呢。

赵伯回身看墙上的地图，问忠良他爸道："祥发，你那个地方叫韩家湾?"

忠良他爸答道："没错。"

"五陵原，韩家湾，找到了!"赵伯叫道，又问道："你那个地方离长陵多远?"

"两里。"

"在长陵的西边?"

"没错!"

"离吕后的封土更近?"

"不到两里。"

"太不可思议了，太不可思议了!"赵伯大喊。那小伙子进来了，端着搪瓷盘子，盘子里有四个白馍。小伙子吃惊地看着赵伯，问道："馆长，出什么事了?"

赵伯答道："叫征集办的同志来，把这些古钱币和这枚瓦当征集了。你拿记录本和照相机来，记录一件历史性事件!"

"历史性事件?"

"是的，历史性事件! 愣着干什么? 快去呀!"

小伙子跑出去了，赵伯拿起盘子里的一个白馍，递给忠良，问忠良他爸："娃叫啥?"

"忠良!"

"忠良，你是个奇娃，不得了的奇娃! 你是个神娃，了不得的神娃! 先吃个馍，垫一下，等一下，伯领你去吃羊肉泡馍!"忠良接了白馍，赵伯不住地向忠良伸大拇指。

赵伯给忠良他爸塞了一个白馍，说道："祥发，你更不得了，要了个奇娃、神娃!"

忠良他爸问道："这是个啥，值钱很?"

"要说钱，半个西安城都蹲在你屋后院了!"

"半个西安城? 啥?"

"皇后之玺!"

"皇后之玺是啥?"

"皇后的章子!"

"哪个皇后的?"

"刘邦的吕后!我的第一感觉。"

"啥石头?"

"羊脂玉!"

"吕后的玉石章子咋这么值钱?"

"祥发,这是国家最高权力的象征!吕后当政,不盖这方玉玺,什么事情也定板不了!"

"我清白了,跟公社那个圆坨坨一样,管事儿的!"

"公社的圆坨坨?祥发啊祥发。皇后之玺,全世界绝无仅有,仅此一方啊!"

九

半个西安城蹲到忠良屋后院了没?

忠良哈哈大笑,站起来,往北指,说道:"到我后院看下子,看有没有西安城的土渣渣?"

像韩家湾村大多数农家一样,忠良屋,三间口面,面南背北,向阳,前院,一层的楼板房,后院,二层的楼板房。外墙贴瓷片,头门是大红的铁门,开得进小车。此刻,忠良站在他屋的前院。

窑洞呢?

忠良笑道:"改革开放以后,都从狼家沟里头搬上来了!韩家湾公社现在叫社区服务中心,韩家湾大队现在叫韩家湾村,狼家沟跟代家壕,原来都是韩家湾大队底下的生产队,现在叫村民小组。"

泡钉子儿时不拾了?

怪了,自打出了白石头章子,再不见有泡钉子了。

你爸呢?

忠良眼圈潮了:"我爸一辈子没享过福,日子刚好,1995 年农历正月十九，猛一下走了。我爸一辈子疼我，说我眼窝里有水水儿，是我屋的顶门杠子。我没本事，一辈子务庄稼，就是个农民，想起我爸，我……"

老人家走的时候多大年纪？

"七十三，八十四！我爸是 1923 年农历十月十五生人，享寿七十二。"

古钱币和"汉并天下"瓦当给你爸了多少征集费？

忠良答道："大人的事，我个碎娃娃咋知道？"

整个西安城没蹲到你屋后院，该给钱呀，给了多少？

二十！

二十万？

忠良说道："二十块，还是赵伯私人给的。赵伯硬塞给我，我没要。赵伯塞给了我爸。赵伯说，这事大，大如天，得开会研究。"

二十块是啥钱？

"赵伯让我爸给我买些笔和本子。还说，让我爸带我逛下子，吃下子，坐汽车回去。"

逛了么，吃了么，坐汽车了么？

没逛，没吃，也没坐汽车，连夜走回了狼家沟。到屋时候，后半夜了……

还见过赵伯没有？

见过！过了一个礼拜，有天半上午，我爸把我从娘娘庙喊出来，领我到了小渠那儿。好几个人在等，其中就有赵伯，还有端白馍的小伙子。赵伯让我指了拾白石头章子的地方，跟我照了相。那几个人都跟我照了相。照完相，他们朝长陵去了，我回去继续上课。以后再就没见过赵伯。

赵伯的大名？

不知道。

开会研究的结果？

不知道。

哪咋办？

咋办啥？过了不长时间，我就忘了。

后悔吗？

谁没拿谁啥，后悔啥？

你爸后悔了吗?

不知道。

临走时候没跟你说啥?

没说。

这事就这么结束了?

忠良摆手,说道:"没! 2010 年,博物馆寻到我,给我颁了个证书。你看,就是这个。"

证书编号:陕西省历史博物馆书画类收藏第 036 号。正文:孔忠良先生:您捐赠的皇后玉玺作品壹件,已被我馆作为正式藏品收藏。特颁此证,并致谢忱。陕西历史博物馆,二○一○年一月十二日。证书空白处,有三行钢笔字:该件皇后玉玺 1968 年由孔忠良先生捐给"陕西省博物馆",后转给"陕西历史博物馆",现收藏于"陕西历史博物馆",特向捐赠人补充说明。

给钱了吗?

没有。

"捐赠"的意思是谁定的?

我咋知道?捐赠证书都是这样子吧。

为什么是"书画类收藏"?

忠良笑道:"不知道。有这个证书,说明国家还没忘了我。你知道谁给我送来的证书?"

谁?

"端白馍的小伙子,小马!小马是赵伯的秘书,退休了,现在是老马,还给我刻了一个章子,你看。"

是一枚寿山石印,刻小篆字:孔忠良印。字迹似"皇后之玺"。边款:为皇后之玺的发现者孔忠良先生制印,岁次丙申年荷月,马骥。

丙申年是哪一年?

大前年,2016 年。

小马,哦,老马,说没说赵伯还健在吗?

赵伯早就不在了。2012 年,我受了表彰,奖给了一千元。

谁表彰你?

忠良答道："陕西省神州汉文化保护发展基金会。不光我，满共表彰了十个人，都是为'保护大遗址、弘扬汉文化'有贡献的。我是头一个。表彰以后，孔正一把我叫去了。"

孔正一是谁？

忠良答道："西安博物院常务院长，我孔家人。孔正一说，皇后之玺，为啥姓王的捡不了，姓侯的捡不了，独独儿咱姓孔的捡了？因为咱是孔圣人的后代，世世代代活的就是个忠和良！孔正一还说，我爸是'祥'字辈，跟孔祥熙一个辈分。我是'令'字辈，是孔圣人的第七十六代孙。孔正一重给我起了名字，叫孔令旗，我哥叫孔令军。"

你现闲时爱做啥？

还爱在野地里转。

拾下啥了没？

拾下了！

啥？

你看脚底下撂的，这些"猫儿头"，都是在野地里拾下的。你要喜欢，随便挑，送你一个！

没拾个皇上的章子？

谝得美！皇后之玺让我给碰着了，真是我爸说的，瞎猫碰了个死老鼠，瞎雀箝了个好谷穗！

听人说，你在西安做大事？

你的耳朵扯得真长！人家老板做大事呢。我在老板手底下做点小事。

啥小事？

遛下狗，养下花，扫下院……农民么，还会干啥？就会干这些零碎活。老板人好，说跟我有缘。

啥缘？

忠良压低了声音，说道："跟我一样，也跟皇后之玺有缘。"

老板跟皇后之玺有啥缘？

忠良的声音压得更低了，说道："老板年轻时候，1974 年，见过皇后之玺。"

1974 年，在哪儿见的？

忠良的声音像游丝，一字一字扯出来："中——南——海……老板给首长当过警卫员……"忠良提高了声音，正色说道："我说得多了，你再别问了。"

看把你吓得，皇后之玺在中南海停留过一段时间，谁不知道？

你咋知道的？

百度。

百度？噢，网上那个，我不会。

问你最后一个问题，老聂呢？

忠良"噗嗤"笑了，答道："再别提老聂了，把人能笑死，我爸把人家哄了半辈子！"

咋了？

窑背子，崖上头，枣刺窝的枣刺被老聂拔光了。窑背子，崖上头，那一大坨地方被老聂拾翻遍了。得了空，他就来拾翻，拾翻了十几年。

人家问他拾翻啥？

老聂回答："心口疼，寻中药呢！"

游熙古剑

一

不做无聊事，何以遣平生？

白总不同意这个话。他说道："既然无聊，何必去做？说这个话的人，满脑子修齐治平的荷尔蒙，吃不上葡萄说葡萄酸！世间这么多乐趣，都无聊？此人无聊！"

白总改这个话为："常行天趣事，大适藏平生。"

啥是天趣？白总说道："与生俱来的、发自内心的妙趣、雅趣，就是天趣！没人强迫你养鸽子吧？没人非要你钓鱼吧？没人下任务、定指标，让你累得跟驴似的，自虐到山顶吧？养鸽子、钓鱼、穿越就是天趣。人活一世，忙忙碌碌奔前程，没黑没明讨生活，没一份儿天趣可享，多么悲催！"

啥是大适？白总说道："大向往，大惬意，大自在！"

这么多的"大"，为啥要藏起来呢？白总哈哈大笑，说道："我的天趣就是收藏啊！"

收藏啥？只好一样儿，老石头！

南山七十二峪，峪峪淌满老石头，哪一块子不是三五亿岁的年纪？够老了吧。白总摇摇头，说道："我向往的石头只一样，和田玉件儿，年龄最小也得是前清所生！秦岭七十二峪有吗？你有吗？"

谁有啊？这样稀欠的宝贝，拍卖场、古董铺才有。白总又摇摇头，说道："人家拉开了架势，支好了铡刀，铡刀背后晃着亮晶晶的老玉件儿，惹你眼馋呢，等你奔过去，'咔嚓'一下，铡刀就落下来了！脑袋搬家，天趣何在？"

脑袋保住了，才行得天趣事啊。往哪儿"行"呢？白总笑道："礼失求诸野。玉者，礼器也，当然得在乡野间行！"

茫茫乡野间，"行"往谁家？白总指指身旁的老常，说道："他知道，哪家屋有玉件儿，他都知道。"

老常嘿嘿笑，笑模样里满是谦恭。老常本是车间工人，三班倒，干四天，休三天。本该用来休息的三天，他却往乡野跑，寻古董呢。没声没息跑了十几年，家里攒下些金银玉翠、文玩杂项。外人看来没声没息，屋里却时有冷战。一月总有那么几天，大约女人生理期吧，老常媳妇心里不得劲，摔碟子掰碗，吊模样，恶语相向："人家的男人都往家搂钱哩，你倒好，挣不了几个钱，还全扔到了乡下！乡下那些你的老祖宗，你要孝敬到啥时候？"

咋样骂，老常都能忍，沉默是金啊！

越骂越来劲，不足以解心头之恨，媳妇儿竟要砸老常的藏品。老常这才急了，提溜过媳妇儿，按倒在床，掐紧脖子，恶狠狠吼道："敢碰一下？碰一下，要你的命！信不信？"

咋能不信？老常手上索命的狠劲，眼里血红的杀气，媳妇不敢不信。媳妇不张狂了，老常松了手。媳妇"吭吭"喘一阵，顺了气，大哭，抽泣："没良心的常贵明啊，指天发咒说一辈子爱我，狗日的从来没爱过我，爱的是那些老破烂儿……"

公司分新房，要用大钱，不等媳妇开口，老常从破烂儿堆里拣出一件儿，用卫生纸一圈一圈缠裹好，装进手提袋儿，朝媳妇儿说道："我去一趟上海。"

五天后，老常回来，扔给媳妇儿一张卡，说道："把房钱交了，全款，不按揭！剩下的钱，装修跟买家具家电差不了多少！"

媳妇儿缓过神儿来，扑上去抱住老常亲，亲得发烫，烫得掬不住，分享给了工友。一时儿，公司摇铃了，常贵明深藏不露，火眼金睛，五百元在乡下收得的战国玉琮，九十万元卖给了上海大藏家……传到白总耳朵里，白总到老常家里看了，说道："真人不可貌相，海水不可斗量。老常，你个普普通通的车间工人，竟然是深藏不露的大藏家，比我厉害！到我家，看看我的藏品。"

看了，老常拣出三件儿，笑模样里满是谦恭，说道："老板，这三件儿你再看看，我觉着不舒服！"

白总——指点那三件儿玉器，说道："玉镯是北京拍场拍来的，拍卖会上会有假吗？玉带板是洛阳大铺子淘的，保真呢！玉山子是缠着西安大藏家转让的，大藏家啊，眼力没说的！到手后，又请行家把了关，没啥问题。怎么个不舒服？你说！"

老常嘿嘿笑，笑模样里满是谦恭，说道："老板，我说不出来个道道，反正眼里不舒服。你再请人看看！"

白总办事，雷厉风行。第二天，请更大的行家看了，断定了，唉，高仿！送走大行家，白总指示："调常贵明同志到行政办公室工作，办理我交办的专门事务。"

专门事务？白总从此不再光临拍场和古董铺子，不再招惹所谓大藏家，跟着老常，下乡跑一线。

这就是礼失求诸野吧。

二

说起老党，面朝黄土背朝天勤谨务农的乡党们，口气里全是羡慕，说道："老党那怂，不知道做的啥营生，黑白见不着人……"

"老党摩托车骑得欢，屋里停不住，屁股暖不热就张脱了，不知道在外头忙活啥事儿呢……"

"隔一向就有开小车的寻老党，娃认得车，奔驰宝马不少呢……"

"老党一没办厂，二没开店，没费啥劲，三层楼房攒起来了，看看咱，撅起沟子没命干，没成个啥啥儿……"

古董行的朋友们说起老党，口气里满是钦敬，纷纷说道："老党过了眼的货，没一点儿麻达！"

"不管要啥，托付给老党，没有跑不到手的！"

"跟老党打交道，不能催，催得急了，脾气上来，撂下，齐茬不管了……"

"老党肚子里有秤砣，不一口咥满，给咱留空间着呢！"

老党是做啥的？

地地道道的农民啊！本该面朝黄土背朝天勤谨务农，却生得一样天趣，爱古董，走村过乡、走州过县四下里寻，心思压根儿没在庄稼上！

跟白总不一样，凡老，老得有味道，老党一概收下，并不专意一样儿。还有一点跟白总不一样，老党只收，只过手，不藏。过手给谁？爱家多的是！谁爱哪一门儿，谁好哪一样儿，谁给的价好，老党一本账，进西安城，进咸阳城，入铺子，登家门，三言两语，一时三刻，大多成交！

"大多"变了现，剩下的"小多"呢？那是细粮，珍品，一般的铺子和爱家咥不动，要等大户来下口。快了，三五天就能变成钱；慢些儿，一半个月就过了手。有藏家问老党："你也是爱家，遇到珍品，咋不给自己藏几件儿，急着变现做啥？"

老党答道："藏得再深，藏得日月再长，都是过过手，谁熬得过这些老古董的年龄？一家老小靠这个过活呢。"

这回，这把古剑，却压在了老党手上，三个多月，出不了手，要成为藏品了！

剑长七十八厘米，青铜的，剑锋如削，剑脊棱线凸起如笔，剑身光亮如新。剑茎为同心圆形。剑格、剑璏为和田玉。玉质纯净，白度好，水头好，沁色好，隐起饕餮纹。剑首和剑珌是绿松石，浅浮雕虎面纹。剑格之外，剑身雕刻二字，剑脊左右，一边儿一个，大篆，横笔宽且直，竖笔曲折有致，字形雄浑，饶有书法意味，却辨识不得。

依老党的眼光，这是一把先秦战国时期大人物的佩剑，可惜那俩字儿不认得，不知道是不是剑主人的名姓。是谁的暂且放一边儿。两千多年的老物，青铜几乎没有锈迹，和田玉、绿松石完好，包浆赢人。如果不是祁老六抱过来，不说这就是当年碱滩村那把剑，老党真不敢认呢。毕竟只见过一次照片呀！跑了二十多年古董，这样的神品，前所未见。当年，只一眼儿，就烙在了老党心上！

这么好的货，怎么会压在手上呢？

三

适应了一个月，老常才大略弄清新岗位的干法，跟车间干活比起来，云泥之别。

第一，得有的放矢，不能放空炮。白总工作忙，周末只能挤出一天时间跑乡下，甚至一天都不能保证。一个电话打过来，极有可能掉转车头。第一次，老常带白总下乡，在三原县陵前镇转悠了大半天，没有一样儿让白总上眼的货色。白总电话响，来事儿了，返回！路上，白总问老常："你以前是咋跑的？今天见到的都是些一般货色呀！"

老常嘿嘿笑，笑模样里满是谦恭，答道："我是拿时间磨呢。时间磨到了，好东西就蹦出来了！有时候，跑一天，一件东西都见不到。老板，跑乡下是沙里淘金，急不得！"

白总点点头，说道："要是退休了，我不急，跟你慢慢跑。现在不行啊！这样吧，你不用打卡了，上班时候就去跑，好东西蹦出来的时候，我跟你来看。"

第二，搞价、付款这一套儿有门道。老常昏天黑地跑了五天，跑着了一枚玉带钩，汇报给白总。周末，老常带白总直奔周至县集贤村。玉带钩是清早期的，和田白玉，籽儿料，雕的是苍龙教子。白总仔细看罢，没表情，一言不发出来了！老常头上冒汗，不知道白总的眼头有多高，嗫嚅道："老板，这样的货色入不了你的眼，这个活儿我就干不下去了，还是让我回车间吧！"

白总大笑，说道："老常啊，心眼儿真小，谁告诉你入不了我的眼了，拿下啊！"

老常说道："那你怎么不谈价？"

白总又哈哈大笑，说道："这个活儿，你比我在行，还是你来吧！回头有人联系你，你们商量，办好这个事儿！"

老常跑回去，给主儿家说老板看上了，请留几天。

第二天，老常接到电话，对方说道："常工，咱们去把那件事儿办了吧！"

老常没反应过来，问道："你是谁？啥事儿？"

对方一愣，随即急火火道："把白总交代的东西拿回来啊！"

猪脑子！老常骂自己。那人开车过来，接上老常，直奔周至县。搞价的重任落在了老常肩上，老常比自己掏钱下货还卖力，最后，为二百元说合不到一块儿。那人说道："常工，时间也值钱呢！不磨了，就按这位大哥说的价办。我下午有个合同要签呢。"

那人付过钱，揣好玉带钩，送老常回家。临别，那人塞给老常两条中华烟，说道："初次见面，不成敬意，存下我的号码，有事儿打电话啊。"

说完，撇下发愣的老常，一溜烟，扬长而去。

第三，安排好吃饭。老常第三次带白总去的地方，是铜川的寺沟村，一道道山梁一道道坡，风光壮阔，空气新鲜。白总说道："老常，你比我有福啊，你看看，跑一线的日子多舒坦，由着自己的心性，没有疙疙瘩瘩的颇烦事儿！"

老常嘿嘿笑，笑模样里满是谦恭，说道："老板，你操心的都是大事儿，这些事儿都是谝闲传的……"

白总打断老常的话，说道："老常，你这个话就不对了！所谓的大事儿，人世间流传下来了几样儿？你想一想，先人流传给我们的好东西，大多都是谝闲传啊！"

老常说道："老板，你说笑呢！"

白总说道："李白的《将进酒》是不是谝闲传？吴道子的曹衣出水是不是谝闲传？玉带钩上雕苍龙是不是谝闲传？青铜器上刻饕餮纹是不是谝闲传……吃不得，喝不得，不是谝闲传是干啥？"

谝闲传，关中土语，漫天侃的意思。在这儿，意思是不务正业，干没名堂的事情。

老常懵了，不知道咋回答白总的这一套"歪理邪说"，只嘿嘿笑，笑模样里满是谦恭。白总继续说道："谝闲传到了极致就是艺术，流传后世万代！"

到了寺沟村，看了一件儿玉环，和田黄玉的，勾云纹，西汉之物，有血沁，古意盎然。白总说道："肚子饿了，这么精美的玉环能吃吗？谝闲传的玩意儿啊！"

玉环是此地一位跑家的。老婆在外打工，没人做饭。到了镇上街道，小饭店一家不如一家，卫生难过关，没法进去。白总瞅司机。司机不好意思，说道："早上走得急，没想到来这种地方，没预备，老板，我以后准备上……"

白总说道："乡野的饭最地道，只要干干净净。老常，你跑一线怎么吃？"

老常说道："胡乱凑合呢，有时候一天顾不上吃饭，急着赶路，想多跑几个点！"

白总说道："身体要紧啊，以后出来跑，得把伙食安排好！"

老常明白，今后出来，特别是到了荒野地面，得操心吃饭的事儿，不能让老板饿肚子啊！

第四，不要建议别的东西。碰到一件儿黄花梨小官箱，明式明做，八成品相，价钱很合适。老常向白总建议拿下。白总说道："老常啊，跑一线看见别的好东西，你要，我不要，我只要老玉件儿！"

为啥只爱玉？老常想问老板，没敢问。

忙乱了半年多，老常适应了这种新的工作状态。周一到周五，跑一线，寻老玉件儿，碰见自己能要的旁的货色，顺便捎上。再一个，得把附近的农家饭店打听清楚，尝尝味儿，好了，记下。周六、周日等指令。指令来了，直奔一线。白总看上了货，便宜了，老常当即拿下，找奔驰车那位报销。价钱大，周一自然有人联系。半年多，跑得了十几件老玉。联系付款的有好几位，见过几回面的，只有奔驰车那位。这些人见到了老常，有塞烟的，有给酒的，还有送购物卡的，老常推辞不过，也就受了。

这个周末，跟白总跑一线回来，到了公司门口，老常下了车。白总跟着下了车，叫住老常，吩咐道："操心寻一把古剑！"

老常不解，问道："老板，您不是只喜欢老玉件儿么，怎么突然喜欢古剑了？"

白总紧盯老常，说道："这个你不管，只管寻。古剑，一定是古剑啊！"

老常想起行政办公室主任交代的不该问的不问，不该说的不说，不该看的不看，脸红了，说道："老板，你放心，我一定会寻着一把好古剑。"

四

古董这玩意儿，随天呢！热起来，像明星，瞅一眼都难；冷起来，像瘟神，唯恐避之不及。这把先秦战国时期大人物的佩剑，就应了这句话。

十三年前，古董圈聒噪过一阵儿，为的就是这把古剑。碱滩村一位百岁老汉下世后，留下这把古剑。老汉的儿子先老汉下世，古剑落到了孙子手上。孙子盖房差钱，起了卖剑的心。孙子不笨，知道这把剑的分量，开价三十万元。风声传开，传到了老党耳朵。老党寻到了孙子门上。孙子拿出一张照片，递给老党，说道："就是这！"

一眼儿，古剑，好剑！老党仔细看了照片，说道："我能要，不过得上手看看。"

孙子说道："上手当然可以，不过，得把三十万元摆在这儿。看不上，钱还是你的钱。"

那时候，老党没有三十万元啊！

老党心不甘。这么好的货色，哪能眼睁睁滑溜过去啊！老党到了祁老六的方便面厂，给祁老六说道："老六，今儿我碰见一个大馍，咥不动，你财大，保准能咥动，我让给你。"

老六眉开眼笑，问道："啥大馍？"

老党说道："一把先秦战国时期大人物的佩剑，精彩绝伦！"

老六的模样不热乎了，说道："你说的是碱滩村那把？"

"你知道啊！咋不咥回来？"

"一灿儿新！咋咥？"

老党吼道："新？我吃了它！干坑出的，出来二三百年了，先出土，后传世！出土时候应该有薄薄的一层锈，清过了！不信？你去省博看看，商代的青铜器跟新的一样，也假？"

老六打哈哈，说道："老党，你说得再好，我还是不敢咥。三十万，不是三万、三千，撇了就撇了。"

老六不愿意咥，有愿意的人咥啊！过了几天，老党领了位西安客，势不小，提了三十万，再进碱滩村。刚进头门，孙子看见老党，摇手道："不好意思，东西走了！"

走了？

谁咥走了？

孙子不说。

再问，孙子还是不说。按规矩，老党就不该问。

谁的眼这么尖？谁的手这么快？老党纳闷儿。

纳闷儿了十三年。

十三年后，古董圈传出一种说法，让老党更纳闷儿了！

说法是，收古董，千万不敢把杀气重的东西藏在家里，像剑呀，刀呀，镇墓兽呀，招大祸呢！不信？祁老六就是招祸的样子！祁老六藏了一把杀气重的古剑，精精神神的父母亲突然得病走了。贤惠能干的婆娘出车祸走了。儿子莫名其妙死在了洗澡间。三岁多的孙子，耍插板，插板漏电电死了。唯一的香火苗儿啊！女儿离婚后疯疯癫癫……红红火火的方便面厂，生意一天不如一天，要债的挤破了门，祁老六度日如年，生不如死！

老党仔细想，确实如此啊！老六这些年走霉运，隔三两年就遭一场白事。生意一天比一天难肠，再不像早年那样，听说谁手上有好货，立马奔过去，当即拿下。如今，耍古董的话，在祁老六跟前都不敢提说。

老党纳闷儿，祁老六藏了一把啥古剑？

是那把先秦战国时期大人物的佩剑吗？不会。镶玉嵌绿松石的青铜剑，是佩剑，显身份的，不是战剑，杀气不重啊。即使有杀气，已经出土了二三百年，阳气包融，杀气早散尽了！再说，碱滩村老汉藏这把剑，活过了百岁呢，杀气在哪儿？

老六到底藏了一把啥古剑？想不清白。

直到三个多月前，祁老六抱着古剑上门，老党纳了十几年的闷儿才亮堂。老六说道："党哥，你前脚走，我后脚就到碱滩村把剑咥回来了！在你之先，旁人领我看了，我吃不准，没敢下手。听了哥的话，我的胆气正了。"

古剑装在红木匣子里，盖子上镌刻两个不认得的篆字，跟剑身上的一样，染了铜绿。老党捧出古剑，细细看了一遍，说道："好东西！"

老六哭腔道："我命薄，服不住这样的好东西！"

老六的眼泪在眼眶里打转转。老党说道："不要信那些，都是胡说乱摺呢！你的心不能乱！"

老六说道："看阴阳的，看风水的，都说屋里杀气重。哪里杀气重？我思前想后，想到了这把剑上。自打这把剑进门，屋里就不安生，先是我爸老了，再是我妈老了，再是……这把剑我再也不敢留了，你给我出掉！党哥，我当年只进不出，这些年又不染古董，没出货的路子。"

老党问道："想多少钱？"

老六说道："咋样来咋样去，一分钱不加！亏人哩，当年背开你，唉，把灾星招回来了！"

背开老党，老六能省三万元。若果老党带祁老六买了古剑，祁老六得给老党三万元"跑路钱"。这是行内的规矩，一成的例。

老党嘴上道："不敢这样说，你本来就知道地方，我只是让你定了买的心。邪气真要是这把剑招的，我心里就不美气了，怨我煽惑了你！老六，陈芝麻烂套子的事儿，不说啥了，你放心，我帮你出掉！"

老党心里想："是你的，躲不过；不是你的，强求不来。十三年了，一直搁在心上的这把古剑，还不是上手了？是福，错不过；是难，避不过。该死屎朝上，我才不管那些神神鬼鬼呢！"

三个多月，来了三拨客看古剑。第一拨客是本地的大耍家，跟老党熟，包土方砂石工程，挣下了大钱，看了古剑，连连摆手，喊叫："党叔，你咋把祁老六的灾星剑弄来了。老六想哄给我，我才不上他的当呢！快快快，赶紧想办法撇了，撇得远远儿的，小心你屋不安宁！"

这一喊叫，本地大小耍家的路都断了。

第二拨客是宝鸡的，看了一个钟头，没说一句话，走了。不认呀！老党心想："还青铜器之乡的人呢，眼窝里就掬了这么点儿水水！"

第三拨客是西安的，就是当年老党领着到碱滩村没见上货的那位。西安客眼力好，认货，却不服价。老党开价三百万元，对方出价一百万元，说道："当年三十万，现在一百万，老党，够行了！"

老党说道："时间要是不动弹，真就行了！兄弟，十几年间房价涨了多少？"

老党不松口，对方不加价。临走，西安客说道："党哥，就一百万，一分钱不加。我不信谁掏一百万买这把剑！给你几天时间想，想通了给我打电话。"

西安客前脚走，老常的电话跟后脚打了进来。

五

撂下电话，老常立马赶到了老党家。这几天，老常天天给跑家们打电话，没别的，一件事儿，有没有古剑？有，看过了五把。一把西周青铜剑，假；一把老麻钱编结的所谓龙泉古剑，笑话啊；两把明清年代的短剑，轻飘飘的；一把汉剑，锈迹斑斑，品相太差。见过老党的古剑，老常说道："党哥，给个价吧！"

老党说道："谁要？你要，咱自己人，自己人说自己人的话；你老板要，那是生意，咱说生意的话。"

老常笑道："我要，啥说法？我老板要，啥说法？"

老党说道："你要，价在其次，我得把这把剑的邪讲清楚，免得以后有了麻烦，兄弟怪罪我。你老板要，你是中人，我开价五百万，实价三百六十万，事成之后，按规矩办，给你拿一成的好处。"

老常瞪眼道："这把剑有啥邪？"

老党隐去了碱滩村、祁老六和三十万的来价，大略讲了祁老六的遭遇。听完，老常哈哈大笑，说道："我才不信这一套呢。照这样说，考古队的活儿没法干了，博物馆没法开了！"

老党说道："邪气不是你不信了就不来了，还是当心些好。"

老常指着剑上的那俩字，又指了匣子上的字，问道："这俩字是啥字？"

老党答道："不知道是啥字，反正是老字，老得很！"

老常说道："党哥，只要老就好。我要，啥价？"

老党说道："你我交道不是一天两天了。这把古剑不是凡品，分量轻重你比我清白。你要，我保本儿，一百五十万！"

老常说道："我要不起。估计我老板也不要。他只爱和田老玉件儿。我估摸，老板是给上头送礼呢。"

老党说道："送礼？开价八百万才合适，六百万成交！"

老常连连摆手，说道："老板这么信任我，我不能胡来！几百万不是几万、几十万……"

老党打断老常的话，说道："你公司一年赚几个亿呢，几百万算个啥？到了北京上海的大藏家手上，一千万，两千万，三千万，还是这把剑！兄弟，花公司的钱，你心疼啥？"

老常说道："党哥，公司的钱咋能买古董？这样吧，二百八十万咋样？行，兄弟给咱费神运作。"

没费啥神，先秦战国时期大人物的佩剑到了白总手上。白总很高兴，连连说道："好，好，好！"

二百八十万，不少啊！付钱的，是开奔驰车那位。付钱的时候，眼睛眨都不眨。完事儿后，还是塞给老常两条中华烟。

按规矩，老党给了老常二十八万"跑路钱"，老常没客气，接了。

两星期后，一大早，白总把老常叫到办公室，满脸兴奋，说道："老常，知道剑上那俩字是啥吗？"

老常嘿嘿笑，笑模样里满是谦恭，说道："老板，我的文化水平低……"

白总哈哈大笑，说道："我的文化水平不低，也不认得啊！不认得找专家呀，专家说是这两个字，你看。"

白总举起手中的打印纸，老常看见"游熙"两个字。老常问：啥意思？"

白总说道："现在还不能确认。你去找那位一线朋友，打听打听这把古剑的出处。"

这个容易，打个电话就得。老常向白总汇报："咸阳有一个碱滩村，碱滩村有一位百岁老汉，老汉下世之后留下了这把剑。"

白总记录下来，在手机上编辑短信。老常说道："这把剑出土二三百年了。装古剑的老红木匣子，包浆厚，清中期的东西，能印证这一点。百岁老汉咋得到手的，那就搞不清楚了！"

白总放下手机，说道："那就让专家来搞清楚吧。"

六

过了三天，还是一大早，白总把老常叫到办公室，说道："专家马上就到，咱们一块去你说的碱滩村。"

老常糊涂了，问道："老板，去碱滩村做啥?"

白总神秘地一笑，说道："去了你就知道了。"

专家高、瘦、六十开外、戴眼镜，见了白总，腰弯得很低。上了车，专家说道："司马迁《史记》上说，武安君既行，出咸阳西门十里，至杜邮，秦王乃使使者赐之剑，自裁。唐人汪遵诗云:'杀尽降兵热血流，一心犹自逞戈矛。功成若解求身退，岂得将军死杜邮。'杜邮，秦时之名，在咸阳市东郊，渭河北岸，现在叫任家咀村，自然村，原属碱滩大队。"

老常听得懵懂，懵懂间，到了一座冢疙瘩跟前。冢疙瘩前立石碑，上刻:

第二批陕西省重点文物保护单位

白起墓

时代:秦

咸阳市人民政府

1981. 10. 1.

冢疙瘩呈馒头形，底部直径约二十米，高近十米，爬满野草。专家说道："传游熙是白起佩剑之名，出自野史和民间传说，没有考证。但这把剑出于此地，规格、形制、历史痕迹都丝毫不差，且'游熙'二字凿凿，不由不让人往武安君佩剑上靠啊!"

老常瓷了!

专家又说道："白总啊，您这么强悍能干，身上一定流淌着白起的血液!游熙古剑能到您手中，那是战神冥冥中把白氏家族兴旺的大任托付给您啊!这把宝剑堪比国宝，您可得收藏好!"

老常还瓷着，双脚粘在地上，迈不开步子!白总拉了一把老常，说道："你这个跑一线的，不得了，跑出了大名堂!"

老常恍惚，说道："老板，我没啥名堂……"

白总拍老常的肩膀，说道："今后，你的事就是我的事，不要老板来老板去，见外!"

七

老党听了游熙古剑不得了的主人，大叫一声："咱俩把瓜瓜事做下了！"

抹胸平静了会儿，老党说道："游熙古剑真要是白起的佩剑，两亿八都值！"

又抹胸平静了会儿，老党又说道："是你的，躲不过；不是你的，强求不来。是福，错不过；是难，避不过。没灾没难，安安宁宁从咱弟兄俩手上过了，知足！想想祁——我的上家，钱没落下，倒落了七灾八难！"

老常说道："是人家的了，说这些话做啥？老板让我再寻一把古剑，我估摸，用游熙古剑来送礼，不舍得了！"停顿了一会儿，老常问道："这把剑那么邪，不会祸害老板吧？"

老党哈哈大笑，说道："咋问这话，你不是不信么？把心安安生生揣在肚子里，白起再是大杀魔，也不至于祸害他的后人吧！"

老常嘿嘿笑了，拍着脑袋，说道："咋把这一窍弥住了！白老板有先人的佩剑护着，有啥麻烦？"

话音还没落地，三个月之后，白总夫人突然死了。早晨起来还好好的，笑吟吟送白总出了门。不知啥时间，绊了一下，头磕在餐桌棱沿……白总晚上回家看见，人已硬了！听见消息，老常瓷了半天，心里闪过一个念头："游熙古剑六亲不认啊！"

又过了三个多月，突然间，白总被带走了！传言事情大得没边儿，上亿呢，弄不好脑袋保不住！老常瓷了一天，晚夕还在发瓷，翻来覆去想："白起啊白起，人屠，六亲不认啊！我常贵明，一个小小的工人，只是爱古董，没有旁的贪图，千万不要寻我的事，以后我只在乡里寻古董……唉，以后我再也不黏古董了……"

太
极
石

　　这疙瘩奇石，搭眼看，无甚奇处，秦岭七十二峪，任意进去，下到沟底，捡一块就是。但要说乃揣骨所用，且是吴达觉所遗，那就得另眼相看了。就像一只兔子、一只白鼠，一旦与嫦娥、托塔天王有了勾扯，那就鸡犬升天，不是凡物了。

　　什么是揣骨？不用五行四柱——五行者，金木水火土也，四柱者，年月日时也——不用看相、求签、测字，不用奇门遁甲，也不用摆弄扑克牌，更不用下载网上的预测软件，只须揣骨骼之肥充，则贵贱、穷富、吉凶、谋望、家宅、婚姻、官司等等一世的祸福兴衰，了然于胸，张嘴就来。

　　谁是吴达觉？要讲明白吴达觉，先得讲两则掌故。

　　1942 年 10 月，杜月笙来西安，火车站人山人海，万头攒动，比于右任院长回来还热闹。身任中国通商银行董事长的杜月笙，在西安设立了通商银行西安分行。身为江湖大佬的杜先生，慕名"拜望"的唯一西安江湖中人就是吴达觉。吴达觉在北大街珍珠泉澡堂子设座揣骨。杜月笙轻车简从，泡汤搓背沐浴一番，神清气朗，来到吴达觉揣骨专用的雅室。吴达觉净手、焚香、揣摩石头念经过，这才开始揣骨。由顶骨揣摩起，摸了额骨、鼻骨、颧骨，揣了颞骨、下颌骨和胸骨，放手，惊问道："奇了，你有百万大兵？"

　　杜先生反问道："怎么说？"

吴达觉说道："怪！你有百万大兵，却非军人！此骨非凡骨，此骨相非寻常骨相，在下不敢摸揣了。"

杜月笙扫视左右，随从回避了。他转身长揖到地，说道："先生真乃袁天罡、李淳风再生！细话实话，但讲无妨。"

细话实话，闭门讲了一个半时辰，杜月笙留下一条"黄鱼儿"离去。1951 年夏，杜月笙哮喘病加剧，药食兼投，喘息道："让西安吴瞎子说中了，拿药当饭吃，拿饭当药吃，我的大限到了。"

吴达觉是瞎子？是啊，唯瞎子方有此手段，眼神儿都长在手上了！不是先天瞎，十二岁瞎的。师傅乃揣骨高手，白发苍苍，来日无多，欲传揣骨大法于后世，苦寻无人。偶"见"少年吴达觉，满心欢喜，收为徒弟。师傅用尿液配了药剂，让吴达觉嗅，登时瞎了吴达觉的眼睛……师傅配药怎没瞎了自己的眼睛？师傅本就是瞎子啊！所谓"见"，听其声，揣其骨也。

吴达觉失了双眼，得了揣骨真传。

第二则掌故有三个版本。一说，有个国民党师长，听闻了吴达觉揣骨的神奇，特意登门一试。吴达觉握了师长手，蹙眉，脱口道："今儿天秽气，不揣骨！"

师长大愣，大怒，拔出手枪，指着吴达觉狂吼："反天了，胆敢打本师座的脸！臭瞎子，今儿不揣骨，本师座赏你一颗花生米！"

吴达觉盘腿打坐，纹丝不动，面皮静若处子。众人聒噪相劝，吴达觉轻言细语说道："我从来只揣活人的骨头，不摸死人的骨头。"

师长举枪就射，打歪了，再射，被众人抱住。师长下令："给我打，给我往死里打！"

随从马弁将吴达觉打得半死，部队开拔，拖到了少陵源，扔在荒野。命不该绝，幸得乡民救起。第二天后晌，师长行军到蓝关，一颗炮弹飞来，不偏不倚，在马头前炸开，师长和战马都四分五裂……

二说，师长不相信吴达觉揣骨的本事，一身便装进门。吴达觉净手、焚香、揣摩石头念经过，搭手顺额而下，刚到鼻子，便道："你是当兵吃粮的。"

摸到手腕处道："带兵当官的，位居师长。"

摸了肋骨道："你十岁没了娘，十五岁没了爹，到处流浪，饥一顿饱一顿，十七岁害了一场大病，被一善心农夫救治，十八岁渡船落水，阎王殿走了一遭，三天三夜方缓过气来，十九岁后给人干活，二十二岁从军，你会勘察山水地理，有脑子，敢拼命，三年便升了营长……前年 3 月当了师长，如何？"

师长点头称是，问道："你说我十九岁给人干活，干的什么活？"

吴达觉微微一笑，答道："轻省活。"

"啥轻省活？"

"端茶倒水的轻省活。"

"端谁的茶倒谁的水？"

"龟孙子爷爷的。"

"龟孙子爷爷是谁？"

"请师座屏退左右。"

"左右已经退下，请讲。"

"师座，勿怪我直言。"

"讲！"

"龟孙子的爷爷是王八，师座干的是王八的活，端嫖客的茶倒妓女的水。"

王八者，妓院端茶送水大茶壶也。这段儿脂粉香、声名臭的经历，师长只揣在自家肚皮里，不曾往外漏过半个字啊。师长汗出如浆，双膝颤软，长跪地上，奉吴达觉如神仙。从此，每逢有大事，必寻吴达觉揣骨断出路，言听计从。

三说，解放后，友人邀吴达觉坐车外出。司机听闻小卧车上的瞎子是大名鼎鼎的吴达觉，央求揣骨。吴达觉拒绝道："车行颠簸，天地震动，心魂不定，不宜也。"

到达目的地后，司机一直恭敬伺候在侧，瞅着机会，又央求："吴大师，请给我揣摩，我太想知道后半生活得怎么样。"

说着凑上来，吴达觉摆手，碰到了司机额头，遂道："你本是坐车的，怎么开起车来了？"

司机尴尬，应道："开车么，也是在车上坐着。请教大师，我后半生怎么个活法？"

吴达觉说道："是啊，坐也是开，开也是坐，大略同也。前半生纵意快活，后半生速战速决，都是快哉！"

再也不说一个字儿，司机再央求，吴达觉总是一张不冷不热的脸。三个月后，司机被擒，竟是国民党师长，坐车的主儿啊！兵败后以车夫掩藏身份……没出一月，执行枪决，真是速战速决，真乃快哉！

说到这儿，这块秦岭七十二峪峪峪皆可捡到的石头，吴达觉遗留下的石头，就该另眼相看了吧。石头拳头大小，不规则椭圆形，麻绿，泛豆青，正中间两道白印，像拉长的逗号，像毛笔潇洒的一撇一捺，更像两条摆尾的鱼，左右相对。噢，阴阳鱼，阴中有阳，阳中有阴，阴阳健运不息，动则产生阳气，静则产生阴气，一动一静，互为其根，运转无穷。此图案乃天然太极图，神奇啊！倘若只奇在图案，倒罢了，秦岭七十二峪千奇百怪图案的石头多了去呢。

奇在哪儿？

得仙气而揣骨。

吴达觉揣骨前，净手，焚香——香供在老聃像前——取过供在像前的奇石，捧在两手掬就的肉窝里，嘴唇嚅动，默念经咒。默念经咒不停，摩挲奇石不止。吴达觉说道："揣摩过石头，手上方可得仙气。"

奇石面儿，一层密密细细的麻坑儿，却润活，油润，油脂腻平了麻坑儿。吴达觉说道："那是师傅的精气。师傅揣摩了七十六年，九十三岁升天走了。"

有人性急，催促道："赶紧揣骨啊，揣摩石头做什么？"

吴达觉说道："急不得！仙气到不得手上，我瞎子的一双俗手，怎揣得出祸福的玄机？要揣摩太极石九十九遍的。"

吴达觉遗留的石头唤作太极石啊！奇在沁含了仙气，并且，仙气可导引到凡夫俗子的手上，揣摩遍人体二百零六块骨骼，便知一个人一辈子的衰旺休咎、吉凶祸福、高低运程。

还有比太极石更神奇的石头吗？

我在臧兄家见到了太极石，爱极，揣摩得不亦乐乎，说道："臧兄，仙气已经到了小弟手上，让小弟给老兄揣揣骨，看看你什么时候实现小目标，赚上一个亿。"

"你的爪子是'老头乐',只会挠痒痒。"

"难道太极石不灵验,不是吴达觉揣骨用的?"

"看来不亮出杀手锏,你不信啊。"

"什么杀手锏?我引颈以待。"

藏兄打开保险柜,取出一沓塑料皮儿文件袋,看得见,里面全装的是字画。藏兄说道:"前天才到手的,第一个叫你来,养养你的俗眼。"

藏兄随意拿起一只塑料袋,取出宣纸,小心张开,贴在画毡墙上,用吸铁石锭儿吸住,一幅荷花图豁然眼前。叶子是黑的,荷茎是黑的,淤泥是黑的,黑得行云流水,黑得浓淡相宜,黑得参差有别。黑色中,兀自挺立两朵紫红的荷花。一朵高高耀眼在上,花瓣撑开到绝美,芳华尽吐;一朵斜依,含苞待放,羞涩着,含蓄着。左题:"风姿绰约,吴达觉先生教正,石鲁。"字如枯藤,蜿蜒遒劲,"石鲁"下钤随形印。藏兄又拿起一只塑料袋,取出宣纸,小心张开,贴在画毡墙上,用吸铁石锭儿吸住,一幅兰花图豁然眼前。山石嶙峋,三条兰枝展开,一条霹雳如剑,一条温婉如月,一条弯曲如虬枝。花朵恬淡安静开放,缭绕于兰叶间。左题:"终南之兰,达觉兄清赏,石鲁。"字如枯藤,蜿蜒遒劲,"石鲁"下钤随形印。藏兄再拿起一只塑料袋,取出宣纸,小心张开,贴在画毡墙上,用吸铁石锭儿吸住,一幅《华山下棋亭》豁然眼前。山崖是黑的,层云是黑的,盘旋的山径是黑的,朦胧的黑色,纵横渲染的黑色,巍然雄奇的黑色……群崖包围的小小下棋亭却是赭红的,亭子周围的苍松是赭红的。亭子空荡,不知等哪位仙人前来弈棋。左题:"绘梦中华山下棋亭,吴达觉先生正之,石鲁。"字如枯藤,蜿蜒遒劲,"石鲁"下钤随形印。

我数数塑料袋,还有十二只,总共十五幅啊。我惊呆了,惊得双手发颤,惊得声音颤颤,舌头磕绊,问道:"藏兄,全,全是石鲁?"

"是呀,全是石鲁。"

"怎,怎么会有这,这么多?"

"他家就这么多,连同太极石,一锅端了。"

"谁家?"

"吴达觉孙子家。"

"吴达觉孙子！他怎么会有这么些宝物？"

"吴达觉留下的。孙子是继承人啊。"

"吴达觉怎么会有？"

"吴达觉和石鲁先生是好朋友啊！"

"吴达觉会和石鲁是好朋友？什么时候？"

"石鲁和吴达觉成为好朋友，应在石鲁落难期间，1965年到1976年。"

"他们怎么会相识呢？"

臧兄回答："解放后，'揣骨'这行干不成了，吴达觉在北大街开了间小小的盲人按摩室，正好在美协对面。美协是石鲁的办公室所在。石鲁被批斗，免不得皮肉之苦，疼痛难忍，就到吴达觉那儿按摩，两人便结识了。"

我疑惑道："一个揣骨的，一个画画儿的，风马牛不相及呀，竟然送了这么多的画儿，交情不一般啊，两人相交的契合点在哪儿？"

臧兄拍手道："问得好！我也疑惑过，不搭调啊！仔细想后，正常的。人和人相交，并不在表面的应和，而在内心的共鸣。第一，他们都处在命运的最低谷。吴达觉当年行走江湖，靠一手'揣骨'绝技，游走三教九流、人中龙凤间，自得逍遥。解放后，特别是运动来了，揣骨不成，守着小小的按摩室，勉强维持衣食，还担忧被追究历史问题，惶惶不安。石鲁呢，新中国成立后，艺术生命一天天走向成熟，出席全国文代会，赴印度参与国际博览会中国馆设计，赴埃及出席国际艺术节，1959年创作出传世之作《转战陕北》，1962年创作出大型画作《东方欲晓》，1964年撰写理论著作《学画录》……从一个艺术高峰登上更高的艺术高峰。突然间，形势大变，一下子坠落到谷底，遭遇批斗、游行和无休止的检查反省，被吊在钟楼殴打、羞辱，画作被打上红叉叉，朋友反目，同事侧目，家人泪目，他几近疯了。第二，他们心灵都是最孤寂的。揣骨的'大仙'和绘画的'大师'，都是心思最敏感、最灵动、最缜密的人。一个能把人与人之间细微的骨骼差异摸出来，能从骨骼细微的差异测算人生的差异和特殊，能从差异和特殊里判断一个人的吉凶祸福，一个能捕捉山崖、松柏、梅兰最美丽的一瞬，能把最美丽的一瞬用画笔准确地描绘出来，能把自己的思想、感情和意念渲染在一笔一画里，没有最敏感、最灵动、最缜密的心思，可能吗？但现实却是，揣骨不能，画画儿不能……唯有漫漫的、黑夜一般的孤寂，心里有话找谁说啊！第三，酒。那时候，石鲁疯掉了，整天喝酒，不大吃饭，吃下两个韭菜饺子后上吐下泻，他说道：'我不能吃东西了，已经没有胃了，直肠子，吃点东西，肚子里便存不住，我成仙了，就用酒养着吧……'他说他修成了半仙之体，周围人戏谑称他'石半仙'，他竟然自居之。吴达觉呢？听他孙子讲，他爷爷早晨起来第一件事儿就是找酒，嘟囔：'不喝酒，怎么会有力气给人家按摩呢？'五花马，千金裘，呼儿将出换美酒，与尔同销万古愁。酒是燃烧孤独、寂寞和愁闷的火焰。他们俩怎么少得了呢？相逢有酒，怎不开怀对饮？第四，他们是知音，相互的。吴达觉懂画儿吗？懂，天才的懂！吴达觉精通揣骨之外，还有'耳鉴'和'摸画'的本事。所谓'耳鉴'，闻鞋履响辨死生。所谓'摸画'，以谓色不隐指者为佳画。不隐指，就是不硌指头。'耳鉴'和'摸画'都是绝活，失传了。我们可以想见，酒后，石鲁意气风发，灵感热血般喷涌，技痒难耐，画笔像侠客的长剑在剑鞘铮铮作响……铺纸挥毫，吴达觉侧耳静听画笔在纸上奔涌，惊涛拍岸，山呼海啸，一时，又是柳暗花明，和风细雨……画好晾干，吴达觉手指细细抚摸画面，抚摸过起伏的山峦，抚摸过潺潺的流水，抚摸过娇艳的花蕊，心中涌出了一幅画儿……"

我打断臧兄，说道："臧兄，前面讲的我倒可以领会，这里怎么觉着有些玄乎了？"

"世间有几个吴达觉，几个石鲁？天才寥若晨星啊！不是你我这等凡人，一抓一大把。不能用凡人的低级愚蠢去判断天才的绝顶智慧！"

"好吧，我收回我的低级愚蠢，听天才的臧先生吹完牛逼。"

"不要用嘲弄的口吻与我交谈严肃的艺术问题。吴达觉孙子讲，他爷爷摸一摸，便知道哪一幅画的是荷花，哪一幅画的是秦岭，哪一幅画的是漂亮女子，他们倒换过别人的画，都骗不过他爷爷的手。哪一幅好，哪一幅差，好在哪里，差在哪里，他爷爷都能说出子丑寅卯来。这，你又不信了吧？"

"这么说，吴达觉虽是瞎子，却是最懂石鲁，最能给石鲁带来心灵慰藉和艺术支持的人！"

"这下说对了，这不是我的妄猜，是有真凭实据的。"

臧兄在塑料皮儿文件袋堆里翻拣，拣出几个，一一取出宣纸，小心张开，贴在画毡墙上，用吸铁石锭儿吸住。这是三幅书法。石鲁刻过版画，书法别有气象，如挟华岳壁立千仞之气，不是用笔写，而是刀劈斧凿，山崩海裂，似卷云，似披麻，似乱柴，像泥墙皱皱的沧桑裂纹，像海啸，像狰狞的骷髅。

三幅书法写：

"兰之香也，不食肥土。"

"人骂我野我更野，搜尽平凡创奇迹。人责我怪我何怪，不屑为奴偏自裁。人谓我乱不为乱，无法之法法更严。人笑我黑不太黑，黑到惊心动魂魄。野怪乱黑何足论，你有嘴舌我有心。生活为我出新意，我为生活传精神。"

"长夜漫漫绝豸虫，不谢红花兴正浓。铁画银钩书天地，刺破东方一线红。"

落款均为："自勉句，达觉先生正之，石鲁。"与前面的画一样，没有年款。臧兄说道："兰花的美丽，不在于土地的肥沃，瘦土也能出奇迹。石鲁对他所处的环境是深刻了解的。因为深刻了解，才激发出石鲁兰花般的高洁和孤傲！对批判他的'野怪乱黑'，他根本不在乎！话说回来，不在一个维度上，有必要在乎吗？天才的人不会和野蛮的兽计较。铁画银钩书天地，刺破东方一线红。那时候，石鲁艺术追求的火焰从来没有熄灭啊！"

"漆黑的长夜，内心燃烧火焰，孤独行走，心里话给谁说呢？吴达觉眼睛瞎了，内心却是光明的。石鲁只有向着吴达觉光明的内心，述说自己对光明的向往。我猜，吴达觉一定给石鲁揣骨了，有没有？"

"有！你终于进入了状态。吴达觉孙子讲，吴达觉给石鲁揣骨并没有焚香、净手、念经那些套路，也没有摸头骨，只摸了脊骨，说了八个字，'单枪匹马，身后名大'。"

"身后名大已经应验，单枪匹马是什么意思？"

"大凡开宗立派的人物，哪一个不是单枪匹马走过来的？艺术创作是孤独的个体劳动，不是群体作战。艺术家只在群体间汲取养分。什么是开宗立派？就是形成自己独有的腔调、独特的风格、强烈的个人符号。未成曲调先有情。腔调不是事先主观设计的，是一个脚印一个脚印探索出来的。

石鲁先生从模仿客观形象，逐步认识到客观形象中美之所在，果敢地下手擒获这种美感。他的腔调形成，是他终于擒获了风沙扑面、黄土高原的美感，不断汲取营养，发展、丰满、圆润这种美。愈近成熟，愈写意，其腔、其韵、其神绝对控制画面，是主宰，是灵魂。我们看石鲁先生的画和字，无不是这样，其腔、其韵、其神霹雳而来，震人魂魄，具体的物象倒在其次了。"

"臧兄，佩服！这段儿话不是吹牛，是大境界，是真见地！在艺术上开宗立派真如单枪匹马，孤军作战，甚至是孤独求败。吴达觉有这么高深的见识吗？"

"吴达觉也是单枪匹马走过来的，肯定有啊！行业不同，技艺不同，但在最顶端的境界，天才的心思应该是相同的、相通的。"

"这么说，吴达觉也是单枪匹马走过来的？"

"吴达觉有助手吗？用现在的话说，有团队吗？他的双手摸透了芸芸众生，有几人入得了他的内心？又有几人识得了他？他没有朋友。一般人很难成为他的朋友。他的技艺不断精进，他想探明更幽微的人生神秘，向谁求教？出国留学吗？外国没有这种学问，这是中国绝活儿！他只有单枪匹马摸索，在黑暗里摸索，在骨骼间隙摸索，在孤寂中摸索，在缥缈游弋的风里摸索。他的摸索比常人难千倍、万倍啊！"

"曲高和寡，高处不胜寒！"

"特殊时期，特殊环境，造就了石鲁和吴达觉特殊的友谊。这段友谊，天才的友谊，比熊猫血还珍贵。要不，怎么会诞生这么多字画呢？来，再欣赏一幅。"

画面那成片蓬勃奔放的高粱枝枝叶叶，湿漉漉的，雾蒙蒙的，丰满，茂密，有厚度，有深远感。坡上梯田，集线成面，用浓淡和肥瘦不同的线，间以彩色的线，相互交错组成不同明度和色相的面，表现泥土气息的韵律感。笔的长、短、肥、瘦，墨的黑、白、灰，间以一二种简单的彩色，其间组成无穷尽的各种色相和明度的体和面，石鲁独有的腔调跃然纸上……题款："写梦中延安晨曦，达觉兄雅正之，石鲁。"我说道："刚才还要给老兄揣骨，看看什么时候实现小目标，真是瞎了眼，老兄已然是亿万富翁了啊。"

臧兄纵声大笑，指着画儿，说道："先别高兴得太早，有人说假呢！你看看，假不假？"

我又惊呆了，惊得双手发颤，声音颤抖，忙问："怎么会呢？笔墨这样恣肆纵意，无拘无束，挥洒自如，怎么会是假的呢？"

"请看看印章。"

我这才想起看印章，刚才只顾着看画儿了。看了印章，噢，明白了，问题出在这儿啊！我急切问："怎么回事儿，谁盖的印章？"

"还能有谁，吴达觉的孙子呀。粉碎'四人帮'后不久，吴达觉就升天了，活了九九八十一岁，他比石鲁大二十三岁。没过几年，儿子也死了，画儿就落孙子手上了。孙子当即就卖。一堆纸有什么用啊，钱花起来多爽。请一个人看了，人家哈哈大笑，说道：'你这画儿啊，印章和年款都没有，蒙人啊！'孙子一看，果真没有一幅有印章的，这可怎么办？到书院门刻一枚吧，便宜，一块钱，到文具店买了印泥，单位盖公章那种，一一仔细盖好。至于年款，提不起毛笔，索性不管了。又找了另一位行家来看，行家果真是行家，一顿臭骂：'蒙谁呢？就这烂印泥、破印章还冒充石鲁呢，找打啊！'石鲁画作的印款，不是用印泥盖上去的，而是用印油画的，这是石鲁的绝技之一。见不是事儿，孙子把石鲁的字画压在了箱底，不卖了！这一压就是三十多年。"

臧兄讲到这儿，去了卫生间。他出来，手上还湿淋淋的，我急切地问道："快讲，怎么到老兄手里了？"

"石鲁这批字画该出世了，只是出世的方式让人心酸。吴达觉孙子的孙女儿，才九岁，得了白血病。家里下岗的下岗，摆摊儿的摆摊儿，流水一般花钱，花得天涯海角，山穷水尽，一家人快活不下去了。前一阵儿，老屋拆迁，整理家当，吴达觉孙子这才翻出了箱底的石鲁字画，大喊：'老天爷，爷爷传下来的字画救我们来了！'吴达觉孙子聪明了，说道：'到老了，才想明白，以前碰到的都是假行家，只认名章不认画儿啊。这回呀，非得寻见真人不可。不然，不说解决孙女儿的看病钱，就连爷爷跟石鲁的一场患难际遇都埋没了。'经过七七八八一番传递，信息就到了我这里，于是你就见到了眼前这一切。"

"九岁的孩子，让人心酸呢。吴达觉孙子愚蠢的印章也让人心酸，心酸得愤怒呢。"

"没有他聪明的盖章行为，这些石鲁的字画不知道落到谁手里呢。印章只是一个符号，或许是一段传奇呢，不影响石鲁真迹的伟大和精彩。木已成舟，没必要跟一个搬运社的退休工人计较。"

"吴达觉不是有神奇的太极石吗？他的子孙怎么不继承家业、发扬传统文化呢？"

臧兄指点着我，说道："龙生龙，凤生凤，老鼠的儿子会打洞，老子英雄儿好汉，老子反动儿混蛋！伟大画家的儿女一定是伟大画家吗？伟大钢琴家的儿女一定是伟大钢琴家吗？爱因斯坦的儿女一定像爱因斯坦一样天才吗？天才不遗传。"

"就事论事，不要说大道理。吴达觉不是有太极石吗？揣摩九十九遍……"

臧兄哈哈大笑，说道："同样的问题，我也问了吴达觉孙子。吴达觉孙子说道：'爷爷说了，这门手艺到他这儿就终止了，孩子们一个也别想学。'我问：'为什么？眼下算卦的、看相的、抽签的不是挺活泛吗？'吴达觉孙子答道：'爷爷说，让他配药弄瞎我们的眼睛，他下得去手吗？'我惊着了！要学揣骨得先瞎了眼，欲要得到揣骨真传，就要失去眼睛，俞他娘，这揣骨简直是，简直……太恐怖了！过了好半天，我才问道：'爷爷不是留下了太极石吗？你们揣摩九十九遍……'吴达觉孙子哈哈笑了，说道：'你们真相信太极石？爷爷说，世上能行人多着呢，谁会相信一个瞎子？没有一番花头，没有道具，谁会相信你揣骨？太极石就是花头，就是道具呀。'"

臧兄站起来，大声说道："明白了吗？太极石只是花头，只是道具！把石鲁用过的画笔交给你，你能画出东方凡·高那样'野怪乱黑'的伟大画作吗？"

望桩

一

"定死了，明儿一早九点到，在屋里等着，记着，按我叮顿的办。"

撂下电话，亓珖嘟囔："按你叮顿的办，怕成不了事儿啊！"

媳妇说道："乐哥领的客，人家说咋办就咋办。"

"成不了事，咱娃的事情咋办？"

"先开个高价，不成了再降呀。"

"开价成生意！飘得太高，客扭头就走，不二话。想成事，得开个实实在在的价。"

"乐哥不是说这个客是大老板，价钱上不在乎吗？"

"哼，不在乎价钱，咋能成大老板？人家说是说，咱听是听，打好咱自家的主意。娃的事紧啊！"

"我不懂，反正你想好！费了那么多的神，熬了这么长的时间，咱得卖个好价！不光你心里畅快，咱娃的事也能办美气。"

媳妇说着，偎过来，搂住了亓珖。亓珖摆脱了，说道："别督乱我，让我好好想一想。"

去年收了秋，渭南田市镇的老田，还是独一个儿，开着面包车，又到了门上，还是要趸走。这回，从两万撺到了三万三，亓珖咬死三万五，不松口。

当时娃把媳妇还没领进门呢，不急用钱，敢搬得硬。

这三五年，行市一天比一天滚烫，上门看货的，论价的，缠挽的，一拨接一拨，一拨比一拨劲头大。手面最大、最实心的买主，非老田莫属。老田出的三万三，梢子价啊。见亓珧没有一丝商量的脸色，老田抬脚道："你犟么，不给我，看你给谁呀！"

出了院门，老田回瞥一眼，喊道："要知道撂碗！"

"要知道撂碗"的前半句是"咥饱了"。亓珧笑一笑，没应声。

老田是老跑家，眼睛毒，手面阔，人称"关中道第一大耍"。老田看上的货，没有不是梢子的；老田出的价，没有不是梢子价的。

三万三乘以六十六，二百一十七万八啊！老田的面包车发动了，亓珧算了算，不少啊！

啥钱？

亓珧院子栽的拴马桩！

拴马的桩桩么，三万三一根还不卖，吃石头了，心这么沉！想多少钱？

说这话的，肯定是外行了。内行说，拴马桩，老古董啊，老早时候，那是庄户人家门前的华表！

老早——早到啥时月？明朝，甚至更早，渭北的庄户人家，家家门前都栽拴马桩，少的，一对儿，左顾右盼；多的，大门两侧左右成排，三对儿，六对儿，九对儿，卫兵一般，面对面挺立。老辈人讲，拴马桩镇宅辟邪，又叫望桩，炫主儿家的身份、地位和财富呢。

在西安美院，一位银白头发的老者，像艺术家，指着校园栽立成林的拴马桩，对一群抱着画夹的学生讲道："拴马桩是我国古代民间石刻艺术的瑰宝。有的具有汉魏风格，削凿简洁，雄浑大气；有的展现出唐代石窟雕刻的魅力，集圆雕、浮雕、线刻于一身；有的大切大砍，呈现几何形，在生倔的强力下蕴含率意的韵律；有的憨拙原始，展现乡野的淳朴之美……在全国，在全世界，渭北拴马桩独一无二！"

亓珧跟在学生后头听。银白头发艺术家继续讲道："拴马桩十分珍贵，极具鉴赏和收藏价值。我们学院的这些拴马桩，都是从渭北农户那里征集来的……"

十分珍贵，极具鉴赏和收藏价值！亓珫心想："我屋那一根，不知比这些好多少倍呢！"

亓珫屋里那根，富平墨玉雕琢而成，揣摩得黑又亮；高两米有六，桩身如削，四棱见线，棱边阴刻云水纹；桩颈浮雕莲瓣，活的一样，掰得开呢；桩头的狮子扭转身躯，回首仰望骑狮人，向骑狮人摆尾撒欢儿骚情呢。屁股上有一只小狮子，拽住骑狮人的衣摆，往上爬呢！

一般青石拴马桩，日头下晒，风里吹，雨中打，经受过几百年，皮色泛白，像老汉，皱皱沧桑，有的还有裂痕，残了。亓珫屋里这一根，雄赳赳的，像小伙子，浑身上下麦粒儿大的磕碰都没有！

为啥？

亓珫他爷说道："先人珍惜，舍不得栽到外头，怕糟蹋了！"

早起，亓珫他婆拾掇炕上，亓珫他爷从头至根，仔仔细细，不急不忙，用干抹布把桩上上下下擦抹一遍。亓珫他婆他爷老了，亓珫他妈拾掇炕上，他爸从头至根，仔仔细细，不急不忙，用干抹布把桩上上下下擦抹一遍。亓珫抱着桩耍，年年跟桩比个头。桩看着亓珫长大、娶媳妇、得娃。他娃又抱着桩耍，年年跟桩比个头……

桩没变，黑又亮的模样，人却变了。亓珫他婆先走了，变成了一堆黄土。亓珫他爷跟着走了，刨开他婆那一堆黄土，埋进去他爷，变作了更大的一堆黄土。亓珫他爸走了，在他婆他爷下首，变作了又一堆黄土。亓珫他妈跟着走了……懵懵懂懂，亓珫四十五岁，没了老人的庇护，做了桩的主人。他爸临走的前一夜，对亓珫说道："爸这辈子艰难，没给你留下啥，你别谈嫌！守好望桩，往下传，这也是先人给爸留下的话！"

亓珫瞅一眼望桩，眼泪哗哗地淌……

这根桩，旁人叫拴马桩，亓珫他爷，亓珫他爸，亓珫，都叫望桩。

亓珫是大荔县朝邑镇南寨子村的农民，不务庄稼，跑到西安美院做啥？

亓珫还是个提刀的大把式，到西安美院做活来了。

一个多月后，美院这趟活干完，回到县上，南午村的孙攀军，老亲戚，亓珫叫哥呢，寻到了门上，请他给自家建三间两层的楼房。亓珫应下了，攒了六个手艺好的大工，八个手脚麻利的小工，登门开干。攀军屋的老房拆掉了，老椽、老檩、老砖、老瓦等等老物都堆在后院的茅厕旁。亓珫小解时候，瞅见墙角有一根拴马桩！比自家屋的高，高出个狮子头呢；比自家屋的粗，粗出个拳头呢；没有自家屋的好，只是一只狮子，歪头，扭身，俯瞰！皮色泛白，沧桑得很，凶煞得很，跟西安美院那些比，只好不差。银白头发艺术家的话闪了出来："拴马桩十分珍贵，极具鉴赏和收藏价值。"

回到前院，亓珖问拾掇杂物的孙攀军道："哥，后院咋有个拴马桩？新房建好了，给哪儿栽？"

"先人遗下的。新房建好了，一灿子新，栽那么个旧货做啥？"

"哪咋办？"

"看你像爱，你爱你拉走，给我腾地方！"

"多钱？"

"说啥钱嘛！"

"那咋行？"

"你给哥多操些心，把房建结实就行了！"

房建好，不但结实，还漂亮。结工钱的时候，零头的一百三，亓珖抹了，顶拴马桩。孙攀军不好意思，说道："兄弟，你把心操到了，拴马桩不算钱！"

亓珖硬是把一百三十元抹掉了！

别小看了一百三十元，1999年，亓珖，大把式，给包工头干，一天十五元工钱；自己包活领人干，一天有三五十元的收入就偷着笑了。

打这儿，在大荔、澄城、合阳一带的乡间建房，见了上眼的拴马桩，主儿家情愿，亓珖就收下，拉回，栽在自家院里。

二

亓珖这六十六根拴马桩一根比一根好，谁不说！

好在哪儿？

第一，完整没麻达。陕西方言，没麻达就是没问题。在这儿，一是说没磕碰。完整好说，毛根、桩身、桩颈、桩头俱全，但没磕没碰就不容易了，几百年的老物，跟人一样，经了七灾八难啊，三五十根里头才见得了一根全活儿。二是说没耍手脚。修的、补的、拼接的，入不了亓珖的院子。

第二，工精有味道。亓琥收拴马桩，循两条原则。一是跟自家屋的那根比，比工，有比头才算数。二是银白头发艺术家说的"艺术"。啥是艺术？亓琥想，艺术么，就是让人心里头暖暖的、颤颤的、在嘴边却说不出来的那种受活。有了这两条，亓琥的眼就挑得很！就像寻媳妇，周周正正，健健康康，是个女人就行了，偏要寻那柳叶眉、丹凤眼、樱桃唇、杨柳腰的！

第三，有一番说辞。一对狮子，是事事（狮狮）如意，两对狮子，是四（狮）季平安，狮子背上爬狮子的，是太师（狮）少师（狮）……雕单个儿猴子的，是"封侯在望"，猴子背猴子的，是"辈辈封侯"，猴子吃仙桃的，是"寿侯及天"，雕一群猴子的，是"五子登科"……在交道镇元里村的豆家，亓琥得了根"辈辈封侯"的大桩，高越三米，粗过一尺。老豆难说话。亓琥抵掉了一万三千元工钱。这是亓琥花本钱最大的一回。还有那胡人驯兽的，老汉噙旱烟锅子的，美人弹月琴的，胖娃娃戏耍的，都有说辞的……

到 2012 年，十三年间，亓琥用工钱顶，或是乐哥带着去户里，价钱合心，买下来，一根一根，攒了这六十六根拴马桩！为啥不买了？再碰不着合心的了。收桩的人一天天多了，收得猛，农户屋里难见着了。上眼的，都到了跑家屋里，比如老田，圈了块地方，专栽拴马桩，密密麻麻，林子一般。问一下价，让人咋舌。小跑家，有三五根的，有七八根的，普通的狮子桩，问价，张口上万。价钱这么硬，咋能合心？再一个，媳妇不愿意。做基建活这么些年，除了紧紧巴巴过日子，余下的钱全撇给了拴马桩！儿子大学毕业，在西安寻下了工作，买房娶媳妇，花大钱的硬事来了，咋办呀？活人，就是活娃呢！娃过不到人前头去，活下还有啥意思？媳妇心焦，茬口硬得很，比雕望桩的石头还硬——不准再给拴马桩上花一分钱！

亓琥想，老田出到了三万三，自己要价三万五，只差两千元。老田是吃这个饭的，不要了，怕不挣钱？乐哥说这个老板势大，让把价钱开高，高多少？三万五，半年多以前的事情了，得涨点儿，那就三万九，要是还价，那就三万八，三万六也行，三万六是底，死活得咬住！噢，光顾着算自家的账，乐哥咋办？按规矩，乐哥领了客来，成了生意，得给一成的好处啊。亓琥对媳妇说道："我想报价四万二，客搞价，落下来两千元，实价四万，给过乐哥四千，咱落三万六。"

"算下来咱总共有多少钱？"

"二百三十七万六！"

"这么多！"媳妇掀开了被子，吼叫起来。

"你还让报高价呢，一根加一千就是六万六，加两千就是十三万二，再大的老板也得龇牙！"

"早先，打死我也想不来这些石头桩桩能值这么多的钱！要是攒钱给娃在西安买房，一个鸡窝都买不下！"媳妇热热地搂住了亓珫。

"明早九点客就到。天晚了，赶紧睡！"

<h1 style="text-align:center">三</h1>

六点差两分，亓珫起来了，抹一把脸，出了屋，抓起窗台上的干抹布，擦抹起拴马桩来。人要拾掇得干净利索，拴马桩一样啊！这些年，就像他爷、他爸当年，除了阴雨天，亓珫从头至根，仔仔细细，不急不忙，用干抹布把望桩上上下下擦抹一遍。擦抹完院子的，回到屋，更仔仔细细，更不急不忙，擦抹自家的望桩。每次擦抹过，亓珫都欢喜，自家的望桩好啊，比小时候更黑、更亮、更精神了！媳妇笑道："那是越来越值钱了！"

老田、乐哥这些跑家，鼻子上不知装了啥，谁家屋里有古董，都嗅得见！亓珫栽拴马桩到第十七根的时候，老田来了，要戳走，一根三千五。亓珫笑道："你有没？我还要呢！"

栽到第五十根的时候，老田又来了，还是要戳走，一根一万三。看了屋里那一根，加价到一根一万四，五十一根戳走。亓珫笑道："尽管看，别想拉走，我只进不出！"

老田说道："一直想不通，你不是个跑家，收的货咋比跑家还精到？看了你祖上传下来的桩，明代精品，我一下子清白了！"

老田眼毒，看得出自家的望桩是明代的。

"清白了啥？"

"好货看惯了，烂货看不到眼里去，你天生的眼头高！"

栽到第五十五根的时候，老田又上门了，不提戳走的话，只要一根，屋里那一根！老田说道："黑间睡不着觉啊，想你屋这根桩，兄弟，让给哥，价钱任你开！"

"田哥，若果是你祖上传下来的，你会变成钱不？"

"不说那话。兄弟，哥一步到位，五万，咋样？"

五万，天价啊，老田真是手面阔！

"田哥，五万元真不少，但你这是让我踢先人脸啊！"

"话不能那么说……"

"打个比方，望桩好比是我先人，我伺候我先人恭敬周到，还是你？田哥，我怕你把我先人饿下了！"

"咋能饿下？我只会比你伺候得好！"

"在你屋饿不下，贩到旁人家就说不定了！田哥，我先人还是我来伺候！"

"只要我有一口饭吃，不会出手，我像我先人一样伺候！"

"田哥，谁的先人谁伺候，我不会出手的！"

乐哥头回上门，不是来买桩，是来卖桩的。桩不是他的，是合阳县马家庄老马的，一对儿桃桩。桩身四棱见线，桩头上各蹲了只桃子，饱满，福气。乐哥说道："这是孙猴子吃的蟠桃。"乐哥跑一线，钻得深，能从户里"拔"出精的货色，却不买，介绍给买家，得些"跑路费"。不清白他咋知道了亓珫收拴马桩，跑上了门。桃桩少见，稀欠，亓珫跟主儿家搞了一程价，搞到了一千五百元，再也搞不下去了，就定了秤。出了门，给了乐哥二百元，加上吃喝踏杂，总共摊了一千八百元。之后，乐哥带亓珫在澄城县安里乡收到了一根"寿星桩"——桩头上站立一长髯老者，左手托蟠桃，右手拄龙头拐杖。这根桩价大，九千元，连乐哥的跑路费，连踏杂，总共摊了一万一。在渭南故市镇收了根胖娃娃桩，桩头上的胖娃娃乖、灵、皮，咋看咋惹人爱。这根桩花了四千四百元。乐哥说捡漏儿了。亓珫没二话，给乐哥了一千元。还有狮子桩、胡人驯兽桩……乐哥领亓珫收的桩，不下十根，都惹眼！亓珫不收桩了，还跟乐哥好，逢年过节，两家子走停呢。娃把女朋友领进了门，亓珫得出桩，第一个给乐哥说了，乐哥说道："没麻达，包给我了！"

乐哥领了几拨客来，都说是西安的大老板，但出价却啬，欠大老板的气派，连老田都不及，三万的畔畔没过！

为啥不去寻老田？其中有道理的。老田上亓珗的门，出价三万三，亓珗拧拉，不卖；亓珗不拧拉了，想三万三卖，上老田的门，那就轮老田拧拉了，不一定出三万三了啊！亓珗心里清白，古董行道，谁主动，谁被动；谁先说话，谁就得受话。按说老田的鼻子灵，应该嗅着了自己出桩的风声，该上门了呀！一天天过去，却没有。

昨儿后晌，乐哥电话里说道："刚跟了个大老板，宝鸡的，专要老石头，中堂狮、迎宾狮、拴马桩、上马石、四平门墩、翘鼓门墩，只要是老石头，啥都要，最爱拴马桩。你把价开高！"

"多高？"

"单个要，胡人驯兽以上的，一根八万，狮子桩五万。趸走，拉平算，一根六万！"

"抢人呀！"

"前头领来的那几个老板都是行家，太懂了。这个大老板刚入道，不懂。"

"不懂能当老板？"

"人家是房地产大老板，做的是大买卖，几根桩才几个钱？你听我的，就这么办！"

挂了电话，亓珗心想："世上没有傻瓜，更别说老板了！"说给媳妇听了。媳妇说道："老板也有傻瓜呢，只是人家命好！你不敢狮子大张口，才是个真傻瓜！乐哥说咋办你就咋办。"

"不是乐哥揣着人家的钱包呀！这个老板是乐哥刚打交道的，掏钱的事情能由着乐哥？"

晚夕刚上床，乐哥电话又来了："定死了，明儿一早九点到，在屋等着，记着，按我叮顿的办。"

能按乐哥叮顿的办吗？

人活一张脸，货卖一张皮，拴马桩擦抹得干干净净，巍巍挺立，一根比一根精神，一根比一根耐看，有的看过十几年了，最晚进门的，也看过了三年半，都没看烦，没看够！亓珗心里咯咯噔噔拧拉，舍不得了！

舍不得，不行啊，娃的事大！

那就要高些，单挑，六万五；四万二；趸走四万八。

四

看见大老板的第一眼，亓珧心凉了。咋？碎个子，皮鞋带高跟儿，勾不上乐哥的肩膀；瘦，西装空荡荡的，人身跟衣裳不挨，套筒一般；短头发，硬铮铮的，娃娃脸……一句话，没一点儿大老板的气象。人却嫽，笑模样，谦恭很，跟亓珧握手，手劲不小，看人的时候，眼窝眨巴，贼亮！

乐哥说道："这是强总，世事大！"

亓珧估摸，强总四十岁出头吧，便说道："年轻有为！"

强总笑道："还年轻？奔五了！"

亓珧惊讶地说道："你脸上一丝绉绉都没有，咋就奔五了？"

强总仰脸笑道："1966 年，属马的，是不是奔五了？"

亓珧低头看强总，说道："你没下过苦，模样嫩！你比我大三岁，我得叫你哥呢。"

亓珧请强总进屋坐。强总说道："拴马桩在院子呢，到屋里做啥？"说着，走进了拴马桩"林子"。不像老田和那些行家，一根一根，上上下下，看得仔仔细细，生怕有麻达，强总只是扫视，不甚在意，够得着桩头的小号桩，伸手摸一摸，中号的、大号的桩，够不着，仰头望一望……五分钟不到，强总看完了，站在屋檐下，指着"林子"，对乐哥道："我看都好，你看呢？"

乐哥拍胸脯答道："我看好些年了！你放心，没一点儿麻达，每一根，我都敢保！"

强总面向亓珧，巴结的表情，商量的口气，笑道："兄弟，咱不一根一根说了，浪费时间呢，趸走，你开个价。"

这气派，这口气，真不是大老板啊，价开大了，白搭！亓珧说道："四万二！"

强总应道："这么点儿？"

"我是说一根，一根四万二，满院子共六十六根。"

强总扭头问跟在后头的小伙子："多少？"

小伙子手指头飞快地摁计算器，抬起头来答道："二百七十七万二。"

强总点头，对亓琓笑道："兄弟，你是有心人，我感谢你，感谢你把老祖先留下的宝贝保管得这么好！也感谢老天爷给了缘分，让咱俩认得，让这些宝贝今后由我保管！这样吧，我给你个浑数儿，三百万！"

三百万，亓琓听清了，三百万啊！

亓琓瓷了！

强总指着摁计算器的小伙子，对亓琓笑道："兄弟，他留下来给你办手续。"小伙子转身跑出院子。

强总扭脸对乐哥说道："走，咱去下一家？"

乐哥笑道："强总，屋里还有一根呢。"

进屋看了，强总拍手叫道："极品啊，栽到我办公室再合适不过了！"

亓琓还没从三百万里缓过神来，不知道咋回答。这时候，小伙子抱了两捆子钱进来，对亓琓说道："二十万，没开封呢，你点一点，这是定钱，下午车到，你找人帮我装车。"

亓琓应道："这是院子里的事，跟屋里这一根不黏呀。"

小伙子尴尬。强总笑道："当然不黏了，难道还赖你不成？一码是一码，咱说这一根。这钱是院子里的。"

亓琓说道："这一根是先人留下的，不能变钱。变钱是卖先人哩！"

强总点头道："你的心情我理解。"顿了一下，强总指一指屋外，说道："哪一根不是先人留下的？那些卖给你拴马桩的人都把先人卖给你了？"

亓琓的嘴被塞住了。乐哥打圆场，笑道："几百年了，哪一辈儿的先人制下的，哪一辈儿的先人倒手了，不知道倒了几茬手，人死灯灭，先人的事，黑着呢，谁弄得清？"

强总笑道："一家一姓当然弄不清了！眼界放大，眼光放远，不管是你屋的先人，还是他家的先人，都是先人啊，咱现世人的先人！"

乐哥向强总伸大拇指，说道："强总不愧是弄大事的，胸怀大，看得远！"

亓琓说道："道理我清白，啥都是世上的。强总，乐哥，先把这六十六根的事情办了，这一根，先留在我屋吧！"

强总笑道："啥时候不想留了，告乐哥一声。"

五

拴马桩走了，三十捆钱垒在屋里，小山一样，张臂抱不拢。媳妇笑得没模样，眼睛眯一条缝儿，出出进进，屋里屋外都是笑。

亓珖却笑不起来，圪蹴在屋檐下，一动不动。天色暗下来，亓珖还圪蹴着，还是那个姿势。媳妇不笑了，摇他肩膀，问道："咋了？"

亓珖蔫蔫儿地答道："桩走了，心里头不美！"

"咋不美？"

"跟咱院子一样，空空儿的。"

"嫌没按乐哥的话来，价低了？"

"这个我想通了。按乐哥说的，戗走六万，总价是三百九十六万，咱少得了九十六万。这是命，命里头该这些拴马桩归了咱，命里头该咱得这么些财。再说，若果按六万元报，强总不一定这么爽快。"

"我知足了！那些卖给咱拴马桩的，知道了，咋个想？多亏了这些拴马桩，给娃买房娶媳妇，宽宽展展！"

"多亏到西安美院做了趟活儿，多亏听了那个银白头发艺术家的话。这是命，命里头让我去听人家讲经呢！"

亓珖扫视空荡的院子，又抬头仰望空阔的天，叹道："艺术就是怪，在咱院子不觉得啥，离了咱院子，心里头只忙放不下，疙疙瘩瘩的，不是个味道……"

"你娃没房住，你娃娶不下媳妇，才不是味道呢，赶紧，上西安，给咱娃谋识房子去！"

亓珖"唉"一声，站起来，伸一伸腰，举起双手，做"V"状，长出一口气，叹道："咱要是有钱，强总一根也别想拉走！"

媳妇笑道："打上红灯笼，满天下也寻不下强总这样的好买主！我给你拌俩凉菜，喝几盅，心口就舒坦了！"

刚抿了口酒，乐哥的电话来了。不等乐哥发话，亓珖抢先说道："乐哥，今儿的事情没办好，怪我！给你的，还按你叮咛的价来，四十万……"

"谁跟你说这个！听着，有了钱，别让钱闲着，赶紧动手再收拴马桩，只要完整，只要没麻达，狮子桩一根三万、三万五，好的四万，胡人驯兽桩、猴桩的一根六万、六万五，好的七万、八万，雕人儿的，八万以上，都敢要，抓紧！这回一定要听我的，别再犯迷糊了。"

"谁要？"

"强总啊！"

"他还要？"

"你知道强总今儿后响一口咥了多少根？"

"多少？"

"你猜？"

"一百根！"

"再猜，往大猜！"

"一百五十根！"

"三百八十六根！"

"这么多！"

"胡人驯兽桩四十七根、猴桩十八根，趸走八万五；太狮少狮桩六根，趸走七万；狮子桩二百七十四根，趸走四万三；雕人儿的桩，三根，趸走九万五；桃桩、南瓜桩三十八根，趸走两万。统算了，抹掉零头，满共一千八百万！"

"谁的？"

"老田的。狗日的老田，这下子大发了！"

"加上咱的，两千多万啊！强总有多少钱，他还能要？"

"这个碎个子，水深得跟海一样，看不透！一千八百万，没二十分钟就说定了，后头让我把好关呢！我问还要不要，人家说，这才收了几根，早着呢！你抓紧，越快越好。风扬出去，就不好收了。"

"我正在石槽村给人家建房……"

"就你一个会建房？交给旁人！跑货十几年了，强总这样的老板，我头一回见，恐怕以后也见不着了！我手里还有些嘴子，原来因为价硬，没给你介绍，现在都说给你，你快去咥回来！我得跟强总跑，他离不得我。明儿晚夕我到你屋，咱好好商量商量。"

陕西方言，嘴子，关系的意思，这里指货源。

刚撂下乐哥的电话，老田的电话来了，口气热乎，问道："喝汤了没？

兄弟！"

喝汤，吃晚饭的意思，关中地面，晚饭时分都这么招呼人。亓珫答道："没喝汤，喝酒哩！啥事？"

"兄弟雅兴！前一向手头紧，没拉你的桩。这几天手头松泛了些，就按你开的价，趸走，三万五，明儿早起，哥来拉，一把清！"

"田哥，兄弟没桩给你拉了，走了！"

"你说啥？"

"桩走了！"

"走了？上星期听人说还没走啊！谁拉走了？"

"我不认得。"

"是不是老乐领的客？"

"不是。"

"我不信！还有谁有这么大的斤秤？"

"不信你来看，院子空空儿的了！"

"出邪了！哪儿冒出来了这么多的大神？"

媳妇听了乐哥的意思，使劲拍桌子，叫道："趁旁人还没灵醒，咱赶紧收！"媳妇的手拍红了，疼，朝手心儿不停吹气。

"娃的房不买了？"

"把这趟子钱挣下了，给娃买更好的！"

"叫朝荣明儿一早来，拉着我跑。早先有几家的桩，价大，我没敢下手！"

"给我说啥？快打电话呀！"

朝荣是娃他舅，有一辆面包车，在朝邑镇上"钓座儿"。第二天，亓珫坐了面包车，跑了六家。三家的桩卖掉了，扑了空。另外三家，一家是狮子桩，勉强看得上，五年前要一万二，现在要三万，搞了一程价，两万六成交。一家胡人驯兽桩，不错，五年前要三万，现在要五万，亓珫略微搞了搞价，当即付现。一家是小跑家，有四根桩，一根胡人驯兽，一根辈辈封侯，两根狮子桩，趸走，二十一万。摊下来一根五万两千五。小跑家比自己会做生意啊！六十六根桩忽闪忽闪，不停点儿地在亓珫眼前晃。搞了俩钟头价，一分钱搞不下来，小跑家只答应免费送货上门。户里那两家，每家给了二百元运费，请人家代送。天擦黑，回到屋，进了头门，亓珗小跑过院子，奔进屋里，乐哥还没来呢！媳妇说道："看身上的土，赶紧到院子摔打摔打！"

摔打了浑身上下，洗了脸，给乐哥打电话。电话响了好一阵儿，乐哥才接了，小声说道："我跟强总在两宜镇定城村，还得一阵子！"

"你咋过来？"

"强总晚上住县上，我坐他车到县上，再想办法寻车赶过去。"

"娃他舅去接你，面包车，他到定城村了给你发短信。"

"好！"

朝荣嘟囔："姐，我哥把人用得太扎实了，晌午就吃了一碗烩菜跟俩蒸馍，这会儿饿得很，又要跑……"

媳妇笑道："你哥比你多吃了？姐给你先下碗面，你赶紧去！"

亓珗笑道："光给你兄弟下面，不给我下？我也饿得很！"

"姐，院子里的石头桩桩卖了多少钱？一根好几万，我哥下钱眼都不眨！"

亓珗答道："你接上了乐哥，啥啥儿就知道了！"

媳妇笑道："咋能说是石头桩桩？那是艺术！"

六

桌儿上摆五盘菜，酱牛肉，拌耳丝，葱花炒鸡蛋，油炸花生米，蒜泥黄瓜。乐哥进门落座，油汪汪的带把肘子端了上来，摆在中央，腾腾冒热气。乐哥叫道："这是做啥？不过年不过节，'菜王'都上来了！"

带把肘子以猪前腿做成，连骨带蹄，文火烧蒸，色呈枣红，别致而又丰满，如把柄，被誉为"盘中一王"。明代时候就是大荔县衙的一道官菜，后传入乡间，称作"菜王"。

亓珗媳妇笑道："亓珗专门叮顿了，乐哥爱这一口。我做不好，在镇上食堂订的，后晌拿回来上笼蒸透了，你尝尝，烂不烂！"

亓珗笑道："乐哥，还有'酒王'呢！"

茅台啊！亓珗说道："十年前给椿林镇老张家建房，人家送的。老张的儿子是一面官，好酒好烟多得是。我没舍得喝，藏下了。乐哥，今儿咱弟兄俩喝了它!"

乐哥要过酒瓶，眯眼仔细看了，说道："兄弟，1998 年的飞天茅台，十五六年了，我舍不得喝!"

"乐哥，要是舍不得喝，你拿走!"

"拿走，我独个儿咋享受？要喝，还是咱弟兄俩一搭喝。噢，还有朝荣。"

朝荣摆手道："我开车呢，不敢喝。你跟我哥喝美，我闻闻就享福了。"

碰过三杯，乐哥说道："你猜，强总今儿在定城村买的那根桩多少钱？"

"十万？"

"心太小！你先听听人家怎么个卖法吧!"

"怎么个卖法？"

"朝荣，把我给你讲的，讲给你姐夫听。"

"这个卖家精，不见兔子不撒鹰。"

"怎么个不见兔子不撒鹰？"

"不见强总的钱，不让强总看货。"

亓珫面向乐哥，疑惑道："不让买主看货，买主凭啥跟他说价？"

乐哥说道："人家就有那个本事！嘴上只一句：'我这根桩，关中道第一，全世界寻不下第二个!'"

"桩呢？"

乐哥笑道："在后院埋着呢!"

亓珫叫道："强总没看货就下钱了？"

乐哥点头道："下了，三十八万!"

亓珫惊得跳起来，大叫道："三十八万！啥桩，金子箍的？"

乐哥没言声，喝下一杯酒。亓珫又大叫道："比咱屋的望桩好？"

"没咱屋的望桩好!"

"挖出来后，强总后悔了没？"

"后悔啥？人家的三十八万跟咱的三毛八分一样。强总说了，要超过王勇超。"

王勇超，亓珫听说过，在秦岭南五台脚下，栽了八千六百多根拴马桩，占地五百亩，像一片"森林"，被誉为"地上兵马俑"!

"他咋能跟人家王勇超比？王勇超灵醒得早，刚改革开放就动手收了，那时候，一根桩才三二十元钱，还挑最好的。"

"有钱能使鬼推磨！"

"八千六百根，一根一万就是八千六百万，一根十万就是八亿六千万，碎个子有这么多的钱？"

"还是那话，这个碎个子，水深得跟海一样，看不透啊，越来越看不透了！兄弟，咱管不了那许多，只管趁着这个浪头，捞几网鱼！朝荣，跟你姐要纸要笔，记地址电话。"

朝荣要纸笔去了。乐哥说道："古董行的比，比数量，更比档次。一千个民窑的瓷盘子，比不过一个官窑的；一百个官窑的盘子，比不过一个皇上用过的；一百幅小名头的大画儿，顶不上一幅大名头的小画儿……"

"乐哥，我清白了，一根好桩顶得过十根一般桩！"

"清白了顶啥？你的手太软，见了好货下手不狠，出货的时候心太轻。"

"当年一没胆，二钱紧；唉，那天老害怕价报高了成不了事。"

"这下有钱了，胆放正。不要说给我四十万的话，按规矩来，三十万。别急着给我，算我添给你的。听着，按我给的地址电话，只管去收货，越快越好，黑白不停！"

"黑白不停？"

"是的，黑白不停！强总这股子风，猛，要不了几天，大跑家都知道了，再要不了几天，小跑家都知道了，价钱就蹿上来了！再说，风头越是猛，越不得长久。趁风头没转向，咱就把事办了。"

"乐哥，你真是个了不得的经纪！"

"十年碰不上个闰腊月，让咱碰上，不能抹脱了！大荔县别跑了，风声已经传开。从明儿开始，一个县一天，跑完合阳、澄城和蒲城，跑富平、三原和泾阳，再跑兴平、礼泉和乾县，最后跑户县、长安和临潼，十二天，把三百万花出去，拴马桩给咱咥回来！"

"十二天，能行吗？"

"能行！那些嘴子都是我这样的地里鬼，活地图，谁家屋里有啥都知道！有钱挣，狗日的哪一个跑得不欢？他们领着你跑，下了货，让他们代办送到。"

朝荣拿了纸笔来。乐哥说道："还有，不要拉到你屋里，拉到朝荣屋。到时候，我把强总领过去。"

亓珧连连点头，说道："一定得是这样，一定得是这样！"

"出的时候你也过去，我就说朝荣是你的亲戚。朝荣，捉笔，记地址电话。"

七

跑得没黑没白啊！

第九天，花出去了二百七十万元，继续花，花过三百万元都不打紧。媳妇取出了压箱底儿的十万元，朝荣拿来了十万元，不够的话，朝荣还能借来十万元。再不够的话，媳妇说，咱也借，利息高，不怕！

萝卜快了不洗泥。收来的桩，大多只能说完整，也没麻达，但要说让人心里头暖暖的、颤颤的，大多欠火！三根胡人驯兽的桩，大号的，威猛得很，壮观得很；一根五子登科的桩，群猴戏耍攀爬，一只撕扯着一只，精彩；一根桩奇异，是个女子，身形窈窕，面目漫漶，怀里还抱一把琴，味道足。栽起，共六十九根。狮子桩五十五根，最便宜的两万三入手，最贵的三万九，均价三万三；太狮少狮桩三根，都是五万五一根入手；猴子捧桃的桩，四根，均价五万八；加上那三根好的，胡人驯兽的桩共六根，均价七万三；仕女桩便宜，两万元。

把这些桩聚拢来，忙活了几家人啊！

朝荣屋在赵渡镇的官西村，十几里路程，亓珧媳妇赶回去，跟朝荣媳妇搭伙，接电话，打电话，指挥送货的车进门，招呼茶水，打收条，送客出门，雇了辆叉车，请了四个挖坑、卸桩、栽桩的汉子……忙活得转不开身。亓珧和乐哥不放心，又请了位眼力好的跑家，见天五百元，专事把关，不完整、有麻达的，没二话，一概退回。没人顾上做饭，乐哥指拨媳妇来帮忙，朝荣唤来了自家妹子。

这晚夕，亓珧和朝荣歇在乾县。

白日，在五陵原收了三根桩。虽然是狮子桩，但这狮子非同一般，模样凶煞，胸脯凸张，两腿豪迈前蹬，像憋了使不完的劲头。桩大，高度三米六，见方四十三厘米，完整，没麻达，立起来，慑人呢！一根六万元，主儿家一分不让。亓珖磨了半天，只磨出个免费送货。最后，亓珖说道："我立马点钱，你立马送货！"

主儿家说道："你利朗，我也利朗。我这就叫车。"

朝荣扯亓珖袖子，叫道："哥，狮子桩么，咋能给这么大的价？"亓珖明白，领路的跑家，还得给六千元，本儿摊到了六万六！

主儿家说道："想好，还来得及。这么好的桩，我不愁卖！"

亓珖扫一眼朝荣，对主儿家说道："不用想，这就给你点钱。"

朝荣嘟囔："头发昏了，钱不当钱！"

刚出村，在村碑前遇见了老田。老田下了车，亓珖也下了车。老田说道："年轻啊，腿脚利索，比我跑得快！"

亓珖嘿嘿笑道："瞎跑呢！"

"是不是冲三根大狮子桩来的，下手了没？"

"咥到手了！"

"快活！那我就不进村了，撵下一个点儿。这几天，桩比烧红的烙铁还烫手！"

老田回身上了车。亓珖瞅见副驾驶上坐了个人，不用说，领路的跑家。

跟往些天一样，今儿，俩人马不停蹄跑罢，吃过晚饭，住下时候已经近十一点了。晚饭是一天最消停的一顿饭，一碟子素拼，一瓶儿西凤酒，一碗箸头面，一碗面汤。箸头面，不但像筷子一样粗，还像筷子一样硬，筋道啊！朝荣今儿不喝酒，呼啦啦吞下一碗面，先回宾馆睡了。亓珖一个人抿了二两酒，不急不慌，吃了面，喝了汤，这才回房间，见朝荣面壁而睡。亓珖冲了澡，躺下，向朝荣的背问道："不谝了？"

每晚夕，俩人都要谝一谝今儿的得失，明儿的打算。

朝荣不吭声，像睡着了。亓珖笑道："还生那六万六的气呢！"

朝荣还是一动不动。亓珖说道："还记得顺陵的那个大狮子不？多威风！我第一眼看见，镇住了，势太大了，太美了！"朝荣咋能不记得？今早的事儿呀！亓珖围着大狮子转，仰脖子看了半个钟头呢。亓珖说道："那三根桩上的狮子，你瞅，跟顺陵的狮子几乎一模一样！"

朝荣的话出口了："一模一样能咋？还不就是个狮子桩吗？就是个头大

些。依我，顶多给他四万元！"

亓珙笑道："我也想四万哩，人家不给呀！"

"他不给，咱还不要呢！狮子桩不稀罕，天天能碰上。"

"能碰上这样的桩？莫说六万，就是七万、八万，我也要逮到手！"

朝荣转过身来，惊讶地问道："卖多少钱？"

"最少翻一番！"

"为啥？"

"收了这么多年的桩，还没见过这几根让我心口跳个不停的桩！"

"谁买？"

"能让我心口跳个不停，也能让旁人心口跳个不停。保准有人下钱！"

"我心口咋没跳个不停？"

"朝荣，你才见了几根桩？没入道行呢！"

朝荣还要说话，亓珙的电话响了，乐哥打来的。亓珙接了，说道："乐哥，啥都好着呢，你放心！今儿收了三根好桩……"

乐哥打断了亓珙的话，说道："你先听我说，我这儿不好了。"

"怎么了？"

"估摸强总风头要变！"

"为啥？昨儿还不是好好的呀？"

"前儿后晌，不知从哪儿冒出来个石雕专家，博物馆退休的，跟上了强总。今儿收货，强总不怎么听我的了，只听那个专家的。"

"那个专家啥路数？"

"挑得很！一般的桩不好好要，只要奇特的，年岁大的，给强总鼓捣什么人无我有，人有我精，宁缺毋滥，还鼓捣什么最伟大的石刻在唐朝、在北魏……"

"强总呢？"

"强总被那家伙说转了，刚吃完饭，叫我遛弯，说道：'老乐，得跟专家好好学学，眼睛不能光盯着拴马桩，还得操心唐朝的佛造像、北魏的佛龛，那才是石刻艺术的瑰宝！'"

"你咋回答了？"

"我说都是瑰宝，各是各的路数。拴马桩是拴马桩的味道，佛造像是佛造像的味道。拴马桩好比咱的臊子面，天天能吃到；佛造像好比大席面上的海货，不易得啊！"

"强总怎么说？"

"强总说，这个比方打得有意思！不过，海货就是海货，比臊子面档次高啊！听懂了么，碎个子心思变了！"

"咋办？"

"还是那话，这个碎个子，水深得跟海一样，我看不透。看不透归看不透，咱步子撵在前头，不收。你现在就跟朝荣往回走，我明儿后晌领强总来，先把咱的货出了！"

"好，我这就往回赶！"

"专家牛，不好对付，得想想办法。"

"有啥好办法，你给我说。"

"你刚刚儿说收了三根啥好桩？这样……"

八

强总看见亓珫，惊讶地叫道："兄弟，你咋也跑到这儿来了？"

亓珫握住强总伸上来的手，指一指朝荣，答道："这是我表弟，也收桩呢，我帮他看看！"

强总点头，笑道："明白了，你表弟让你帮着抬价呢！"

强总后头跟了位六十出头的老者，黑脸，小眼，戴眼镜，白茬茬胡子。亓珫朝老者微笑招呼。老者冷模样，不睬识亓珫。乐哥走在老者后头，努了努嘴。亓珫明白，专家是老者。

好一片桩，前院栽得密密的，栽不下，后院又栽了些。专家走在前头，手中拿一支彩笔，红色的，在桩上画道道，有画一条道道的，有画两条道道的，有画三条道道的。强总和乐哥走在后头。亓珫和朝荣跟在最后，亓珫瞪老者手中的彩笔。前院后院都看完了，画完了，老者对强总说道："像是才栽下的，强总，你看土，新新儿的！"

朝荣应道："是才栽起来的，原来都睡在地上。为了好看，专意栽了起来。"

老者冷冷地说道："专意栽起来谋算强总呢！"

亓珖变了模样，紧盯着老者说道："世上有个买啥的，就有个卖啥的，一个愿打，一个愿挨。百货商店把衣裳穿在衣裳架子上，就是谋算买衣裳的？买卖结仁义，一把年纪了，话不要说得那么难听！"

老者的黑脸涨红了，紫红，梗起脖子，叫道："我的话怎么难听了？你们还不就是谋算强总的腰包么！"

亓珖哈哈笑了，说道："就是谋算强总的腰包呢！我们不白谋算，有这一片子硬扎扎的拴马桩！你不谋算强总的腰包，跟在强总屁股后头做啥？"

老者的黑脸涨得更红了，紫黑，即将爆发。乐哥拦挡住亓珖，训斥道："胡乱叫唤啥呢？你个不知高低的碎跑家！你知道陈老师是做啥的？陈老师是博物馆的研究员，强总的高参！"

"研究员咋了，不就是使了一张嘴么，他能把博物馆的文物给强总？"

"你……"老者的食指戳向亓珖。

乐哥的食指也戳向亓珖，吼道："你这货吃炸药了，没一句安生话！"

强总不慌，还是笑模样，扶住老者的肩膀，笑道："陈老师，乡下人直，你别上火！"扭头又对亓珖笑道："兄弟，你真像吃炸药了。我把你惹下了？"

"强总，咋能说这话？不是你惹我，是我心里憋气呢！这个陈老师眼里没人，像进了他自家屋，拴马桩像是他自己的，拿起笔胡乱画……"

"我怎么是胡乱画？画道道的我都要了！"

"你要了？你跟谁谈价了，谁同意你要了？"

"强总，强总要了……"老者的话失了些气力，不硬了。

"强总要，也不能这样糟蹋文物呀！"

亓珖面向强总，说道："这些桩，少则三二百年、五六百年，多则上千年，谁在上头胡乱画过？我刚刚儿没反应过来，他画完了我才灵醒，那红笔是化学的，洗不下来啊！"

不等强总说话，亓珖面向老者质问道："博物馆的文物准你这样画？"

"这不是博物馆的文物……"老者的话音衰了。

"不是博物馆的文物，是我乡里的文物啊！"亓珖吼道。吼完，对强总说道："把这些红道道清洗掉，三二百年、五六百年，甚至上千年的包浆就毁了！"

乐哥跟着说道:"也怪我,没觑顾这个。真是的,清洗了,桩身上下的包浆就不一色了!"

强总的目光射向陈老师。陈老师说道:"粗笨民俗东西,没有他们说得那么严重……"

亓珧摇头叹道:"还是博物馆的研究员呢,一点儿都不知道爱惜文物!"

强总冷了模样,问道:"这里面有没有上千年的桩?"

"有,画三条道道的都有可能是。"陈老师手指,指头有些颤。

画三条道道的,是仕女桩,还有五陵原那三根狮子桩。强总的模样更冷了,说道:"为啥说有可能是?"

老者回答道:"看气象,看包浆,有可能是,但没有款,不能断。"

"民间老物,哪来的款?老陈啊老陈,上千年的桩,你用红笔画道道,不合适呀!"

强总面向亓珧,指了五陵原来的那三根桩,说道:"看见这三根桩,我心头噗噗跳个不停,太震撼了!还有那根仕女桩,也不是凡品。兄弟,请你开价。"

亓珧向朝荣道:"强总让你开价呢!"

朝荣说道:"二十万一根!"

亓珧模样不悦,向朝荣道:"强总是自己人,不要过分!"转头向强总说道:"强总,十三万五一根,表弟的来价大,十二万呢,你让他多少赚一些!"

朝荣脸上不情愿,说道:"哥,已经给强总面子了,给旁人,开价没低过三十万!"

强总笑道:"那就十三万八,吉利数!"

朝荣还是不情愿的模样。乐哥说道:"在哪里寻强总这样大气的买主?强总把你一院子的桩要完了!别不知足,听你哥的!"

陈老师凑上来,贴了强总耳朵,说了好一会儿话。强总听罢,说道:"画两条道道的,一根八万;画一条道道的,一根六万。"

画两条道道的,是那六根胡人驯兽桩。画一条道道的,是那三根太狮少狮桩和四根猴子捧桃的桩。

朝荣问强总道:"剩下这些狮子桩呢?"

不待强总答话，陈老师说道："不要！"

朝荣瞅亓珫。亓珫向强总说道："拔梢子，这样不行啊！我表弟想趸走呢，就这一摊子，四百万！"

强总回身说道："算一算。"

在亓珫院子摁计算器的小伙子，从包里取出计算器，问朝荣道："多少根狮子桩？"

朝荣答道："五十五根。"

小伙子问陈老师："按多少钱一根算？"

陈老师答道："不要么，算啥？"

强总说道："先算一算么。"

陈老师不情愿地说道："顶多四万！"

小伙子摁了会儿计算器，向强总道："三百六十五万二。"

朝荣向亓珫翻白眼，说道："哥，你是帮我呢，还是胳膊肘朝外拐？四百万，不敢少一个子儿！"

强总哈哈大笑，说道："不让你弟兄俩闹别扭！四百万就四百万，我再加三十万。不过有个条件。"

陈老师又凑到强总跟前，贴到强总耳根，叽咕了几句。强总笑道："这个你莫管！"

亓珫问强总道："啥条件？"

"把你屋那根桩让给我！"

"我屋没有桩了呀！"

"咋没有？"

九

怨谁呢？

怨乐哥把强总领进了屋，让强总见着了望桩？

怨强总见着了望桩，忘不了？

怨乐哥的话？乐哥说道："强总听说还是拴马桩，不愿意来，我说有上千年的大桩，才来呢。我估摸，今天这是最后一回买桩，千万不能错过！"

怨媳妇的话？媳妇说道："咱的家底儿全在桩上了，卖不出去，咋给娃买房娶媳妇啊！"

怨朝荣的话？朝荣说道："五十万一根桩，还不算补足四百万的几十万，哥，知足吧，在哪儿寻这样的买主！"

三十万，亓珖不悦意，强总加到了五十万。

怨强总的话？强总说道："你的先人就是我的先人，我跟伺候我先人一样伺候你的先人，只会比你伺候得好，请你一万个放心！"

怨谁啊……

怨啥啊……

三个月过去了，亓珖还是怨。乐哥说道："别怨了，买了咱的桩，强总再没买过一根桩。幸亏一脚走了，要不然真麻达了！人家变路数了，买唐代的造像，买北魏的佛龛，跑香港、纽约的拍卖会……"

今儿晌午，在朝邑街道碰见了老田。老田抹着嘴，跟几个人从饭馆出来，朝面包车走。车后头，停了辆小货车。亓珖扫一眼，后厢有中堂狮、翘鼓门墩、四平门墩、石马槽，还有两根狮子桩。亓珖招呼道："还收呢！"

老田答道："收，还要下更大的势收呢！"

亓珖要走，老田拉住他，问道："望桩出给姓强的了？"

亓珖脸红了，嗫嚅道："唉，没办法！"

"人家的钱大啊！"老田"唉唉"叹气，又道，"可惜了，可惜了！"又向亓珖伸大拇指，"你那根桩，牛，关中道头牌！"

亓珖的脸更红了，说道："强总不收了，你咋还收得这么起劲？"

老田盯着亓珖，答道："天底下这么大，就一个姓强的有钱，就他一个爱老古董？"

卷缸

一

直径十厘米以上，高度二十五厘米左右，上大下小，敞口鼓腹，缸沿突出，圈足收小；胎体薄厚恰到好处，胎质精实；釉色莹润，有隐隐的"蛤蜊光"；近口沿处绘曲线纹，腹部绘缠枝苜蓿花，简素清雅；比画缸小，比笔筒大，应是卷缸。

没磕没碰没冲，全品！

更嫽的是，一对儿啊！

这一对儿卷缸，小器大做，小而雅，小而精，只看了一眼，就惹眼馋，放不下了！

主儿家要一千元。太贵了！

这时候，1992 年，一千元绝不是小数目。

东西好，却不好挣钱啊！价这么大，谁要？古董生意，利是买下的。跑一线，收值钱货色，席定军都细细过了脑子，排定了买家，盘算好了卖价。卖得利朗不利朗，就看给买家让利多少了。寻到自家门上的，开铺子的主儿居多，哪一个盘算得不精？放下这只，拿起那只，思量来思量去，席定军还是下不了决心。主儿家颇烦了，叫道："咋这么磨蹭，到底要不要？"

"要！老哥，便宜些立马要。"

"一千元！一分钱都不打动。"

"便宜不了个多，还没有个少？"

"跟你不过来过去废话了，不卖了！"

"慢，慢些儿，乡党，咱这村是不是鸣鹤沟？"

"咋不是？你这人黏得很，跑到我村喊叫收古董老货呢，连村名儿都弄不清白！"

"我挨个儿村跑，见村就进，糊涂了！乡党贵姓？"

"牛。咋，查户口呢？"

"不是，不是！牛老哥，我要了，一千元就一千元。"

让席定军下定决心掏一千元的，是"蓝川"二字，写在卷缸底儿。缸底儿未施釉，糯米胎，细密，白中泛黄。看瓷器，首看器型，口、腹、底，谬之毫厘，差之千里；再是胎釉，胎为骨，釉是衣，年份不同，胎和釉自然两样；三是纹饰，时代特征和风格特点，都彰显在纹饰上。只顾看这些，"蓝川"二字在眼前晃，没在意。毛笔写的，小拇指大，娃娃体。时间长了，稍模糊，但看得清楚。初看稚拙，细看，稚中显功力，拙中藏精神。席定军的脑海划过一道闪电。闪电处映出陈忠实的小说《白鹿原》。

二

回到屋，席定军唤来同村的志峰——志峰虽只比席定军大三岁，却是个老跑家，跑龄十好几年了，经见过手的货色不老少，眼睛毒，人脉深，不管在吃货的一线，还是出货的卖家，都耍得开——叫道："志峰哥，你看，我跑下了个啥？"

"咦，卷缸，景德镇的细路货，民窑精品，乾隆的，还成对呢，稀欠！"志峰并不上手，望一眼即道。

"志峰哥，稀欠的不是细路货。你看，这个才稀欠呢！"席定军捧起一只卷缸，亮出底儿给志峰看。志峰接到手中，眯眼看了，瞅着席定军，大叫道："牛才子的？不会吧！"

"咋个不会？我在鸣鹤沟收下的，主儿家姓牛，说不定是牛才子的后人呢！"

"牛！"志峰向席定军伸大拇指。"小伙儿跑得野，跑得好，跑下了牛才子的家当！若果真是牛才子用过的卷缸，那就真是大稀欠了！"

"瞎跑呢，瞎猫碰上了死老鼠！志峰哥，白底黑字，'蓝川'俩字写得清清楚楚，还若果个啥？"

"牛才子的后人会是死老鼠？龙生龙，凤生凤，老鼠生儿会打洞。跟他先人一样，牛才子后人灵着呢，会不清白卷缸的分量？"

"看那样儿，老农民，急用钱呢。在我跟前没提牛才子一句话。我怕惊懂了他，也没敢扯一句牛才子的话。"

"本事见长啊！当说则说，不当说，一个字儿都不吐。一句话说不好，东西就跟你绝缘了！让我看看那一只。"

"就这一只上写字了，那一只没写。"

"让我下细看一看，到底是不是牛才子亲笔。"

"一笔写不了两个牛字，绝对是牛才子亲笔。志峰哥，我大前年收到那副牛才子的对联，你看了的，字儿就是这个模样。"

"嗯，不差，是牛才子的亲笔。定军，到手多少钱？"

"一千整！人家张口就是这个价，咋说咋磨都不行。"

"单论卷缸，五六百元入手合适，走个一千或是一千挂些；跟牛才子搭上了，那就不光是卷缸的事儿了。"

"志峰哥，一千元入手，价硬不？"

"放在前两年，不光是硬，是硬得太太。放在现在，一点儿都不硬，算得上拾漏儿了呢！"

"为啥？"

"因为陈忠实的《白鹿原》啊！"

《白鹿原》中有个朱先生，能看天象，预测当年宜栽宜种啥庄稼；能判事，指明走丢的小孩在哪个方向；能断大事，乡人疑难不能决，三言两语点透迷津；能解难事，查烟苗，禁鸦片，说服军阀，使西安城免遭涂炭……比诸葛亮还诸葛亮呢。朱先生的原型就是"蓝川先生"牛兆濂。

牛兆濂，字梦周，号蓝川，蓝田县华胥镇鸣鹤沟人，清末民初名满三秦的理学家和关学派的代表人物。因其故居和讲学的芸阁学舍皆在蓝田灞水河川地带，故取号蓝川，被尊为"关中大儒"。民间称其为"牛才子"。

席定军说道："志峰哥，我也想到了《白鹿原》，但想得不透，影影乎乎的，不知道咋说出来。"

志峰说道："《白鹿原》没出世以前，牛才子只是咱蓝田县、咱关中道、咱陕西省的牛才子。《白鹿原》出世以后，牛才子就成了全中国乃至全世界的牛才子！"

席定军跳将起来，扎"金鸡独立"势，叫道："说得好，就是这个话！"席定军是个练家子，心里头鞭活时刻，爱扎个一招半势。

志峰伸大拇指赞道："势硬！"

席定军收了势，志峰问道："想出多少？"

"没瞅见'蓝川'的时候，我想搞价到五六百元，像你说的，回来出个千把元，给客让点利，八九百元也能出。主儿家一千元死活不打动，我怕咥回来烧手，都不想要了。看见了'蓝川'俩字，我知道有戏，一千元就一千元，先咥回来再说。想出多少钱，还没想呢。"

"现在想。"

"志峰哥，你看三千元咋样？"

"心不沉！一万也是它，就看给哪个客了。"

"哪个客？"

"我有个客。这个客用了这一对卷缸，才不辜负牛兆濂的大名！兄弟，你不是想换他的画儿吗？……"

三

谁的画？

大画家樊暖玉啊！

暖玉，男人家咋起了这么个名儿？

"锦瑟无端五十弦，一弦一柱思华年。庄生晓梦迷蝴蝶，望帝春心托杜鹃。沧海月明珠有泪，蓝田日暖玉生烟。此情可待成追忆？只是当时已惘然。"

"暖玉"二字，摘自李商隐的这首诗。樊暖玉自云："我是蓝田人，也是蓝田的一片玉。"

玉是天地间的精华。谁敢这样大言不惭？樊暖玉敢！樊暖玉笔底下，要男人是男人，要女人是女人，要噙旱烟锅子的老汉就是噙旱烟锅子的老汉，要一脸慈祥的老太太就是一脸慈祥的老太太，要山是山，要水是水，特别是秦岭山水，苍苍茫茫，谁见了心里都"咯噔"一下，不由不爱！

樊暖玉称得上是人窝窝里的"精华"。

樊暖玉的画儿，席定军见过，在一本大画册上，志峰给他看的。志峰说道："樊暖玉这势头，用不了几年，名气超得过牛才子，是咱蓝田县新一辈儿的大本事人。"

"啥势头？"

"从县上画到了市上，前一阵儿，由市上又蹦到了省上，估摸省上都搁不下，唉……"

"志峰哥，叹气做啥？"

"我把金子当铜撇了！樊暖玉在县文化馆的时候，跟我熟欢，我送他些零碎玩意儿，换他的字画，前前后后十多幅呢。我不当事儿，有的送人，有的变钱了。"

"变了多少钱？"

"一幅一百二百，顶多卖过五百，当时还高兴呢，唉，脑子在灞河里淹了！"

"一幅都没剩下？"

"就剩了一幅书法，写的是'蓝田日暖玉生烟'那首诗。"

"他一幅画儿多少钱？现在。"

"过万了啊，好的过两万呢！"

"十多幅要是还在手上，不得了！"

"唉……"

"志峰哥，跟他继续换呀！"

"人家眼头涨了，一般普货入不了眼。"

"我爱字画。一万两万我买不起，收下啥好货了，我情愿换。"

"行，我给你操这个心。人家现在住西安，给我这儿来得稀了。清明、寒衣节和过年，给先人上过坟，叼空儿到我这儿谝几句。你别急！"

四

"人家看得上吗?"席定军向前一步,离志峰近了,热热地问道。

"八九不离十!要钱你就要一万。他要用画儿换,你爽快答应就是。对这些文化人,硬挺些,千万别低眉顺眼……"

"志峰哥,兄弟是啥人你还不知道,爽快……"

"怕你见了大人物怯火。"

"他樊暖玉是个牛牛娃,我席定军也是个牛牛娃,两腿间都夹了个锤子么,谁怯火谁?"

关中方言,牛牛、锤子皆指阳具。

"省上给樊暖玉弄了间大画室,他想布置成古雅调调儿。十月一送罢寒衣,到了我屋,让我寻老画缸、老砚台、老插屏……你这一对儿卷缸,他保准能看上。"

此刻,阴历十月一过了不到十天。

"志峰哥,谢承的话我就不说了。事成了,咱按规矩来。"

规矩?古董变了钱,钱变了古董,得谢承中人的。志峰摆了摆手,说道:"咱弟兄俩不说这话,先办事!我这就给樊暖玉打电话。"

第二天是星期天,后响,大画家樊暖玉上门了!志峰介绍道:"这是定军,跟我一样,也是个跑家!"

席定军笑道:"只听你的大名,没见过真人,今儿总算见到了,原来没我的个子高……"

樊暖玉一米六出头,瘦,黑面皮,细眉小眼,塌塌鼻,一点儿都不像个画家;戴了黑框眼镜,方显了些文气。席定军壮实,一米八的个头,站在樊暖玉面前,魁梧高大。个子高矮的玩笑话,没有得到樊暖玉的响应。樊暖玉的脸定得平平儿的,冲席定军点点头,说道:"你的个子就是高。"

志峰笑道:"个子高是高,没你脑瓜里头的瓢瓢多。"

樊暖玉冷眼看志峰,说道:"瓜没切开,你咋知道?"

志峰笑道:"你满脑瓜是宝,谁敢切?"

席定军抹了板凳,请樊暖玉坐。樊暖玉不坐,问志峰道:"东西呢?"

"在厢房里。"席定军答道。

"那就到厢房!"

席定军的姑娘,唤作瑞雪,用茶盘端了茶水,站在板凳跟前,热热地望樊暖玉。樊暖玉像没看见。志峰说道:"娃请你喝水呢!"樊暖玉这才瞥一眼瑞雪。瑞雪上高一,大姑娘了,跟她爸一样,高个儿,羞红着脸。樊暖玉冷冷地说道:"先放下吧。"瑞雪她妈给姑娘使眼色,瑞雪把茶盘放在了桌上。

席定军收回来的古董,都在厢房的木头货架上,银锁锁,铜铃铃,绣片片,木头观音像,青石炕头狮,蓝田玉枕,老书,老字,老画,老章子,老铜镜,老碟子,老碗……货架旁,摆大漆的小箱子,核桃木的柜子,刻花的条案……卷缸摆在南墙的货架上,最醒目处。樊暖玉端直走到卷缸跟前,问志峰道:"这个?"

志峰答道:"还能是哪个!"

樊暖玉拿起卷缸,翻到底儿,抬头问志峰:"咋没字?"

席定军答道:"在那一只上。"

樊暖玉放下这只卷缸,拿起那一只,翻到底儿,瞄一眼,对志峰说道:"我要了!"左右手各抓一只,出了厢房,走到院子,走向头门,没有在堂屋停歇说事的意思。席定军拽了拽志峰的棉袄后摆。志峰叫道:"樊老师,你……"

樊暖玉停下脚步,说道:"我还有事,急着赶回西安呢。"

席定军说道:"不急这一会儿呀,到咱屋了,连一口水都不喝!"

樊暖玉举起左右手,摇一摇卷缸,说道:"不喝了。"说罢,继续往外走,出了头门。车停在头门口。樊暖玉走到前轮跟前,踢了一脚轮子。驾驶员那边的门开了,是个小年轻,迷迷瞪瞪的,张眼一望,急忙跑到副驾驶这边,拉开车门。樊暖玉坐了上去,小年轻关上车门,转圈跑回,上车,打着了火,小汽车喷着烟,扬长而去。

小汽车看不见了,席定军叹道:"这个樊暖玉,咋这样做事?没谱儿。"

志峰说道:"别担心,有我呢。一见面我就把你的意思说了,人家愿意换。"

"啥时候给画儿?"

"快则一个月，慢了两个月，顶多三个月。你放心，我叮顿好了，四尺整张，秦岭山水。"

"志峰哥，咱古董行，一手钱一手货，伶伶俐俐。头一遭这样做买卖，我晕头雾脑的。三个月就三个月，哪怕半年呢，我不急，要的是画好，别胡抹了应付！"

"我叮顿他，画好！"

瑞雪站一旁，插嘴道："爸，看那人的模样，傲，还大画家呢，不像个好人！别把咱哄了。"

志峰笑道："好我的瓜女子哩，人不可貌相，海水不可斗量，咋能用模样看人？"

席定军对女儿笑道："今辈子，还没有谁敢哄你爸呢！"

席定军不惹人，不惹事，但有人有事儿惹上了身，该出手时就出手！早些年，在县里摆摊子卖西瓜，一帮小年轻白吃了不说，还要白拿，席定军不高兴了，挡住了去路。小年轻人多势众，扑了上来。席定军出手了，剁西瓜一样，三下五除二，五六个撂展在地，鬼哭狼嚎。还有一回，刚开始跑一线那年，五年前了，天黑透了，骑自行车上白鹿原大坡，遇着两个剪径的，一个提刀，一个持棍，喊叫把自行车、钱和东西放下，人滚蛋！席定军平心静气地问道："谁滚蛋？"不消三分钟，拾掇得那俩哭爹叫娘，磕头作揖。事后，公安局给席定军发了奖状呢。十里八乡，听见席定军的名字，都要掂量掂量。

志峰说道："跟文化人打交道，没有哄这一说。瑞雪，你把心安安生生放在肚里。"

席定军说道："娃心小。志峰哥，厢房那些东西，你看上啥，拿，算兄弟的谢承！"

志峰摆手道："不用，不用！樊暖玉说了，他谢承我呢！你要谢承哥，请哥喝两盅就对了。"

过了两天，席定军请志峰喝了酒，两个跑家作陪，在县城的葫芦头馆子。啥是葫芦头？猪大肠也，有嚼头。志峰量大，一个人喝了半瓶多城固大曲，还要喝，席定军硬是拦住了。喝多了，摩托车咋往席家河村骑呀！

五

眨眨眼，两个多月过去了，时候到了腊月天。又是眨眼间，小年就过了。腊月二十五，逢集，席定军一大早出门，到集上采办瓜子啦，花生啦，柿饼啦，水果糖啦……刚到集口，看见志峰弯腰用"U"型锁锁摩托车后轮，还没张口，志峰站起来，看见了他，叫道："兄弟，你的年货也没置办停当？"

席定军赶紧几步，到了志峰跟前，笑道："停当了，只缺些磕牙哄嘴的零碎儿。志峰哥，你呢？"

"跟你一样。"集上人多，嘈嚷一片。志峰拉席定军到僻静处，凑到席定军跟前，说道："前儿个小年，樊暖玉回来上坟了。事办了个半拉子，我不好意思给你说。"

"半拉子？"

"谢承我的画儿捎来了，给你的秦岭山水还没动手画呢。兄弟，集上人多，说不成话，咱俩先办年货，黑间你到我屋来。"

过了年是鸡年。樊暖玉给志峰画的是斗方《大吉图》，一只红冠大公鸡站在塬畔畔上，尾巴翘得高高的，仰脖子打鸣呢，眼前是冉冉升起的旭日。"大吉图"三个字是篆书，"志峰兄癸酉年吉祥"是草书，"暖玉写于长安"也是草书，后头盖了印章，一枚是"樊暖玉印"，另一枚是"蓝田一片玉"。篆书、草书、印文，席定军都不认得，志峰念给他的。看罢画，席定军说道："公鸡打鸣的时候，天黑着呢。打了鸣，过一阵子，太阳才出来。"

志峰哈哈大笑，说道："你嫂子切了俩凉菜，咱弟兄俩边喝边谝。"说是俩，其实是四，皮冻、肘花、炝莲菜和豆腐干拌芹菜。干了第一盅酒，志峰说道："这种画就是画那么个意思，应酬人的。樊暖玉说，他画了一摞摞。"

席定军笑道："咱过年走停的礼当得花钱买，人家画几笔就成。"

志峰笑。碰了第二盅，干了，志峰说道："人跟人看着一样，其实不一样！"

席定军笑道："人跟人看着不一样，其实都一样。"

志峰皱眉琢磨了，笑道："咱务庄稼，跑一线，人家画画儿，有的人当厨子，有的人提瓦刀，有的人漂洋过海做大买卖，看着不一样，其实都一样，不论做啥，还不都是为了过日子。日子都一样。"

席定军端起酒盅，跟志峰碰了第三盅，干了，说道："日子跟日子不一样啊。"

志峰这下不皱眉了，笑道："兄弟，说不一样，其实都一样，都得把这张嘴哄快活。来，喝酒，啥日子都没咱弟兄俩抿两盅快活！"

弟兄俩哈哈大笑，举了酒杯，使劲儿碰了，一饮而尽。志峰说道："给我这幅《大吉图》，有条件的，老画缸一时半会儿寻不下，让我寻两个老缸，耀州窑的，要黑，要亮，要型好，要大小合适，当画缸用。"

"老缸都一个模样，咋能辨出哪个是耀州窑的？"

"胎釉不一样。耀州窑是荞麦胎，釉色厚亮细润；尧头窑胎骨憨厚古拙，黄土色，釉色纯亮缜密；旬邑窑胎色灰白，釉色青黄。"

"志峰哥，你懂得真多，来，兄弟敬你！"

俩人你来我往，边喝边谝，一杯接一杯，不到半个小时，一瓶酒见了底。志峰抓起第二瓶。席定军站起来，说道："喝美了！跟志峰哥提前过了年，我回呀。"

志峰说道："才喝了多大一点儿，黑间没啥事，咱弟兄俩一人一瓶才合适。"

席定军摆手道："我上头了，不敢再喝。"

说着，就往外走，志峰拽不住，送他到门口，拉了手说道："前一向，樊暖玉忙着拾掇画室呢，忙，顾不得。我给他说了，过了正月，一定给画儿，你放心！"

席定军说道："志峰哥，有你呢，我有啥不放心的。"

六

过了十五，席定军坐不住了，发动"三摩"，跑货呀！春寒料峭，冷风嗖嗖的，席定军裹紧了军大衣，一点儿都不觉得冷。为啥？点儿幸，跑到了几样正经货色，心里头热乎！

先是一只镯子，和田籽儿料，白，嫩，辗手，二百六到手，出了四千六！小东门开店的老刘，也是个勤谨人，正月十八就上门看货了，提了两瓶西凤酒，说来走亲戚呢。本来五千元一分不少，两瓶西凤酒，硬是饶掉了四百元。席定军给瑞雪她妈说道："老刘给咱脸，咱也得给人家脸么！"再是一只笔筒，口径十八，高度二十七，虽然被油烟熏得黑黝黝的，但看得出规整大气，非同一般。掂上手，沉甸甸的。席定军以为是红木，回到屋，盘磨了两晚夕，皮色鲜亮了，黄花梨啊！可惜的是，一侧钻了两个小眼，穿了铁丝，主儿家当筷子篓用。幸亏当了筷子篓，不然二元钱咋能买出来？三是一副老对联，牛才子写的："吃亏不是愚，贪心是真蠢。"还是在鸣鹤沟，不是那个牛老哥，是另一户人家的老婆婆。一百元成了事。出村时候碰见了回村的牛老哥，招呼席定军道："跑家子，你腿勤，年还没过完呢！"

席定军应道："在屋里也是闲坐，跑一跑畅快。"

二月二龙抬头，年彻底过完了，各路跑家都起了身。在华胥乡王岩村，席定军跟志峰碰了面。志峰刹住了飞快的摩托车，停在席定军跟前，卸了头盔，叫道："兄弟手气好得很么，接连捧炸弹！"

"风都刮到哥耳朵了！"

"风大么！"志峰凑近了说道："前儿个我给樊暖玉打电话了，他说清明时候捎过来。"

"志峰哥，不急，让人家展展妥妥地画。"

"我操心着呢。"

过了清明，过了五一，还不见樊暖玉的画儿。跟志峰见过几回，谁都没提这个事儿，没法儿提呀，撂空嘴！眼看着收麦了，有天晚夕，志峰进了席定军屋头门，提了个布袋子。席定军刚跑货回来，坐在院里歇，看见志峰，赶忙起身招呼，搬板凳，请志峰坐下，看着志峰说道："志峰哥，喝两盅？"

志峰不客气，答道："喝两盅就喝两盅。"

席定军喊瑞雪她妈，吩咐张罗几个菜。瑞雪她妈麻利，不一时儿，在院里摆好小桌，端上来四盘菜，炒鸡蛋，小葱拌豆腐，腌萝卜，炒绿线线辣子。月色白亮，点着灯一般。席定军开了西凤酒，老刘提来的那个，斟上，端起，说道："志峰哥，来，干一个！"

志峰抬手按住席定军的酒杯，说道："慢着，先听哥说话。"

"啥话？"席定军放下酒杯。

"樊暖玉的事大了，一会儿说在北京开会，一会儿说办画展，一会儿说出国访问，唉，麦梢黄了，给你的秦岭山水还不见影儿……"

"我以为是啥话呢！志峰哥，咱喝酒，不说这个。他樊暖玉今儿不画，明儿不画，后儿肯定就给咱画了。我不急！"

"你不急，我急呢，人前一句话么！"志峰把放在脚底下的布袋子递给席定军，说道："这是樊暖玉给我写的那幅字，还有年前给我的《大吉图》，你先拿着。"

"这是做啥？志峰哥，我席定军还没这一点儿担待？人家给你的字画，你稳稳当当放在你屋里。"席定军把布袋子塞回给志峰。俩人来回推搡。

"慢些，小心揉烂了。兄弟，你不接，今儿这酒就喝不成了！"

"志峰哥，你的心我清白。放在你屋跟我屋一样。"

"清白归清白，事情归事情。放在你屋跟我屋一样，就放在你屋！"

"放在你屋！"

"兄弟，今晚夕不想让哥喝酒了？"

"志峰哥，你这人，把兄弟顶在墙角了。那就先放在我这儿。樊暖玉给我把秦岭山水画好了，你可得拿走啊！"

"我不拿走，难道归了你不成？"

俩人大笑，举起酒杯，干了！一瓶儿酒喝干，一盘子炒鸡蛋吃光，志峰还没尽兴，席定军又开了第二瓶，瑞雪她妈又炒了第二盘鸡蛋。席定军感觉自己有酒了，推说头疼，不再多喝。志峰喝到了兴头儿，一杯接一杯。见志峰说话卷舌头，身子东歪歪，西倒倒，瑞雪她妈踢席定军屁股，席定军这才夺了酒瓶。志峰嚷嚷："我，我一个儿能把这瓶酒干，干光！兄弟，你，你咋不叫哥喝？"

席定军笑道："哥，咱明儿再喝，我送你回屋！"

志峰还嚷嚷，席定军站起，搂住志峰的腰，贴在志峰耳朵边说道："哥，兄弟这就送你回。"手上稍稍用了力，志峰身不由己，贴在席定军肩上，跟着席定军走。席家河村大，北头到南头，三里多路呢。席定军住北头，志峰住南头。走了百十步，志峰喉咙"嗷嗷"的，席定军赶忙松了手，志峰呕吐起来……折腾了半个多钟头，席定军才把志峰送到了门上。嫂子号叫："没皮没脸的，咋又醉得没个人形了！"

席定军把瘫软的志峰塞到嫂子怀里，说道："嫂子，今后不敢让志峰哥这样喝了！"

志峰的耳朵倒没醉，听见了，突突地吹着酒气，嘟囔："我没醉，还没醉呢！"

七

樊暖玉给志峰写的"沧海月明珠有泪，蓝田日暖玉生烟"，落款是"乙丑年秋月"。席定军翻万年历查了，1985年。落款还写了"志峰兄雅正"几个字。这些字不像《大吉图》的狂草，是行书，席定军认得。章子却不认得。过了几天，老刘上门了，要了黄花梨笔筒，给了三千八百元。若果没有那两个小眼儿，老刘愿意给六千元呢！牛才子的对联没敢给老刘看，怕他缠挽。"吃亏不是愚，贪心是真蠢。"这句大白话，越琢磨越有味，牛才子憨憨的、笨笨的"娃娃体"，越看越欢喜，席定军不想出，只给老刘看了樊暖玉的字和画。老刘说道："一幅两千元，我都要了。"

席定军笑道："我也想给你呢，给不成呀！人家的东西，咱只能饱饱眼福。"

老刘说道："志峰跟樊暖玉关系不一般啊！"志峰是老跑家，老刘当然认得的。

席定军说道："老关系了。樊暖玉在县文化馆的时候就跟志峰哥熟欢。"

席定军讲了卷缸的事。老刘说道："人家都是拿不值钱的玩意儿换画儿呢！你倒好，用硬货换。"

席定军心里起了波澜，问道："樊暖玉的画儿不硬？"

"硬不硬不是你我说了算，得时间熬。好东西不在一时，得经时间熬炼，熬出头了，才是真硬。"

席定军重重点头，又问章子。老刘仔细看了，说道："落款底下这一枚是'樊暖玉印'，另一枚是闲章，刻的是'秦岭顽石'。有意思，没出名的时候是'秦岭顽石'，出名了，就成'蓝田一片玉'了。"

席定军笑道："秦岭的顽石成了精就是蓝田玉么!"

过了中秋,过了重阳,过了寒衣节,还没有樊暖玉的消息,却有了一场大祸!

志峰喝多了,摩托车骑得飞快,从鹿上坡的崖上飞了出去⋯⋯摩托车散了架,人也散了⋯⋯

忙活了三天,送埋了志峰,回到屋,席定军坐在院子里发瓷,眼前还是志峰扭曲变形的脸。瑞雪她妈说道:"志峰哥的东西还在咱屋呢,咋办?"

席定军和瑞雪她妈到了志峰屋。看见樊暖玉的字画,志峰嫂子竟然一点儿不知道!志峰是"掌柜的",跑货,出货,从不让婆娘掺和。席定军两口子七七八八把事情说清白了。志峰婆娘凄凄然道:"我要字画有啥用啊,定军兄弟,你看着给嫂子变成钱。"

席定军答道:"小东门的老刘看过,出了四千元。"

志峰婆娘说道:"给我两千,你留两千,你那对卷缸花了一千元呢。"

席定军说道:"四千都是你的!嫂子,樊暖玉上门寻志峰哥的时候,让他来寻我就是。是他欠我的画儿,不是志峰哥欠的。"

"唉,没皮脸的席志峰,把我撂在半路上⋯⋯跑了十几年,净喝了酒,就留下这两幅字画⋯⋯"志峰婆娘哭叫开来。

志峰不攒货,来一件,走一件。席定军扫视屋子,真是的,一件儿都没有。出了堂屋,志峰婆娘说:"还有那俩缸。"房檐北头角落有两只老缸,黑,亮,型不错,大小正好,当画缸再嫽不过。席定军心想:"樊暖玉,志峰哥把你的话当圣旨,寻下你要的老缸了。志峰哥走了,你都不来送一程?"又一想,志峰哥走,人家樊暖玉兴许不知道吧。

志峰的模样在眼前晃,席定军的眼睛潮潮的。

过了半月,老刘来了,要了席定军才跑到的一方端砚。砚背刻楷体字:"笔之寿日墨之寿月砚之寿世何也砚静也吾得养生焉以钝为体以静为用唯其然是以永年"。落款:"韦曲雪翁斋主丁卯立春置"。席定军问道:"雪翁斋主是谁?"

"弄不清,看这几笔字,最起码是个秀才,看制式,清晚期的。我喜欢这几句话,笔之寿日,墨之寿月,砚之寿世,何也?砚静也!吾得养生焉:以钝为体,以静为用,唯其然,是以永年。"

"啥意思?"

"笔的命按天算,墨的命按月算,砚台的命按世算。为啥?因为砚安静。由此想到养生之道:以钝为根本,以静为使用,只有这样,才能得以长寿。"

"志峰哥要是早看到这句话,就不至于……志峰哥走了,樊暖玉那字画你还要不?"

"我听说了,唉,志峰太贪酒了……要呀!"

"价钱能不能好一些?两千元少了。"

"定军,我没少出。字是樊暖玉早年的,隶书,功力欠一些,比不上他的草书;画儿,应酬人的,算不得正式的作品。"

"那你还要……"

"樊暖玉名头正旺,能卖钱呀!我回去一幅加几百元就出了,留着意思不大。"

"意思不大,人家为什么买?"

"冲名气下钱的人多,有几个真懂字画的?"

八

当晚,瑞雪她妈把四千元给志峰嫂子送去了。

眨眨眼,两个多月过去了,时候到了腊月天;没来得及眨眼呢,小年又过了,还是没有樊暖玉的消息。天大冷,席定军没出门,坐在蜂窝煤炉子跟前烤火。烤了一会儿,嘀咕道:"狗日的樊暖玉,忙活啥呢,给先人都不回来上坟了?该把秦岭山水捎来了啊!"

瑞雪在寒假里,趴在炕头写作业,听见了,说道:"爸,你说那个画家?"

"就是的。"

"爸,想起那人的模样,我心里就不美气!"

"你志峰伯不是说过吗?人不可貌相,海水不可斗量,不能用模样看人。"

"我咋是用模样看人?我说的是他的神气,傲,傲得跟他画的大公鸡一样,眼里没人!"

席定军接不上话了，姑娘的话对啊，说到了他心口上。狗日的樊暖玉，到了我屋，像到了他自家屋，二话不搭，提了卷缸就走！整整一年了，不见声，不见影，好像我上辈子欠他的！狗日的眼望天上瞅，看不起底下人啊！

瑞雪她妈说道："一人一个模样，那人可能就是那么个冷傲模样。我担心的是，人家忙，把给咱画画儿的事情忘得死死的。"

席定军说道："他咋能忘得死死的？牛才子的卷缸摆在他画室，他天天见呢！"

正说着，有人敲头门。席定军出了堂屋，跑过院子，开了门，惊叫道："老刘，天这么冷，还跑呢，快进屋！"

在炉子跟前坐定，喝了口热茶，老刘说道："快过年了，都忙，我就不绕弯子了，定军，今儿专门为那个字画来的。"

"哪个字画？"

"樊暖玉题了志峰名字的那一幅字那一幅画。"

"咋了？"

"前几天我出了，今儿一早，买主来了，要退，说让樊暖玉本人看了，樊暖玉说不是他写的，不是他画的，是高仿！"

"高仿？"席定军惊得站了起来。瑞雪停下了笔。瑞雪她妈瞪大了眼。"志峰哥没这个本事啊，不可能！"席定军叫道。

"是不可能。以我的眼力，字绝对是樊暖玉本人写的，画绝对是樊暖玉本人画的，出的时候，我给买主保了。谁知道，樊暖玉这怂货竟然不认他自己的字画！"

"为啥？"

"买主是外行，买樊暖玉的字画是为过年送礼的。他有个朋友，是个大老板，跟樊暖玉熟，就让樊暖玉看了。樊暖玉问多少钱买的，买主说了实话，五千六。定军，我心轻，两幅只加了一千六百。樊暖玉把画儿看了两眼，说道：'五千六，一幅都买不了，还两幅呢。假！'"

"樊暖玉为啥张口胡说？"

"我寻思来寻思去，可能是嫌价低，砸他的牌子吧！"

"你给买主退了么？"

"僵着呢！我说真，他不信；他说假，空口无凭。我说了，樊暖玉真要说假，请他写在字画上，或是当面说清楚。"

"要我做啥？"

"明天早上跟买主在樊暖玉画室见，当面锣，对面鼓。可惜志峰不在了，志峰去他就没话了。樊暖玉不认得我，你去了，他不敢不认呀！他如果还坚持不是他写的他画的，四千元我就当风刮了！定军，你放心，咱都是行内人，不捩话，真要损失了，是我的，没你的事！"

"咋跟我没事？樊暖玉还欠我一幅四尺整张秦岭山水呢！明天我去。"

"约的是明早九点，我怕你赶到西安来不及，定军，现在咱就走，晚上我给你在旅社开房子。得成？"

"成！"

瑞雪说道："爸，不要那人的秦岭山水了，你把咱的卷缸要回来。"

席定军说道："我娃说得是！若果樊暖玉真是个胡说的，他的画儿肯定熬不出去！"

"熬不出去，啥意思？"瑞雪眨巴着眼睛问。

"回来了再跟你说。"席定军笑向女儿答道。

瑞雪她妈说道："钱上吃些亏不要紧，人不要吃亏。别上火，别动气，别硬来。"

听到吃亏，牛才子对联上那句"吃亏不是愚，贪心是真蠢"映在眼前，席定军说："银钱上吃亏没啥，就是别让人家真把咱农民当蠢蛋哄了。"

上了车，席定军问老刘道："这么大一点儿事，樊暖玉是个大画家，值得吗？真要输了，他面子往哪儿搁呀？我想不通。"

老刘苦笑道："我也想不通，唉……兴许人出了名，就跟原来不一样了吧。"

席定军说道："有啥不一样？还不是两腿间夹了个锤子！"

第二天，临进樊暖玉画室，席定军又默念了两遍："吃亏不是愚，贪心是真蠢。"又叮顿自己："别上火，银钱上吃亏没啥，就是别让人家真把咱农民当蠢蛋哄了。"

还是上火了，还是动气了！

第一火气，在刚进门的时候，樊暖玉问道："这个大个子是做啥的？"

老刘吃惊地看樊暖玉，又吃惊地看席定军。席定军心想："瑞雪她妈说得对，人家把给咱画画儿的事情忘得死死的。"席定军压住火气，平心静气地说道："你这个碎个子忘性真大，把席家河的大个子忘得死死的？"指了大画案上的卷缸，"我是席定军，跟志峰哥一样，是个跑家，你案子上的卷缸是我跑下的，你从我屋拿走的！"

第二火气，来自樊暖玉下面这句话："凭啥说卷缸是我从你屋拿走的？"

无赖啊！

席定军硬硬地压住火气，平心静气地说道："你的画室，我头一回来，对不？"

樊暖玉点了点头。

席定军继续平心静气地说道："我知道卷缸底下娃娃体毛笔字写了'蓝川'俩字。"说罢，走到卷缸跟前，拿起，亮出了底。

"蓝川！"买家叫道，买家身旁站着的大老板模样的人跟着叫道，老刘也叫道。

第三火气，席定军说到了志峰，樊暖玉涨红了脸，叫道："有本事你把席志峰叫来呀！"

大无赖！

狗日的明明知道志峰哥殁了啊，纯粹的无赖，大无赖啊！

席定军压不住火气了，迸了，迸到大拇指和食指，锁住了樊暖玉的喉咙。樊暖玉干呕了两声，没声了，眼睛失神，脸色惨白，两手在席定军胳臂上刨了几下，刨不动了。席定军叫道："你到阴曹地府去跟志峰哥说！"

老刘傻了，买家也傻了，大老板模样的人叫道："好汉手下留情，别闹出了人命！"

老刘灵醒过来，拽席定军的胳臂，哪里拽得动？喊叫道："四千元个事，不值个人命啊！"

席定军冷笑道："值一条胳臂！"

松了锁扣，一手架起樊暖玉的右胳膊，一手握拳，在樊暖玉右胳肢窝猛捶两下，又拽住右胳臂，猛拉，猛推，樊暖玉瘫坐在了椅子上，右胳臂奄拉着，跟身子不连干了。

席定军拍拍手，像拍掉了手上的脏东西，看看目瞪口呆的众人，平心静气地说道:"对付这号没皮脸的货,没有好方子,只能来硬的了。还蓝田的一片玉呢,狗日的,土坷垃都算不上!"

大老板模样的人看着"哎呀哎呀"叫唤的樊暖玉,对买家说道:"字和画都是真的。还愣在这儿干啥?撤!"又向席定军拱手:"好汉,席家河在啥地方,改天登门拜访。"

"蓝田县三里镇。"席定军答道。

九

去年,席定军出了那只卷缸,换了一套房子,给了瑞雪。

跟谁换的?

那个大老板模样的人。

教训了樊暖玉后,过了不长时间,春暖花开,大老板模样的人果真登了席定军的家门,说道:"席哥,有你这一身本事,窝在乡下做啥?世事看着一天比一天好,咱弟兄俩搭伙,好好闯荡一番啊!"

席定军应道:"再没有比跑古董更嫽的事情了!逛了,看了,过瘾了,还把钱挣了。兄弟,你的好意我心领了。"

大老板模样的人笑道:"人各有志,兄弟不强求哥。兄弟只想跟哥交个朋友。"

交上了,二十多年,走停呢,没断过。

瑞雪考上了师范,毕业后在西安教书,结了婚,生了儿子,儿子十三岁了。怕房价再涨,想买一套房,给儿子预备上。买房不用寻别人,寻齐叔就行啊。齐叔就是大老板模样的人,做房地产,风风火火,世事越来越大了。齐叔说:"买啥?叔给你一套!"

瑞雪说:"那咋成?"

齐叔笑道:"咋不成?"

瑞雪说:"心里过意不去啊!"

齐叔笑道:"把那只卷缸给叔捎来,就过意得去了。"

怎么才一只呢?

当年,席定军也这么问樊暖玉。樊暖玉怯怯地,不敢正眼看席定军,

卷缸

答道："那一只拿回来就送人了。"

"送谁了？给我要回来！"

"咋要？送给上头了！"

席定军笑道："你狗日的贼，糊弄上头呢，把'蓝川'给自个儿留着。志峰哥给你说的价是多少？"

"一万。"

"那只卷缸我不要了，算我给你的医药费。"

"我不要医药费。"

"为啥？"

"不敢。姓席的，你今儿个把我给教乖了！"

席定军看一眼失了神的樊暖玉，对老刘说道："刘哥，咱走！"

"不能走呀，我的胳臂！"樊暖玉叫道。

席定军偏头问老刘："刘哥，咋办？"

老刘说道："能弄好就给他弄好。"

席定军对樊暖玉说道："你这号人，我今后再不理识了，咱井水不犯河水。若果你不服气，尽管来，只要你把我席定军弄不死，你今辈子也别想好过。嘴上还姓席的呢，不服气啊！"

"席哥，我服气，我服气！"

"我想不通，你这么灵醒的人，咋做这么蠢的事？"

"唉，我也弄不清为啥，第一步踏错了，一步撵一步，一步套一步，把我给套……"

席定军走到樊暖玉跟前，左手按住他的右肩膀，右手轻轻拉，继而猛拉，猛地一送，松了手，拍拍樊暖玉的右肩膀，说道："好了！"

樊暖玉站起来，摇一摇胳臂，自如了，不迭向席定军拱手作揖。

出了门，老刘托起席定军的手，看了又看，问道："你咋弄的？"

席定军笑道："卸胳臂卸腿，耍呢！"

老刘叫道："见你平日不言不传的，没想到，赛李连杰呢！"

开了春，樊暖玉到了席定军门上，送上了两幅秦岭山水，一幅四尺，一幅六尺。席定军说道："咱俩谁不欠谁啥了，你这是做啥？"

樊暖玉一脸羞愧之色，说道："这事情满共就五个人知道，千万别让再多的人知道，今后我还要混世事呢!"

席定军说道："你是蓝田的一片玉，我知道轻重。你把心在肚子里揣稳当，好好画你的画儿。"

樊暖玉紧跟着说道："席哥，你把画收了，我的心在肚子里才能揣稳当。"

老刘看了那两幅画，说道："都是用心画的，可以留。"

席定军却不留，说道："怕熬不过时间，一幅八千元，你拿去挣钱吧。"

这才让老刘看了"吃亏不是愚，贪心才是蠢"的对联。老刘叫道："这个好，熬过了时间!"

至今，牛才子"吃亏不是愚，贪心才是蠢"的对联，还压在瑞雪她妈的箱底儿呢。

樊暖玉的画运，不幸被席定军言中，红火了那么几年，没熬过时间，渐渐走下坡路，渐渐没了声息。打问如今年轻的跑家，没几个人知道他。

跑画一二

一

　　头回见汪文，秋末冬初，西北风正劲，树叶子黄焦，纷纷离了枝头，打着旋儿，舞在空中，嗤嗤啦啦，不知道要飞向哪里。今儿，春意渐浓，那柳树，碧玉妆成一树高，万条垂下绿丝绦，那桃花，娇嫩粉红，真要映红人的模样呢！汪文推门进来，看见我，笑道："黎哥，车上还想着让杨哥联系您嘞，没想到，您还坐这儿喝茶呢，喝过了漫长的冬天！"

　　上次在老杨的画廊喝茶，四个多月前的事儿了。我和老杨都哈哈大笑，站了起来。老杨拉椅子，请汪文坐，问道："几时到的？"

　　汪文把提包放在茶桌旁，答道："第一班飞机，六点四十五起飞，九点二十落地，第一站到您这儿！"

　　我摁亮手机，十一点十分。老杨给汪文捧上茶，说道："辛苦！喝口茶，我们吃饭去。"

　　汪文抿一口茶，向老杨说道："这会儿还不大饿。"

　　我问道："北京飞过来的？"

　　汪文答道："深圳。"面向老杨，"见了位大老板，老早钱海了去，藏了一批字画，这阵子日子不好过，想出呢。"扭过头，面对我，"黎哥，能不能联系下那位跑家，看他回来了没有？"

我应道："鞍马劳顿，先住下。急什么？"

汪文笑道："一天是一天的事，怎么不急？"

我搜索到老豆的号码，拨了出去，通了，打开免提，老豆的话音播放出来："你好，老黎，好一阵子没联系了，啥事儿？"

"北京客又来了，想看你的硬货。回来了没？"

"刚到屋没几天，天天都有来看货的，个个都谝得美，就是没人下得起手。老黎，这个客到底咋样？要是没实力，你就别往来领了，白忙活！"

汪文向我做手势，一捧一捧的银子往外扔。我提高了声音说道："腰包硬得很，就怕你的货不硬！"

汪文向我伸大拇指。老豆说道："二百万，立马现钱，咥得动不？咥不动，就别来了！"

"哎呀，这么大的价？"

"没办法，东西值到那儿了。你让客掂量掂量。就这了。"

汪文握紧拳头，使劲往下砸。我明白，二百万不在话下。正要说话，老豆那边挂断了电话。汪文急忙说道："打回去，告诉他，只要东西好，二百万不是事儿！"

老杨说道："见有人要，又是二返长安的，姓豆的心热了，等等，让他凉一凉。乡下跑家，没人要他的东西，急得火烧火燎的；有人要，几个人争，牛得跟太上皇一样。汪总，别急，吃了饭再办事。"

我说道："老豆是个老跑家，能耐住性子。他敢要这么大的价钱，东西肯定不凡。遇见好东西，还是抓紧了好。天天有人上门看货呢，别让旁人咥走了！"

老杨说道："老同学，不要听他谝，你见到东西了没？"

我答道："上回不是给汪总说了嘛，不见真买主，老豆不给看。他知道我喜爱古石雕，不是弄这号货的主儿。"

汪文说道："东西会说话！见了东西，一目了然，用不着这样费心思。杨哥，咱一道，看看去？"

老杨说道："这样吧，你俩去，我下午还约了人。如果回来早，汪总，咱们去我说过的那个画家家里,她的东西靠谱。闲话少叙,先吃饭!"

汪文摆手道:"这会儿是饭点儿,人巨多,我跟黎哥先赶路,到县上吃碗臊子面就成。"看着我,"黎哥,您受累开车!"

二

老豆家在三原县蓟家村,距关中环线不远,下高速,吃了碗臊子面,十多分钟后,车子就停在了他家黑门青瓦的门楼下。我扣了几下铁门环,大嗓门的"来了来了"应答声传来。开了门,老豆喊道:"这么快,刚撂下电话么,快进来,快进来!"

老豆跟我握了手,再跟汪文握了。我介绍道:"这位是专跑字画的汪总,北京来的,大玩家。这位是资深跑家豆哥,二十多年跑龄了,跑到过不少硬货。"

老豆笑道:"北京,弄大事的地方。咱乡下,能跑来个啥大货?都是些零碎!"

汪文笑道:"我这点儿事儿呀,在北京连零碎儿都算不上!"

刚走两步,老豆停下,看我和汪文,说道:"大晌午的,你俩吃饭了没?让你嫂子下面!"

汪文答道:"吃过了。干拌臊子面,大老碗,撑呢。"

老豆笑道:"老陕的干拌臊子面比你北京的炸酱面美!进屋,喝酽茶,消消食儿。"

挑开门帘,进了屋,我问道:"豆哥,海南快活不?"

老豆连连摆手,苦笑道:"别提了,黄土窝窝钻惯了,享不了海边边那个福!别说羊肉泡馍了,连一碗得咥的油泼面都没咥过!"

"嫂子不给你做?"

"怪了,在那地方,你嫂子死活做不出咱屋里那个味儿了!"

"吃海鲜啊!"汪文笑道。

"不是说么,享不了那个福啊!娃领我在大酒楼咥,咱死活闻不来那股子海腥的气味,进不了嘴。"

"您的娃在海南做什么?"汪文好奇地问道。

"公安厅跑腿的。要不是为见孙子，八抬大轿都把我抬不去!"儿子出息，老子脸上自然有光。

"您老教子有方，儿子事业有成，只剩下享福了!"汪文向老豆伸大拇指。老豆大笑，说道："娃比我强，我不靠他! 我还能跑，还没到靠他过活的时候。"汪文弯腰，指着一尊石雕问道："豆哥，这是什么像?"

"土地爷啊!"

这尊造像奇特。一峨冠博带长髯的长者，慈眉善目，右手摩挲老虎头，左手按小鬼儿的水火棍，坐于高台上。汪文说道："应该是药王孙思邈吧。我见过一幅清代绢本彩画《孙思邈坐虎针龙图》，孙思邈坐在虎背上，用银针为从天而降的苍龙治病。"

"药王孙思邈管不着小鬼呀，应该是土地爷! 老黎，你说呢?"

"我倾向于土地爷。原因是帽子，孙思邈不戴这种高帽子。"

老豆哈哈大笑。汪文笑道："对了，孙思邈应穿道袍，戴道帽。"汪文环顾屋子，惊叹道："豆哥的东西真不少啊!"

老豆屋，不像别家钢筋混凝土的楼房，还是老早的砖木瓦房。正房，一明两暗，待客住人；偏厦，厨房和杂物房。正房前、左右偏厦间，是窄长的院子。老豆把"两暗"中"一暗"的隔墙拆掉了，"一明"大了许多，摆柱础、抱鼓门墩、中堂狮、鱼缸、莲花盆，布八仙桌、仕出头椅、长条案等，满满当当，只余下八仙桌周围一块空地方。墙上，也是满满当当，挂了一溜儿发黄的"容"——先人像，皆着彩，色彩依然鲜艳，冠带庄严，正襟危坐。汪文叹道："这么多，清代的，还有明代的，真不错! 谁家的祖宗?"

"胡乱收呢，记不得了! 人家不要先人了，我就收卷回来。"

我赞道："豆哥，这是大功德。"

老豆笑道："啥功德呀! 跑乡里，碰着啥是啥，瞎的好的，浑全的，残烂的，只要老，只要主儿家不胡开价，我都卷包回来了。"

我看一眼汪文，对老豆说道："豆哥，办正事!"

老豆看一眼我，看一眼汪文。汪文向老豆热热地微笑。老豆说道："北京客见多识广，在人家眼里，算普货。"说罢，指一指八仙桌旁的核桃木仕出头椅，示意我和汪文坐，进了左手的"暗间"。

三

从"暗间"出来,老豆手上捧了只长方的画盒,长约六尺,宽约小半尺,老旧沧桑。老豆掂一掂画盒,说道:"看这盒子,做得多讲究,楠木的!"

楠木画盒包浆老到,一眼儿的老古董。

老豆把画盒放在八仙桌上,从右往左拉画盒的盖子,一边拉一边说道:"一米六长的木盖子,一米六长的凹槽,一点儿损伤都没有。"说话间,画盒拉了开来,老豆喊道:"亮宝了!"面向汪文,"来,北京客,搭个手,把画儿打开。"

汪文抓住画轴,老豆往后展开。汪文说道:"豆哥,六尺的,大,挂起来看吧!"

"展开,铺在脚底下。"

"地上脏,对画不好。"

"瓷砖地面,脏个啥?你嫂子是勤谨人,收拾得干干净净。"

老豆的屋子拾掇得一尘不染。

"看着干净,不是真干净。我们的鞋底就带了尘土和细菌。还是挂起来的好!"

"哎呀,北京人真爱好,好,听你的!"

老豆卷了画,放在八仙桌上,端了靠墙的一张老杌凳,走到东墙最大的那幅"容"跟前,放下杌凳,站了上去。我凑到汪文耳旁,悄声问:"怎么样?"

"原装原裱,有门儿!"

"那就好,没白跑!"

"不会让您白跑的,过会儿,您帮我砍价!"

古董行的规矩,如果成交,汪文是要感谢我的。感谢的额度,成交价的一成。汪文是我通过同学老杨认识的,事成了,有老杨一份的。我应道:"没问题!"

老豆卸下了那幅最大的"容",卷好了,喊道:"老黎,接住啊!北京客，你把画拿来！"

　　我忙上前接过了卷好的"容"，放在八仙桌上，回身看徐徐展开的画卷：蜿蜒伸展的枝头，间有点点嫩白桂花的苍绿叶子，戴绢花和头饰的发髻，长额头、柳叶眉、杏圆眼、玲珑鼻、樱桃嘴的贵妇，手持的莲花，莲花茎上拴挂的芦笙，贵妇左手握一把玉如意，右手高举要莲花和芦笙的男孩儿，贵妇绣了素淡花朵的裙子，贵妇坐着的青花瓷绣墩……贵妇的疼爱愉悦之情与小孩儿的活泼可爱之态，刻画得惟妙惟肖。

　　画着在细密的绢上，散发出古老沧桑的气韵。

　　老豆下了机凳，拍拍手说道："取下来，挂上去，操心很，弄得我一身水。二位，二百万，不是个碎事情，别急，慢慢看。"说罢，出门洗了手，回到八仙桌旁，坐下喝茶。汪文站上机凳，看了好一会儿，下来，回到八仙桌旁，在包里取了放大镜，又站上了机凳，一寸一寸细细地看，枝枝叶叶，头发眉毛，鼻子眼睛，绣墩如意……看了足有半个钟头，终于下了机凳。我悄声问道："怎么样？"

　　汪文把放大镜递给我，说道："您自己看。"

　　我站上机凳，不用放大镜，看见右上角"连生贵子图"五个楷体字，竖排，笔法圆润，结体大度；用了放大镜，看见这五个字左侧的"金门画史冷枚"六个楷体字，也是竖排，一样的笔法和结体，只是字小一些。"冷枚"之下，有两枚印章，辨识不清。我扭头看，汪文站在右侧三米外，蹙眉仰头，还在看呢。我跳下机凳，走到汪文跟前，问道："冷枚是谁？"

　　汪文朝老豆努努嘴，说道："问豆哥。"

　　豆哥笑，说道："考我呢！看好了吗？看好了过来喝茶。老黎，你真是个外行，金门画史都不知道！"

　　我和汪文走到八仙桌前，汪文把那幅最大的"容"放在身后的长条案上，说道："甭溅了水。"坐了下来。老豆给我俩斟上了茶，看着我说道："冷枚是宫廷画家，领过头的，伺候了康熙、雍正、乾隆三代皇帝！"

　　我惊叹道："不得了！"目光转向汪文。汪文说道："冷枚是山东胶州人，号金门画史，出身于绘画世家。他胶州的一世祖是元末的著名画家冷超岩。冷超岩为元顺帝画肖像有功，顺帝赏给了他胶州的土地，从此，冷家世代居住在胶州。冷枚是一个全能画家，人物、佛道、鸟兽、马龙、建

103

筑园林、宫廷器皿、历史故事都能画；画法得力于西画写生，工中带写，笔墨洁净，赋色韶秀，典丽妍雅。康熙到乾隆末年，糅合中西技法的画风在画院内颇为盛行，而且影响到民间，冷枚是这种技法的积极推行者。"

"都是郎世宁惹的！外国人在皇上跟前吃得开啊。"老豆说道。

郎世宁，我知道，意大利人，传教士，宫廷画家，历经康、雍、乾三朝，影响极大。我说道："原来冷枚是郎世宁的同事！"

汪文微笑点头。老豆笑道："是那么回事儿！"

对画家无异议，该谈价了呀，我等着帮汪文砍砍呢。趁汪文啜茶，我望老豆。老豆朝我微微点了点头。我朝汪文说道："汪总，看了老豆的硬货，感觉咋样？"

四

"东西是老的。"汪文放下茶杯，面向我，轻声说道。说完，面向老豆，"豆哥，还有什么硬货？"

"冷枚的画儿还不硬，你要多硬的货？"老豆站了起来，指着墙上的《连生贵子图》大声说道。

汪文也站起来，笑道："豆哥，不是说冷枚的画儿不硬，是看您还有什么别的硬货，一块儿来谈。"

老豆坐下来，一口气喝光杯中茶，看一眼我，盯着汪文，说道："咱乡里人笨，不会做生意，老婆子数鸡蛋，一个一个来！"

汪文笑道："都看看嘛，然后一个一个谈。在您家里，怕什么？"

老豆盯着汪文笑道："是不是这货太硬，你小伙儿咬不动？"

汪文避开老豆的盯视，扭头对我微笑。生意成不成，往往在一两句话间。风云突变，俩人的言语有些对不上卯窍了！必须赶快扭转局面。我走到老豆跟前，拍打他的肩膀，笑道："豆哥，别看汪总年龄不大，牙口硬着呢，绝对咬得动你的硬货！这么远跑过来，人吃马嚼的，不多寻几样货咋得成？"

老豆刚刚上脸的硬铮气儿消散了些，对我说道："好，把你和北京客的话都搁在架板上。我取个碎馍，试试火色！"说罢，站了起来，进了"暗间"。看着老豆的背影消失在门帘后，我弓腰凑到汪文耳旁，小声问道："咋回事儿？"

"没咋会回事呀！"

"怎么不谈价？"

"急什么呀！"

"冲着老豆的硬货来的，货看了，是硬货，为什么不谈价？"

"少安毋躁！黎哥，你怎么比我还急？"

汪文朝我诡谲地笑了笑，抬头看挑开门帘走出来的老豆。我缩回身子，坐回仕出头椅，无奈地摇头。这个汪文，实力到底怎么样啊？他说过手过沈周、郑板桥、齐白石、李苦禅、林风眠、何海霞等多位大家的字画，是真的吗？他说只要东西对，东西好，钱不是问题，三五百万，立马拿下，三五千万，三五天到位，是吹牛吗？他说按规矩来，提供信息的朋友，中间"说话"的朋友，绝不亏待，是说大话吗？

"北京客，看看这个。"

我正思量间，老豆把个透明塑料文件袋放在汪文面前，文件袋里有一页纸，A4纸大。汪文双手捧起文件袋，上下扫视那页纸的内容，看完了，翻到背面，贴近看了看，这才拉文件袋的塑料拉链；拉开了，并不取出那页纸，只张开，看过那页纸的正面和背面，拉合了拉链，放下文件袋，抬头问老豆道："价？"

"别看这个馍小，也是个硬货！两块钱。"

怎样的一页纸，竟然要两块钱？关中古董行的行话，块是万，千是毛，两块钱就是两万块钱，两毛钱就是两千块钱。我拿过了文件袋，噢，于右任的手笔，写的是："定侯我兄像赞　□名家巷乐志林皋悯　兹□独振彼□齮□义　侃侃民解□徭遗容在　望□□孔昭　弟于右任恭撰"。草书，□是我不认得的字，竖排，共六行，四十四个字，还有"撰"字下的一枚印章，"右任"二字，满共四十六个字！

"草书，我认不全，写的什么？"我问老豆。

老豆笑道："我瞅不准。北京客，你念一念。"

汪文拿起文件袋，念道："定侯我兄像赞：修名家巷，乐志林皋；悯兹悍独，振彼饥齮；执义侃侃，民解烦徭；遗容在望，德音孔昭 。弟于右任

105

恭撰。"

"什么意思?"老豆叫道。

"有一位叫作'定侯'的人,于右任老先生称作兄的,住在家乡,修德养志,帮助孤苦伶仃的人,帮助没饭吃的人,坚持正义,解除百姓繁重的徭役,这样品德高尚的人,死了以后,人们忘不了他。这是于右老写的像赞。像赞就是写给遗像的赞辞,民国时候兴这个。"

"定侯是谁?"我面向汪文问道。

汪文笑道:"这得问豆兄了,他的东西呀!"

老豆脸上满是吃惊,盯着汪文说道:"北京客,有两下子啊!我从泾阳县麻布巷收下的,主儿家姓周,祖上是大善人,不光于右任写了像赞,还有邵力子写的呢!"

"东西呢?"汪文急切地问道。

"烧了!"

"怎么烧了呢?"

"邵力子的东西他家还敢留?'文革'时候烧的。"

"您怎么收到的?"

"周家败落了,守着这张纸不顶饭吃啊!我收货,瞅的就是这些老早的大户人家。"

"一块钱!"

"拦腰砍啊,不行!"

"一块钱!豆哥,您心里清楚,我没少出。"

"是没少出,但离两块钱太远,不多废话,给你少两毛,一块八!"

"一块钱!豆哥,咱俩有缘,我才给您出这个价。放在别家,我顶多出价六毛。"

"不过来过去了,一块六,成了点钱,不成了拉倒!"

"一块钱!豆哥,这是于右老的应酬之作,不是正经八百的书法作品。"汪文看了看我,继续说道:"黎哥这边,有我呢,您不用管。"

这是说成交后给我的"说话钱"。按规矩,如果价卖得好,老豆也要感谢我的。我走到老豆跟前,凑到他耳根,悄声说道:"豆哥,这是个碎馍呀,搬得那么硬做啥?别忘了大馍!"

老豆拧了眉头，想了会儿，对我说道："多少加两个，就是客的了！"

我笑道："加两个有啥意思？让客心里头美下子，一回生二回熟，常来常往，比多那一毛半毛强！"

老豆看了看塑料文件袋，跺脚道："你俩演双簧呢，一个比一个演得好。一块就一块，交个朋友！"

汪文打开提包，取出一沓钱，递给老豆："没拆封，您数数。"

"数啥呢？撂桌儿上。"

一桩生意成了！老豆和我的目光都瞅向《连生贵子图》。汪文把文件袋放妥了，拉好提包拉链，站起来，撅一撅夹克衫后摆，坐下，端杯喝茶，朝《连生贵子图》看都不看。老豆叫道："慢着，茶凉了，我给咱换热的。"斟上热茶，老豆说道："冷枚的《连生贵子图》是我从孟店收下的！"

"安吴寡妇她娘家？"我惊讶地问道。

老豆身子后仰，抿紧了嘴，得意的样子，点头道："谁家还能有这个！"

汪文侧脸问我道："安吴寡妇是谁？"

老豆坐直了，面对汪文，叫道："安吴寡妇你都不知道？慈禧太后的干女子呀！"

"慈禧太后的干女子？"汪文又侧脸向我。

我笑道："慈禧太后西逃到陕西，安吴寡妇上贡了十万两白银，还有一套楠木屏风，慈禧太后收她做了干女儿。安吴寡妇姓周名莹，娘家在三原县孟店村。周家名门世族，从乾隆年间开始，又做官，又经商，祖上任过朝仪大夫刑部员外郎。周莹十七岁嫁给泾阳县安吴堡村的吴家，丈夫是二品官吴蔚文的儿子。不成想，婚后没有几年，丈夫病亡。'吴家的伙计走州过县，不吃别家的饭，不住别家的店。'周莹婚姻不幸，财运却旺，会谋算，善经营，在上海、成都、西安经营食盐，在甘肃经营药材，在湖北经营布匹，在泾阳、三原、淳化、高陵开当铺、药铺、油坊、酒坊和粮庄。"

"这个寡妇不简单！"汪文喝了口茶，叹道。

老豆笑道："金銮殿上的寡妇，还得靠咱乡里的寡妇帮衬呢！北京客，安吴寡妇算是格格呢，屋里出来的东西当然稀罕！"

"那当然！"汪文点头应道，不再说话，又端杯喝茶。该谈《连生贵子图》的价钱了啊，怎么不接老豆的话？

"老豆，老豆，开门，开门!"门外传来紧扣门环的声音。

老豆起身说道："你俩坐会儿啊，钱总来了，也是来看画儿的，我去开门。"

五

"到底咋回事？别让旁人把大馍咥走了!"我急切地说道。

"该是谁的，就是谁的。"

"你葫芦里卖的是啥药？"

"我没葫芦，更没药。"汪文朝我笑道。

没葫芦，没药，耍的啥把戏？

"前儿个六十的话不说了，给你七十，今儿个就让我抱走。""钱总，急啥嘛，先喝茶。"老豆和叫门的钱总高声说话，到了门外。

我说道："你看，钱总拦腰砍……"

汪文打暂停手势，对我生硬地说道："黎哥，从现在开始，您别多说一句话，听我的!"

"来了啊!"钱总先踏进了屋，光头，胖大，一身挺阔的西装，四十开外的年龄，看见我和汪文，一愣，随即笑脸招呼道，紧跟着回首叫道："老豆，屋里有客啊!"

老豆后脚进门，说道："二位是远路上的客。"

钱总看见《连生贵子图》，向老豆叫道："也是来看大画儿的？"

老豆还未答话，汪文向钱总笑道："不是。"又面向老豆说道："豆哥，咱们的事情先这样，谢谢啊。您来客人了，我们告辞，回头联系。"

告辞？老豆没反应过来，我也没反应过来，都愣了! 汪文提了包，推一把我，说道："黎哥，我们回!"

《连生贵子图》不要了？我灵光一闪，朝老豆说道："难得一见金门画史的画儿，能不能让我拍几张照片？"

老豆略沉吟，点头道："拍就拍吧，别给不靠谱的人发，更别在朋友圈发。"

汪文说道："您拍，我在车边等您。"说罢，出了门。

我掏出手机，拍了整幅画儿，站上机凳，拍了贵妇的脸庞，拍了小孩的脸庞，拍了桂花，拍了题款，拍了那两枚印章。老杨说过，开脸最见画家功力，印章最难造假。拍好了，我问站在一旁的老豆道："印章刻的啥？"

老豆未答话，另一旁站着的钱总答道："上一枚印章，白文，刻'冷枚字吉臣'；下一枚印章，朱文，刻'内廷供奉'。"

我跳下机凳，朝钱总拱手："行家啊！我一个字都不认得。"

钱总略显得意，笑道："见多了就认得了！"

老豆向钱总伸大拇指："钱总是大把式！"

我也朝钱总伸大拇指，扭头对老豆说道："豆哥，我走了，客等着呢。"

"我送送，钱总请随意坐。"老豆安顿了钱总，送我出了门，走到窄长的院子正中，停下，说道："老黎，这个北京客，学问像有一点。眼力和财力，怕不像你说得那么神乎吧！"

"人家哐你的那页纸，一点儿绊子都没打呀！"

"那是碎馍，咱说大馍！屋里坐的钱总，做药生意的，跟在屁股后头撵着呢，二百个钱，我给他没松过口！是不是北京客让你拍的照片？"

刚才，我想到了杭州的朋友曲颖，拍卖公司的，与汪文无关，但我还是答道："是的。"

"北京客怕吃不准货，拍了照片跟人商量呢；或是力量达不到，给他上线的买主看呢。"老豆一板一眼，说得煞有介事，拍拍我的肩膀，说道："老黎，我等你三天。三天不见你的话，就没你的事儿了。过了三天，别怪哥伤损你的面子。"

跟汪文在老杨画廊认识后的第三个月，我到老豆门上逛游。周末得闲，我爱在老豆这样的乡下跑家屋里逛一逛，看看有什么古石雕。跟老豆没成过大生意，三五千元的交道，有那么三两回。这回，老豆给我看了一尊青石佛座，不大，直径十二厘米，高度十厘米，莲花瓣基本完好，四角的护法狮子却残损殆尽。老豆要三千元，我没上手看，价太大了。老豆说道："唐代的，有字呢，没字敢给你开这么大的价？"老豆用湿抹布擦了棱面，递给我："你看。"线刻"大唐天宝二年佛男弟子杨□公女弟子孟云□供养释□牟尼"等字样显了出来，楷体，笔法端庄。搞了一程价，二千三百元成交。临走，我顺口问了一句："最近跑下啥值钱的硬货没？"

"真让你说着了，刚得了一件，不过不是你喜欢的。"

"啥？"

"老画。"

"谁的？"

"告诉你也没用。"

"我不下手，有下手的朋友啊，北京的大耍家！"

"真的？"

"骗你不成？"

我把汪文介绍了一通。老豆说道："咱本地客的肚量比不上北京上海的大客，人家出价好。你费心拉拉线儿，事成之后，亏不了你！"

"这下该告诉我是谁的画儿了吧。"

"你就给北京客说，给皇上画画儿的画家。"

过了一周，我见到老杨，请他联系汪文。老杨不相信，笑道："不要听乡下那些跑家吹牛，给皇上画画儿，咋不给娘娘画呢！"我说老豆五十多岁的人了，不是吹牛的。老杨说道："下周汪总要来的，我给他说说。"

汪文来了，老杨打电话给我，让我联系老豆。不巧，老豆跟老婆去海南过年了，刚刚到。老杨笑我："买家来了，卖家吓跑了。"说得我不好意思，没去画廊见汪文。

我说道："豆哥，我抓紧，三天要不了，明天就给你话。"

老豆摆手道："这个事大，急不得！今儿我有些急，不该让北京客拦腰砍于右老的字，让他以为咱的报价虚头大。咱的货硬，你拿稳，把线头牵住。依我看，他肯定要，就是想杀价！"

"豆哥，你放心，线头抹脱不了。"我朝老豆扬扬手，出了头门。

六

出了蓟家村，我和汪文都不说话。我想说话，但不知道说什么好。说《连生贵子图》吧，汪文刚才说了的，别多说一句话；说别的与画有关的话吧，我所知有限；说闲话吧，我脑子里尽是《连生贵子图》。驶上公路，沉默打破了。汪文从上衣内兜掏出一沓钱，拉开杂物箱盖，说道："黎哥，这是两千元，给您放这儿了。"

我叫道："这是干啥？"

"这是定侯像赞的，感谢您让我得到了于右老的书法精品。"

"精品？刚才你不是说'这是于右老的应酬之作，不是正经八百的书法作品'吗？"

"您还记着呐！那是说给老豆的。"

"为什么说是书法精品？"

"四十四个字，一气呵成，骨筋雄健，皮肉饱满，脂泽芬芳，风神皆全，形到，意到，是率意而为的大美之作！"

"说得好！"

"不是我说得好，是于右老写得好。写这幅像赞，于右老身在家乡，心态自然，忘情而作，不为书法而书，显出非凡的功底和洒脱的风骨。字画，无论字和画，真性情是最美的。"

"《连生贵子图》不是真性情吗？"我没忍住，还是把话题引到了"二百万"上。

"我们不要的东西，就不做品评了吧！"

"不要！真的？"

"这有什么假的，不要就是不要。"

"老豆给了三天时间，三天后他就出给别家了。你看见了，那个暴发的钱总追着呢。"

"你现在就给老豆打电话，告诉他我无意于《连生贵子图》。"

"冷枚，给皇上画画儿的，硬货啊，为啥不要？"

"不要的东西，我就不多说了！"

"为什么？"

"规矩呀！没看上谁家的石雕，您会当着主人的面品长论短吗？"

"《连生贵子图》有问题？"

"我没说，您说的！不要的东西，不说话，这样对老豆好，不影响他的生意。"

"你不是说《连生贵子图》原装原裱，老的呀，还让我帮忙砍价呢，怎么变卦了？"

"黎哥，一句两句给您讲不清楚。"

汪文越是不讲，我越是想知道。这样磨牙不行，得来点"硬"的。我装作生气的样子，冷冷地说道："有啥讲不清楚的！我估计呀，回到西安，你撇下我，二返豆家，能省下我带路的二十万呢！像赞这两千元我也不要了，免得你心疼！"

这招果然奏效，汪文转过身子，涨红了脸，对我叫道："黎哥，您怎么会这样想？您问问杨哥，我是这号人吗？"

我目视前方，悠悠地说道："你不说，我不由这样想啊！"

"我说，我说……这样吧，三天之后，或者是老豆出手之后，我肯定说。您现在就给老豆发微信，告诉他我放弃了。他得了这个信儿，会很快出手的。"

我踩刹车，靠路边停下，给老豆发微信："豆哥，不好意思，这件事没办好，北京客放弃了。"

老豆回了微信："知道了。北京客跟我给你说的不差。"我给汪文看。汪文问道："他给您说什么了？"

我笑道："我说了，你别生气啊！"

"不会的。您说！"

"老豆说你没眼力，也没实力，是个吹牛的！"

"哈哈哈，说得好！"

"为什么要等到三天之后，或是老豆出手之后才说呢？我等不及。你不要，我发照片给杭州的朋友！"

"杭州的朋友是做什么的？"

"拍卖公司的，帮我拍过一尊明代的石雕。他们也拍字画。"

"千万别！"

"怕什么？"

"三天以后，或者老豆出手之后您再发给朋友看吧。这样会好一些。"

"用不着吧。"

"相信我！"

我无语。汪文说道："老杨说有位画家家里有张大千的画儿，想出呢，黎哥，我们赶回去一道看看！"

七

是一位女画家，画工笔花鸟的，七十岁左右，说是刘力上、俞致贞的学生。早年学画的时候，吃住在他们家。刘力上、俞致贞夫妇待她像自己的亲闺女。20 世纪 90 年代，俞致贞临走那几年，她像待亲生母亲那样，伺候得很周全，很暖心。俞致贞弥留之际，送给了她三幅张大千的画。俞致贞怎么会有张大千的画呢？刘力上是张大千的学生呀！20 世纪 30 年代，刘力上拜张大千为师，40 年代，追随张大千到敦煌临摹壁画。

说这些话的时候，是在南柳巷一幢老式居民楼里，女画家的家中。

张大千的画儿，大宝呀，为什么要卖呢？

女画家说道："两个儿子，双胞胎，孙子都要买房子呢……不说了，看画儿吧。"

画儿就在客厅的方桌上，软片儿，没装裱。老杨和我打开了第一幅，一贵人勒高头大马，回看一群人斗鸡。人物众多，服饰、动作、表情个个不同。尤为称道的是线条，曹衣出水，飘逸灵动。右上角题"南唐顾闳中斗鸡图"。汪文轻声念道："此图世所传者，益皆迻写失真。予既得《夜宴图卷》，大悟笔法，乃参酌诸本，刱为此本。戊寅二月。大千张爰题。"又念道："张爰长寿，张大千长年大吉又日利。"后念的是印章，念得一字一顿。

女画家赞道："年轻人，真不错！"

第二幅是一幅斗方，也是软片儿，红叶小鸟。一枝红叶从右上向左下垂展，枝茎沧桑，殷红滴血。一只小鸟站在枝头，眺望远方，振翅欲飞。题识：空阶喧叶落，老树识秋痕。鸩雀凝无语，栖迟护晓暾。落款：大千居士张爰。钤印：张爰之印信。

第三幅是张大千临摹敦煌壁画线稿。身态丰腴、袒左肩、腰肢微扭的观音菩萨，神态肃穆庄严，站于莲花台上。左题"一百二十六窟"。

"就这些？"老杨问道。

女画家笑道："还要多少？有这些已经不得了了。"

"阿姨，您自个儿的画呢？杨哥说您画得好！"三幅画，汪文十几分钟就看完了，不像看《连生贵子图》那般费劲儿。看罢，折叠好，汪文问道。

"我的画不好。工笔画，费眼睛，前年就画不动了。里屋挂了一幅，你看看。"

《红梅报春图》，蜿蜒的虬枝上，殷红的梅花朵朵绽开，两只喜鹊站在枝头，含情脉脉相望。汪文赞道："阿姨，您画得真好。能给我吗？"汪文眼睛热热地望女画家，又望老杨。老杨微笑看女画家。女画家点了点头。老杨说道："我代理过阿姨的画，阿姨心轻，这么大的一幅，给我的价，五万元。"这是一幅六尺整张的大画。

汪文叫道："工笔画费心思，六六大顺，六万元！六万元全都是给阿姨的，杨哥，您不要挣钱了。"

女画家笑道："五万元就行……"

汪文截断女画家的话，说道："我已经出口了！阿姨，您别拿我当外人。"

女画家还要说话，汪文指着《红梅报春图》对面的画问道："这是谁的画儿？"

八

一株苍松，躯干从危岩陡壑中挣扎跃起，盘旋着，扭曲着，伸展着，充满倔强不屈的力量。松干、茎枝都是黑色的。黑的团，黑的块，黑的线，黑色里充满倔强不屈的力量。松针却是蔚蓝的，像滂沱大雨洗过天空之后的蔚蓝。苍松脚下的岩壑，像密布的黑云，翻滚着，挤压着，冲突着。苍松身后，道道山峰缠裹的白云，舒展着，飘逸着，欢快着。右上角，"白云"腾出了一角，是题款，书法怪野，像枯藤被狂风吹散，东歪西倒，七扭八拐，但筋骨在，顽强地撑立着；更像醉拳，似醉不醉，似癫不癫，似无力却藏神力。我认不出来一个字。

女画家答道："石鲁的。"

汪文走近了画儿，念题款："华岳秀色，达功学子赏之，丁巳年夏月写于长安，石鲁。""石鲁"之下是不规则圆形的印章。念完了，汪文问道："阿姨，达功是谁？"

"我丈夫。"

"叔叔跟石鲁?"

"石鲁的学生。"

"您二老都是画家,真好。叔叔呢?"

老杨扯了扯汪文上衣下摆。女画家蹙了下眉头,说道:"找他老师去了。"

汪文连连说道:"对不起,对不起。"

女画家说道:"没什么,客厅坐吧。"

坐下后,汪文抿了一口茶,说道:"阿姨,张大千这三幅画事情重大,我回去得商量商量。您的《红梅报春图》这就付款给您。"说罢,看了一眼老杨。老杨打开密码箱,取出一疙瘩钱,十万元,未拆封的,放在了桌上,又取出小剪刀,准备剪包装带。密码箱敞着,里面是一捆一捆的钱。汪文抬手按住老杨的剪刀,对女画家说道:"阿姨,冒昧,跟您商量一下,石鲁的画能给我吗?"

"石鲁的画你也要?"

"我喜欢华山。石鲁的《华岳秀色》画得真好。"说着,瞥老杨。见女画家迟疑,老杨说道:"阿姨,要不咱俩到里屋商量下?"

女画家站了起来,老杨合住密码箱,跟阿姨往挂《华岳秀色》的里屋走。进门的一刹那,老杨回过头来望汪文,汪文像在等着老杨的回望,握紧的拳头使劲往下砸了一下。

屋里静静的,我和汪文都不说话。不到五分钟,老杨出来了,俯身在汪文耳朵边说了什么,汪文又贴着老杨的耳朵说了什么,老杨又进里屋了。一分钟后,老杨跟女画家出来了,对汪文说道:"阿姨看你是个爱画的年轻人,答应给你了。"

汪文站起来,给女画家鞠躬,笑道:"谢谢阿姨!"又对老杨说道:"阿姨痛快,我也痛快,把钱给阿姨吧!"老杨打开密码箱,一二三四五,数了八疙瘩钱,摆在桌上,连同那一疙瘩,满共九疙瘩,方桌摆满了!

女画家说道:"画儿装了框,你们怎么拿啊!"

汪文说道:"我们取了画儿,把框子给您留着,您还能用。您点一点钱。"

点过钱,下楼,开了车,出南柳巷,驶入骡马市街,坐在副驾驶位置的汪文双手举拳，成"V"状，狂喊道："伟大的石鲁，伟大的《华山秀色》!"

"伟大？冷枚不伟大吗？《连生贵子图》二百万呢，《华山秀色》才八十四万。"

汪文放下手臂，笑道："黎哥，还惦记呢。"

开车的老杨说道："老同学，别痴心了，不要就是不要，听汪总的。"

"汪总，给我说说呀，到底什么情况？"

"老豆给您发微信了吗？"

"没呢。"

"估计明天早上就会有消息。明早给您说。"

"真磨人！汪总，石鲁的这幅《华岳秀色》好在哪儿，这个可以说吗？"

"当然可以，《华岳秀色》现在归了我啊！1959年，石鲁创作了大型画作《转战陕北》，奠定了他在美术界的地位。如果没有《转战陕北》，石鲁在美术界的地位不可能有今天这么高。《转战陕北》的成功，关键在于他画了别人从未画过的题材。历史上多的是画家画北方的雄伟高山、长松巨石、飞泉流湍，也多的是画家画南方的平缓山水、草木葱茏、云兴霞蔚，但从来没有人画过黄土高原，石鲁画了，而且，画成功了！画面没有一棵树、一棵草，全是黄土，但他的画笔表现得极其精彩，极其高妙，震撼人心。石鲁填补了中国画画黄土高原的空白。"

老杨插话道："汪总，老黎是外行，别讲得太深了。"

汪文笑道："黎哥是文人，这个算什么深？"

我砸了老杨一拳，说道："瞧不起人啊！"

两人都笑。汪文说道："石鲁的伟大，并不仅仅是他填补了中国画画黄土高原的空白，还在于他的山水画新观念。石鲁主张把山水'当作人来画'，'当成个大人来画'，甚至认为'山水画就是人物画'，与庄子以人的心态观照自然的观点，与石涛'画家与山川神遇而迹化'的观点一脉相承，更有所突破。很多人认为，石鲁最好的作品是20世纪70年代以前那些画黄土高原的作品，我认为，石鲁画华山的作品才是最好的！《自古华山一条路》，把华山看作一个雄壮有傲骨的男人。《西岳图》的山峰用夹角，两笔画出，像男人的双臂，没有画家敢这样画山。《华山一丈峰》大面积留白，使华山一丈峰和峰前松石处于漫漫云海之中，沉着苍茫的线面对比，加强了笔墨丘壑的整体感，一枝横斜的松树，苍辣劲挺，如战风雪，自右至左，横贯画中……还有《华岳松》《华岳雄起》《西岳晨辉》《华岳积雪图》等，都是神品！哈哈哈，这些都不在话下了，黎哥，我们今天得到的《华山秀色》是神品中的神品！"

"为什么？"我叫道。

"'金刚挫'力聚千斤，惊心动魄；'荷叶皴'挥洒恣肆，如有神助。那峰峦间站立的，哪是一棵松树啊，分明是一个倔强不屈的人，一个挺立天地间大写的男人。"

"什么是'金刚挫'和'荷叶皴'？"

"黎哥，这个就深了，你不画画，不很容易给您讲得清楚。这样说吧，'金刚挫'和"荷叶皴"天下独一无二，是石鲁独有的笔法和技法。"

"这么厉害，怎么才八十四万呀！"

老杨笑道："捡漏儿了呗！"

九

"阿姨是画家，怎么会让你们捡了漏儿？"

老杨笑道："她是画家，不是画商呀。这几年，石鲁行情节节攀高，她还不大清楚。"

汪文说道："熟人眼里无伟人。达功先生是石鲁的学生，阿姨也应该熟悉石鲁的。石鲁是个疯疯癫癫、又抽烟、又纵酒、说话无遮拦的小老头罢了，怎么会是伟人呢？既然不是伟人，要价自然上不去了。"

"她要价多少？"

"一百个钱。"老杨答道，"一百个钱，对阿姨来讲，不少了，我看见她咬了牙的。"

我紧跟着问道："《红梅报春图》人家要价五万，你给六万；《华山秀色》人家要一百万，按说捡漏儿了，给了就是，为什么还要压价？"

老杨和汪文哈哈大笑。老杨说道："老同学，你好像不是圈子里的人，这点道理都看不出来？"

"我小打小闹，怎么能跟你们比？"

老杨说道："汪总眼贼，进屋一眼就瞄上了《华山秀色》，给我发信号了！"

"我怎么没看见？"

汪文笑道："我踩杨哥脚的时候，你仰脖子看《红梅报春图》呢，怎么会看见？"

"我明白了，你们'欲擒故纵'，'指东打西'，'瞒天过海'。不压价，怕阿姨不卖啊！"

俩人又哈哈大笑。老杨说道："如果爽快给一百万，不一定成事了！"

我问道："《华山秀色》到底值多少钱？"

汪文笑道："艺术无价！"

老杨答道："翻三番问题不大吧。"

我惊叫道："六百多万？"

汪文轻飘飘地说道："那是保守的！"

我叹道："《连生贵子图》跑了大半天没做成，眨眼间，做成了《华山秀色》……"

汪文笑道："黎哥还在惦记呢！这样吧，杨哥，把《红梅报春图》送给黎哥。"

"没问题！"

"我不要，无功受禄……"

"您这是和杨哥客气呢。黎哥，给您有任务呢，您认识的文人多，他们家里藏有好东西，特别是上了年纪的大文人，您多留心。"

我应道："今天给我上了一课。我一定会留心的。"

到了酒店门口，汪文下了车，回头对老杨说道："那三幅，您找个说辞，就说嫌价大，放弃了吧。"

我惊讶道："哎呀，张大千的画也放弃？"

汪文朝我扮鬼脸儿，笑道："您明天收到微信，我一块儿告诉您！"

看着汪文的背影消失在酒店里，老杨发动了车子。我问道："今天不是冲着张大千去的吗，怎么不要了？"

老杨说道："世事难料，搂草打兔子，蹦出来了《华山秀色》。"

"老同学，张大千的画汪文不要了，你自己要下来呀！"

"他都不要，我怎么敢要？再说，老太太要一千万，我吃不动啊！"

"汪文也吃不动？"

"对他，小菜一碟。他爸是个老玩家，腰杆粗得很呢！"

"为什么不要？"

"不是明天告诉你吗？"

"今天为什么要带那么多现金？多操心啊！"

"这是汪总的作风。一百万是给张大千的画准备的订金。他说，卖主看见了成捆的现金，心动，容易成事儿。"

第二天，等到了十一点三十一分，还未见老豆的微信，我心想："汪文要失算了！看你怎么给我说。"十一点四十六分，滴滴滴，老豆的微信来了："北京客想要也要不成了，货走了！"

我呆坐了两分钟，给老杨打电话，电话通了，还未开口，老杨说道："快点过来，老刘家，我跟汪总等你吃羊肉泡馍呢！"老刘家在建国路，西安事变时候张学良公馆的南边，老杨定点儿吃羊肉泡馍的馆子。

推开小包间门，见桌上摆了四碟凉菜，牛肉、蹄筋、素拼和花生米，还有一瓶西凤酒，绿色瓶子，五十六度那种。我扬手打招呼，汪文笑道："来，庆祝一下，小喝几杯。黎哥，老豆的《连生贵子图》出了吧？"

我坐下答道："你神！出了。"

"多少？"

"急着赶过来，还没问呢。我这就问。"

老杨斟酒，我发微信："走得怎么样？"

很快，老豆回了："还差不多，少赚了些。"

"为什么急着卖？"我又问道。

老豆回复道："这个货张扬了几个月了，再不卖怕不鲜了。"

"出价方便说吗？"

"还是不说吧。我答应了钱总。"

我给汪文看了。汪文说道："老豆是老江湖，能把握住火候，估计在一百万左右，具体数字，有机会了，您再探问吧。"

"该你说了！"我急切地望着汪文。

老杨笑道："看把你急得，来，先干一杯！"

碰了杯，喝下热辣辣的西凤酒，喉咙冒烟呢。汪文喝了口茶，说道："先说前天深圳的事儿吧。那是位大老板，当年收了九十多幅名画，号称"百珍"，八大的，石涛的，唐寅的，仇英的，郑板桥的，王时敏的，徐悲鸿的，张大千的，齐白石的……叫得响的名家几乎都有。我看了，奶奶呀，没一幅真迹，全高仿，今人所仿！《连生贵子图》虽然是老画，却也是高仿，不过不是今人所仿，是跟冷枚同时代的高手所仿！"

"古人所仿？有凭据吗？"

"笔墨就是凭据！初看极像冷枚所画，但仔细看过之后，气韵、笔墨达不到。如果冷枚是这个水平，做不了宫廷画家，更领不了头。康熙、雍正、乾隆看画的眼睛很毒的。"

"古人也干这种勾当？"

"哈哈哈，多了去了，这也算'优秀传统'。张大千就是勾当这个第一高手，他拔下身上的一根毫毛，要变石涛就变石涛，要变八大就变八大，要变唐伯虎就变唐伯虎……"

"女画家的那个张大千呢？"

"一样的道理，后人仿张大千的。我疑是刘力上老先生所仿。"

"女画家难道看不出来？"

"这个我就不知道了。"

太不可思议了，我直摇头！老杨说道："老同学，不相信？"

汪文说道："您不是有拍卖公司的朋友吗？发给他，看看他怎么说？"

我给曲颖发去了《连生贵子图》。曲颖当即回复道："这个我不在行，稍等，我们有专家团队，我发给他们看看。"

汪文说道："即使《连生贵子图》是真迹，也到不了老豆要的二百万。那个钱总在价钱上不外行。"

"给皇上画画儿的画家呀，为什么价不高？"

"匠气重，没有艺术家张扬的、独特的个性和灵性，画笔再好，终究是技术娴熟，怎么能跟石鲁的《华山秀色》相比呢……"

"个性和灵性！汪总，我明白了，敬你。"我端起了酒杯。

"敬什么呀，来，杨哥，我们一起干！个性和灵性，艺术之魂！"

"是的，艺术之魂！为什么不让我提前发给杭州的朋友？"

"你想坏老豆的生意呀。圈子就这么大，一会儿图片就返回西安了，打问画在谁手上。发到钱总手上怎么办？"

"能怎么办？"

汪文还未答话，手机响了，是曲颖的回复："专家说了，不是冷枚亲笔，老仿。价钱便宜了可以要，是做生意的好料！"

我念了微信，问道："做生意的好料，什么意思？"

老杨答道："老豆用这个做成了生意啊！"

我惊问汪文道："老豆知道《连生贵子图》是古人高仿吗？"

汪文笑道："这个嘛，你得去问老豆了。"

和
尚
爷

喘气儿着呢。噢，还活着呢！

天蒙蒙亮。

从天蒙蒙亮，到天麻麻黑，说长，比村南的渭河长；说短，比碗上的筷子短。天上洒下的光阴变成自己的过活，吸一口气，呼一口气，吸十口气，呼十口气，吸一百口气，呼一百口气……呼吸每一口气，都不紧不慢，像日头，升的时候升，隐的时候隐，都有情有调，像月亮，一会儿云里，一会儿云外。

早早儿睁开眼，黑黑儿合上眼，和尚爷忙活四样事儿，喝茶，饮酒，听戏，看货，寒暑不辍，春秋不止。

四样事儿，实际只是两样儿，喝茶、饮酒、听戏算一样儿，看货算一样儿。

早早儿，睁开眼，偏耳听一会儿屋外的动静。有时候是风声，有时候是鸟叫，有时候是树叶簌簌落下……和尚爷穿好衣裳，挪到炕边，弯腰勾上鞋，直了身子，下了炕，先戳炉子。暮秋之后，仲春之前，戳钢板炉子。钢板炉子大，炉面像炕桌儿，溜溜儿地泛着光气。捅开糊实的煤末子，歇了一晚夕的煤块子露出脸，通气了，蓝蓝的火苗儿蹿上来，坐上铝壶，火苗一簇一簇舔壶底呢。谷雨后，霜降前，用蜂窝煤炉子，一个眼儿一个眼

122

儿捅了，压一块新煤，踩下去，掏去炉膛的灰渣，再捅一遍眼儿，等一时儿，憋着的火就活泛了。

蜂窝煤炉子不放在屋里，在灶间。

安顿好炉子，和尚爷这才去后院，厕下前一天积的秽物。身上轻便了，拎起扫把，一扫把一个扇面，一下一下，细细地扫院子，扫出门，扫净头门口。放下扫把，取了门后的摔子，行话叫拂尘，花梨杆儿的，走到院子，双臂举到水平，仰天长呼三口气，长吸三口气，调匀了气息，从头到脚，上下细细摔打，特别是脚上的鞋，千层底儿的——不管单鞋，还是棉鞋，都是千层底儿——摔打得更带劲儿，摔打得觉得不染一尘才住手。这时候，钢板炉子上的铝壶烫了，倒热水进脸盆，煎煎火火洗过脸，细细抹过板柜、板凳和炕边子，摆过抹布，残水就势泼洒在砖墁地上。用蜂窝煤炉子的时候，用凉水，洗罢脸，抹板柜、板凳和炕边子，残水还是就势泼洒在砖墁地上，再从瓮里舀一盆，洒院子，洒头门口。天热，燥，润一润气儿。

诸事一一妥当，这才消停，回到屋里，揭开板柜，取出个布套，鼓鼓的，脱了布套，噢，铮明瓦亮的"pia 子"，黄铜的。"pia 子"呈不标准圆锥体，头小，底大，饱满得很，有手柄，偏旁有嘴儿，嘴儿上有薄薄的圆盖儿，也是黄铜的；顶端也有盖儿，也薄薄的，也是黄铜。当然了，"pia 子"有年纪，全无新铜的光亮和燥气，有的是时月染下的包浆，熟络，肥润，越看越輾活。和尚爷揭开"pia 子"的铜盖儿，从铝壶倒了水，涮了涮，泼在地上；又倒满，放好三角的铁撑子，把"pia 子"坐在铁撑子上，蓝蓝的火苗一簇簇舔着肥润的黄铜底儿。一时儿，"pia 子"咕嘟冒泡泡了。和尚爷关小炉门，回身从板柜上的黑瓷罐儿里撮了茶，投入"pia 子"。和尚爷轻轻念叨："熬茶还得是'pia 子'啊。"

一时儿，"pia 子"咕嘟了，热气冲掀薄薄的黄铜盖儿，一下又一下，一下比一下急，发出"哒哒"的清越响声。热气喷香，越来越香。和尚爷关死炉门，"哒哒"声消了，咕嘟声还一下一下的。

还得慢火熬一会儿。

喝茶用青花瓷盅，薄胎的，透，黑中泛红的茶汤像要洇出来。熬的是茯砖，倒出来，挂汁拉线呢，酽！一碗喉吻润，二碗破孤闷，三碗搜枯肠……那是碗，这是盅，三盅方可喉吻润，八盅才破孤闷，十五盅才搜枯肠……饮过二十盅茶，往"pia 子"里续了水，坐在钢板炉子上，拉开炉门，蓝蓝的火苗又舐着肥润的黄铜底儿……和尚爷往炉子烤箱放进两块锅盔，从灶间搪瓷盆剜出八片凝冻的条子肉，盛在碟子，舀一勺油泼辣子，抹在条子肉上，温在炉面。一时儿，取出一块锅盔，焦黄焦黄的，用筷子剖开，热气腾腾，夹入四片已经温软的条子肉，抹匀油泼辣子，双手轻捏，渐捏渐紧，红油渗入白面，香气滋滋冒，开咥喽。一口肉夹锅盔，一口酽茶，两块锅盔咥完，碟子的红油，被蘸得净尽，枯肠已作肥肠。和尚爷说道："咥肉还是膘肥的好！"

有捣蛋的村汉跟和尚爷要，说道："和尚爷，肉不吃也香！"

和尚爷不解，问道："肉不吃咋能香？"

村汉笑道："隔壁村的寡妇说，吃肉没有挨肉香！"

和尚爷不解，追问："挨，咋个挨？"

村汉哈哈怪笑，说道："和尚爷，我也弄不清，你去问寡妇。"

村汉怪笑着跑了。和尚爷咥一口肥肉，喝下一盅茶，自言自语："挨肉香？胡扯，挨啥肉都没吃肉香啊！"

与烧钢板炉子时候不同，用蜂窝煤期间，和尚爷喝陕青——秦岭南的紫阳县产，汤色黄绿，味厚，耐泡——大玻璃缸子，小半缸子茶叶，由早喝到黑，喝掉两暖水瓶。锅盔被蒸馍替换了，蜂窝煤炉子上放钢精锅，馏热，馏透，还是夹条子肉，一个馍夹四片，还抹油泼辣子，咥俩馍。

条子肉夹蒸馍，那又是另一番滋味。

咥罢，喝罢，和尚爷洗了手上沾的油，洗净擦干"pia 子"，装回布套，放入板柜，拿出另一个布套儿，掏出另一个黄铜玩意儿来。一样的熟络，一样的肥润，一样的鞧活！噢，小酒壶啊，喇叭口，口张得分外大，调皮呢。拧开墙角的塑料壶盖儿，酒香散出来，给喇叭口灌，灌满，酒香散得更浓了，拧紧了塑料壶盖儿，将酒壶放在炉面，温上；回身打开 CD，送入碟片，秦腔吼了出来：

> 一霎时只觉得天旋地转
> 恨严贼逞淫威一手遮天
> 背地里把圣上一声埋怨
> 宠奸贼害忠良不辨愚贤
> …………

面向炉火坐下，擎起铜酒壶，斟一盅酒，还是青花瓷盅，喝茶的那个，并不急饮，送到鼻下，深深嗅三下，像已经"浮一大白"，酒液像正在流下，热辣辣暖遍全身，回泛上来一团酒气，朝 CD 徐徐吐出……和尚爷说道："喝酒还是西凤好，听戏还是秦腔好！"

酒一壶，戏三折，日上三竿，看货的也就进门了。

"和尚爷，看这个圆疙瘩是不是夜明珠？从乾陵一个老汉屋炕柜里搜腾来的，老汉胡子一拃长呢。"

大毛从兜里摸出一枚鸡蛋大的圆球，举在和尚爷眼前。和尚爷看一眼，并不接在手，说道："算是老货，揣摩了百十年吧，一疙瘩白石头，咋是夜明珠？想得美！大毛，还跑下了啥？"

大毛走街转巷，吆喝："收老桌子老板凳，收老字老画老书，收老镯子老戒指老首饰，收老麻钱老银元老票证，收拴马桩中堂狮，收古董喽……"收到了货，回到屋，有人等着下钱买呢。大毛嘿嘿笑道："都变了钱。这个少见，我怕卖失算了。和尚爷，再跑下啥硬货再来请你老人家掌眼。"

"和尚爷，得了一张画儿，落款齐潢，齐潢是齐白石啊！宣纸老旧，您老看看。"

文化局管点事儿的小鱼神秘兮兮捧出画儿来，画儿是一颗寿桃，还有几笔绿叶。和尚爷瞟了一眼，说道："齐白石把画儿画成了这样，该叫齐黑石了。"

"齐潢，有落款，有印章，您老看仔细。"小鱼把款字递到和尚爷眼底。

和尚爷乜一眼，笑道："此潢非彼璜啊！小鱼，白石老人会写错自家的名字？你以为捡了人家的漏儿，人家把你当漏儿捡了。撂了多少钱？"

"六百元。"

"买齐璜的画儿少了，买齐潢的画儿多了……"

"这是做啥用的？"

县上开古玩店的老张，在和尚爷跟前应是小张了，穿对门襟汉服，古貌古行，恭恭敬敬站在和尚爷跟前。手上拿一块玉，梯状，螭龙纹。

"好东西！"

玉手心儿大，和尚爷看了半个小时，看毕了，叫道。叫过，又看了一程，说道："上一回见到这样的好东西，三十岁出头，五十多年了。小张，怎么得来的?"

"我村人起沙壕出的,独独一件儿,我把沙壕寻了个遍,再没有别的啥啥儿了。和尚爷,这是个啥?"

"玉珌,剑鞘尾巴上镶嵌的玉饰。你看,中间有孔,窄的一端嵌在剑鞘。这块玉珌玉质纯净,水头好,和田籽料里上乘的,磨制细腻,螭纹刀工老到,档次不低!"

"啥年份?"

"春秋战国。"

有块椭圆黑石头,直径半尺,厚三指,乌黑发亮,邻村一壮汉抱了来。和尚爷看了好一阵子,说道:"对不住,真说不好是个啥。只能说是人工造的,也是老的,不是天然的,不是新的。"

壮汉吐舌头,说道:"肯定是大宝贝,和尚爷都认不出来么。"

西安小东门开铺子的范老板解开缠了一道又一道的卫生纸,露出大拇指大小的一块绿疙瘩,锈迹斑斑,莽莽苍苍的,是一方印,鼻钮的。范老板说道:"和尚爷,字儿认不得,请教您老。"

"手套有没?"

"有有有。"

范老板将印放在炕上,从包里掏出白手套,帮和尚爷戴上,又从包里取了放大镜给和尚爷。和尚爷小心捏了印,用放大镜看了一分钟,说道:"像是空同固三字,空字外围拉长,将同包围,使'空同'合为一字,妙!笔画如万岁枯藤,苍劲有力,好印!"

"年代呢?"

"二字合二为一,应是复姓。战国赵有空同氏。刻法是战国形制,绿锈也够,应是一方战国印。"

"空同固是谁?"

"这就把老汉我考住了。一茬一茬的人,生了死,死了生,名姓响亮到如今的能有几个?"

不是每天都有人登门。没人来的时候,和尚爷在院子里转圈,绕着粗壮的椿树,转三十圈,缓缓地,一步一步,不急不迫。转完,回屋,揭开板柜,取出又一个布套,掏出一个铜炉来,紫铜的,浑圆腹,冲天耳,洒

藏家

126

金点儿，古朴端雅，比那铜"pia"子、铜酒壶还要熟络，还要肥润，还要鞣活。和尚爷坐在炉火前，摩挲、盘磨，不紧不慢，不急不迫，微闭着眼，像出家人数念珠，肃穆、虔诚，又平和、冲淡。空气中流动着煤炭燃烧的淡淡烟气，四围安安然然。盘磨得有了时候，和尚爷把铜炉装进布套，放进板柜，到院子绕着椿树再转三十圈，转完了，回到屋，揭开板柜，取出布套，掏出铜炉，又开始摩挲、盘磨……后晌两点半，莲花嫂进来，朝和尚爷说道："掌柜的，还吃面？"

"吃面么，不吃面吃啥？"

莲花嫂捅旺炉火，坐上小铁锅，到后院拔几棵菠菜——后院有一畦菜地，天冷，只有菠菜，拱了棚子，塑料纸糊着——淘洗过，绿生生的；回到隔壁儿自家屋，用小笸篮端来擀好的韭叶面，水刚刚开，下了面；到灶间取了大碗，青花的，粗实，厚，剜一块肉臊子，埋碗底，调醋，撒盐，淋酱油，放油泼辣子，搁葱丝儿；回屋，锅开了，溅凉水；等锅再开了，扭断菠菜甩入；再开了，快溢了，揭开锅盖，用笊篱捞面，热腾腾的面铺盖在凝冻的肉臊子上……调拌好，端到和尚爷手上，和尚爷呼啦呼啦咥完，莲花嫂接过碗，舀半勺面汤，递给和尚爷。和尚爷吹一口热气，啜一口热面汤，慢慢转着碗，把碗里的油荤涮净，喝了。莲花嫂又舀了勺面汤，递给和尚爷。和尚爷啜一口面汤，说道："咥面，还是莲花的肉臊子拌面香啊！"

肉臊子，肥瘦相间的肋条肉，切作小拇指大的肉丁，加各样大料，猛火煮，慢火炖，炖得瘦的不柴，肥的不腻，出锅，盛在小盆或大碗，吃的时候一剜一块子，可拌面，可炒菜，当然，也可夹馍。

莲花嫂已经习惯了这样的夸赞，不接话，说道："十月一到了，送寒衣，我都备好了。"

说的是阴历的十月一，寒衣节，与清明节、中元节一样，都是见亡人的日子。

"我操心着呢，明儿早太阳暖了去。"

第二天却是阴天，不见太阳的影儿。莲花嫂挎了担笼。担笼里装了香、蜡、纸，一包水晶饼，一包鸡蛋糕，三个苹果，六身寒衣，男三身，女三身。出了屋门，和尚爷望一眼天，"唉"一声道："啥日子就是啥天，阴得重。"

说罢就要抬脚，莲花嫂说道："等下，天太冷！"

说着，放下担笼，进了屋，揭开板柜，取出黑哗叽大衣，放在炕上，又取出口罩和俩黑布条。出门，莲花嫂蹲下身，用黑布条缠裹紧和尚爷的棉裤腿，缠裹好了，站起来，给和尚爷戴上口罩，穿好大衣，系了扣子，撇展肩头、领子和袖子，熨帖了，这才说道："咱走慢些。"

隔了口罩，和尚爷说话嗡嗡的："就二里地，不咋的。"

坟在村北的塄坡头。站在坡头，天晴朗，望得见秦岭。秦岭莽莽苍苍，像巨幅的水墨画儿。到了坡底，老远，瞅见有人在坟上，和尚爷嗡嗡地说道："寻生离得远，来得早，比咱强。"

坟上人看见了和尚爷和莲花嫂，老者举起手招呼，年轻的小跑下来，迎住，喘着白乎乎的气，说道："伯，大冷的天，你还跑来？烧好了纸，我和我爸就去看你。"

和尚爷笑道："你爸尽你爸的心，我尽我的心，各是各的事，思念大人，谁也替代不了谁。天冷算个啥？侄娃子，帮你莲花姨提担笼。"

和尚爷说的"思念大人"的"大"，发音"舵"，去声。"舵"人，最大的人——父亲。到了坟头，老者迎住和尚爷，斑白的须发在风里颤抖，说道："哥，今儿冷，不想让你出来，烧了纸就到屋里寻你呢。"

"那不成，寻生，你不能把我撂在干岸上，让人笑话呢。"和尚爷看一眼年轻人。"旁人不说，我侄儿都笑话他伯呢。"

说罢，和尚爷对着年轻人笑。年轻人笑道："伯，我啥时候敢笑话你？见了面你就捣我，跟小时候对我一样。"

说笑间，莲花嫂摆好了水晶饼、鸡蛋糕和苹果，燃着了香、烛，隆起了麻纸和花花绿绿的阴票。侄儿点燃。泛着纸彩的火焰在冷寂空阔的坡头燃烧。和尚爷说道："寻生，莲花，咱都上年纪了，跪不下去喽，三揖就成，侄儿代咱磕头吧。"

行了礼，火焰熄灭了。和尚爷南望，天阴，望不见秦岭，只见灰霾的云。和尚爷叹道："云厚，先人在天上怕望不着咱！"

寻生，莲花嫂，还有侄儿，都望天，都没说话。

回屋坐小汽车。和尚爷不肯，拗不过侄儿，还是坐了。三分钟，到门口下了，和尚爷怨道："皮子味儿，汽油味儿，把人窝的，展不开身！"

侄儿打开后备厢，搬下来酒、肉、茶和鸡蛋，送进了屋，又跑出去取了一卷画轴回来，说道："伯，给你看样儿好东西！"

打开卷轴，挂墙上，一幅黑茫茫的国画豁然眼前。黑的、嶙峋的一道道山峰，黑的、散乱的一束束虬枝，黑的、挣扎的一棵棵苍松，黑的、弥散的一团团雾气，黑的、渺小的一个个人影……沉重、压抑、悲怆的气氛从画面喷涌出来。和尚爷叹道："这不是华山一条路，是石鲁的心路。他心里苦，黑着呢，看不着山顶。"

侄儿念诗：

> 人骂我野我更野，
> 搜尽平凡创奇迹。
> 人责我怪我何怪，
> 不屑为奴偏自裁。
> 人谓我乱不为乱，
> 无法之法法更严。
> 人笑我黑不太黑，
> 黑到惊心动魂魄。
> 野怪乱黑何足论，
> 你有嘴舌我有心。
> 生活为我出新意，
> 我为生活传精神。

老者寻生说道："石鲁的画，四个字，野、怪、乱、黑。"

和尚爷说道："石鲁这个人，也是四个字，痴、倔、真、奇。放在作画上，这四个字好；放在做人上，这四个字不好，受罪啊！为这四个字，被吊在钟楼，遭人骂，受人打，一张张画儿都打上了红叉叉，疯了！疯了还要画，一幅画儿换一碗羊肉泡馍！我佩服那个为石鲁煮馍的炉头，心善，胆大，眼窝里有水！"

侄儿叫道："真是眼窝里有水！现在，那幅画儿能买下一座羊肉泡馍馆子！"

老者寻生说道："说人家呢，咱铺子的、咱屋里的货不被糟蹋了，还不盘下半个西华门。"

和尚爷说道："说这些话顶啥？碑林都敢砸，卧龙寺都敢砸，陵前的翁仲都敢砸，咱的古董铺子咋不敢砸？天上下冷子，人有啥办法，受着！谁让咱在天底下，没在天上头？寻生，到这把年纪了，还有啥想不透、想不开？"

看寻生摇头，侄儿叹气，和尚爷换了语气，说道："话说回来，人跟人过不去可以，别跟古董过不去啊！把人整死了，整废了，整得不敢言传了，古董归你了，该珍惜，该敬爱，不要砸呀，烧呀，糟蹋呀！谁想得通？"

歇了口气，继续道："那些古董，一代一代传下来，经见了多少人？唉，在咱手里，眼睁睁地看着殁了！"

和尚爷伤感地叹气。侄儿劝慰道："伯，也好，物以稀为贵，要不现在咋这么难寻，这么值钱……"

和尚爷盯着侄儿，盯了好一会儿，张嘴骂道："混账，你这是混账话！你的意思是说，石鲁的画儿留下来太多了，该全烧光，只留下你手里这一幅？"

侄儿脸红了，连连摆手道："我不是这个意思，不是……"

正尴尬，莲花嫂进屋说道："吃饭了，臊子面。"

侄儿赶紧跑了出去。不一时儿，侄儿端了红漆礼盘回来。礼盘内放了四个白瓷碟子，小葱拌豆腐，炒鸡蛋，粉条拌菠菜，条子肉，白的，黄的，绿的，红的。侄儿把碟子一一摆在炉面上。和尚爷揭开板柜，取了铜酒壶，俩青花酒盅，放在炉面上，回身拧开塑料壶盖儿，倒了酒，说道："一年又一年，咱老弟兄俩喝今年的。"看一眼侄儿，"你不能喝，开车呢。"

侄儿点头道："我不喝，我伺候。"

和尚爷笑道："好好伺候着，伺候不了几天喽。想当年你爸伺候大人，泡茶，端饭，铺炕，洗脚，倒尿盆……那个殷勤周全，没一样大人不称心的。落得我这个亲儿子老是挨训，哈哈哈……"

大人的大还是"舵"音，"duo"，去声。

"你是少爷么，寻生哥是伙计娃么，大铺子规矩大么……"

莲花嫂端了臊子面进来，盛一碗面说出一个"么"字，布满皱纹的脸上像平滑了，柔顺了，年轻了。寻生挑起一筷头面，笑道："莲花丫头没老么，手上功夫还硬得很么，一窝丝真真儿是一根一根头发丝么。"

三个"么"，惹得一桌儿的笑，惹得都挑起臊子面，细细的面条冒热气。

一碗臊子面辗口与否，在于两样，一是面，二是汤。面必是手擀，擀得了，软硬、薄厚、筋道须拿捏得恰到好处。再下来就看劈面了。圆面片折两折，成扇面，再折，摆整好，一手用擀杖压住半扇面的一棱，一手运刀，慢劈，两手配合恰当后，擀杖缓缓移动，越劈越快，丝丝面条随着快刀飞出……这手艺，说着容易，做起来难，劈一手好面，那是长年累月的功力和窍道。现今的媳妇，没有几个劈得了面，更莫说劈"一窝丝"了。汤是大骨熬成，滤去浮沫和骨渣，放肉臊子、豆腐丁，煮开，放入黑木耳、黄花菜、红萝卜捹成的碎段儿，再煮开，鸡蛋摊饼，切菱形，像黄色小旗子，放入，稍煮，放入切碎的葱和菠菜——葱和菠菜须是面即将煮好时放入，按面的多少定量——撒盐，调味，浇在刚刚捞起的面上，汤和面混合，挑一筷子，热气腾腾，红是红，白是白，绿是绿，黄是黄，不忍下口却又急待下口……

莲花嫂说道："寻生哥笑话我呢！手上没力气了，面和得软，筋道不够，眼也花了，瞅不住行子，劈得粗，将就着吃。"

寻生说道："软面刚好合咱的老牙口！味道还是咱的老味道，一点点儿都没变。我那老婆子笨，咋教都做不出么，我咋敢笑话莲花？好我的莲花，当年，咱铺子头号能行丫头。一晃眼，也成老太婆了，噢，都得重孙子了，成老祖婆了。"

和尚爷看着莲花嫂，说道："寻生说得对，莲花是头号能行的丫头。这些年，若没有莲花，我早就埋在大人脚底下了。"

侄儿笑，笑得不正经，像捣蛋村汉的怪笑，说道："伯，噢，人家都叫你和尚爷呢，和尚爷，你就破戒了吧，嘴上说莲花姨能行，不见行动么，咋不把莲花姨娶进屋呢？我爸说，人家莲花姨怀的第一春就是你。"

莲花嫂脸上不见波澜，像没听见，收拾碗筷。寻生面朝和尚爷，说道："莲花男人下世好几年了，你也得人照料，不如……"

和尚爷脸上也是波澜不惊，向寻生道："年年叨叨这个，你叨叨不成，拉了娃一块儿叨叨！一把年纪了，安安静静过日子，非要闹个不清净？"向侄儿绷了脸，"今后不许你说伯跟你莲花姨的事，没大没小，没正经。"

侄儿还在笑，还笑得不正经，说道："伯，我不说了，但你要答应我一件事儿。"

"你说？"

"你答应不？"

"想要我的洒金宣德炉？"

"不是。"

"你答应不？不要啥。"

"不要啥，就是啥都要。你伯我下世了，啥都是你的！还有啥我不敢答应的，你说！"

"伯，你一辈子心里头只装一个人，不行啊！人死不能复生，她只是一个影子，能给你做啥？你在城里的铺子，我莲花姨在铺子；铺子毁了，你回乡里的老屋，莲花姨跟你回了老屋；你在台子上挨批斗，我莲花姨在台子底下掉眼泪；你在里头改造，我莲花姨走二百里路探望，一趟又一趟……你让我莲花姨嫁人，她不嫁人你就不活了，莲花姨就嫁人了，嫁的人是你看定了的……现在老了，你吃的穿的铺的盖的用的，哪一样儿不是莲花姨操心，我爸跟我照应您，只是动动嘴，支应几个钱，没干啥实事呀。一辈子了，我莲花姨的心都在你身上啊！伯，你心里头得装下莲花姨，让我莲花姨心里头也暖暖和和。你答应我！"

"谁说我心里没装下你莲花姨？"

屋子寂静。莲花嫂眼眶潮湿，用袖子擦了眼角，端了礼盘，出屋到灶间。

寻生见和尚爷愣怔，眼光茫然，说道："过去的事，射箭一样，射出去就回不来了。娃们家咋能弄清白咱过往的事情？哥，娃是按他们的心说话呢！哥，不要嫌娃多嘴。娃也是五十多岁的人了。"面朝儿子，"在你伯跟前说话没轻没重的，惹你伯不高兴了。"又朝和尚爷，"哥，咱不说这个了。报告你一件大喜事，咱铺子二十四孝大屏风露头了，娃追着呢，就要到手了。"

和尚爷抬头望侄儿，问："啥情况？"

"姓郭的，造反派司令，领头打砸咱铺子那个，见了屏风，声言拉回去烧火。拉回去后改了主意，没烧，后来拉到'阶级仇恨'控诉馆展览，控诉封建地主阶级纸醉金迷的奢靡生活，控诉封建地主阶级孝子贤孙宣扬的虚伪孝道。"

和尚爷说道："这么说，二十四孝救了咱的屏风呀！"

侄儿继续说道："是的。姓郭的在武斗中丧命，屏风没人管了，一直撂在展览馆。后来，市革委会树立'不忘阶级苦，牢记血泪仇'忆苦思甜典型，选中了五陵原上柏梁村的王家当典型。王家是大地主，原上第一所高中就是王家民国早年办的，屏风还是老任务，揭露封建地主阶级纸醉金迷的奢靡生活，揭露封建地主阶级孝子贤孙宣扬的虚伪孝道，还有编排得邪乎的，说屏风是遮羞屏，遮掩王家老爷干坏事，谁家租子交不上来，姑娘、媳妇到屏风后头伺候王家太爷……1978年，形势变了，柏梁村的典型用不着了，散摊了，屏风没处归整。宣传部的一位科长，姓梁，叫梁彦斌，花一百元买了，拉回蒲城老家存放了起来。为什么一百元就能买？屏风多年半露天存放——'忆苦思甜'搭了一座棚子，四面透风，屏风就在棚下——没人管，落满灰尘，脏得不像样子，加上小娃娃胡乱摇，散架了。当时，这些老东西人们唯恐避之不及，怕给自己惹麻烦，有啥价观？再说，一百元也不少，是梁彦斌两个月的工资呢。梁彦斌以后官运亨通，一路做到了县长，老家盖了房，找老把式精心拾掇了屏风。拾掇以后，屏风的真模样露了出来，排场啊，谁见了不震撼？时月变了，人的心思也跟着变了，原来臭的变香了，原来丑的变美了！"

和尚爷说道："咋能不震撼？一扇高三米三，宽六十六，金丝楠木骨架，紫檀底板，八宝镶嵌，说是八宝，岂止八宝？金，银，玉，翡翠，玛瑙，玳瑁，砗磲，青金，绿松石，螺钿，象牙……雕琢成为山水、人物、树石、楼台、花卉，镶嵌在底板上，典雅华美，光彩照人。这个梁彦斌不一般，眼里有水。一般人，上头说啥就是啥，上头说香了就香了，上头说臭了就臭了，自己哪里长眼了？"

侄儿点头，说道："梁彦斌眼里有水，儿子却不争气，抽上了大烟。梁彦斌退了，儿子还是胡来，他气得一命呜呼了。儿子这下更疯了，放开了手脚，花钱如流水，把他爸的家业踢腾得差不多了。前几天，放出话来，卖屏风！要价二百万。"

和尚爷说道："拿下，还等啥？"

寻生说道："哥，估计一百万出头就差不多，公子哥，急着用钱，心里没底儿。梁彦斌，我认得呢，咱重开铺子办手续就是寻的人家，那时候是文化局副局长。我送了他乾隆二十一年的五十两一锭官银。梁彦斌会办事，没俩月就给咱办妥了。唉，儿没跟他爸，把钱不当钱，刮风一样花。风水轮流转，又转到咱头上了。没有梁彦斌这个败家儿子，二十四孝屏风回不到咱手上。"

和尚爷问道："见东西了没？"

侄儿答道："'一线'跑家传来的话，我爸就拍了大腿喊'咱的屏风出世喽'，一晚夕没睡好，第二天天没亮就喊我一搭去看呢。"

寻生笑道："看了，没麻达，就是咱的！"

和尚爷说道："钱够不？"

寻生说道："不难肠。哥，那天我想起一句话。咱铺子被砸时你说的，圪蹴在西华门城墙根儿。"

"啥话？"

"糟蹋吧，到时候按斤按两想买都买不回来了。"

"现在不是论斤论两了，论克呢。真是啊，屏风我原想回不来了，老天开了眼，还能回来啊，真像做梦！"

侄儿问道："伯，咱的屏风咋来的？"

"状元公毕沅任陕西巡抚，大约1773年到1786年间，亲自督造的，从扬州请来的匠师，用了两年多时间。不知他是用来敬献皇帝的，还是自家用，下足了本钱和功夫，雍容华丽，与宫里造办处造的不相上下。咱是从盐商后代手上买的，这些话是人家说的。东西也会说话，我大人一眼就看上了，花了五根金条。"

和尚爷瞅一眼侄儿，说道："咱铺子的青龙白虎朱雀玄武四神瓦当一套，仁义自成，众芳芬苾，咸况承雨，爵至彻侯，平阿弋池，四极咸依，几十枚珍贵稀少瓦当，咱藏在屋里的老书，有一套宋版啊，咱铺子的青铜器，其中一尊商周的鼎，十二个字，咱屋里的老字画，成捆呢……全毁了……"

天色昏暗下来，和尚爷说道："屏风回来了，看还有啥能回来？没毁的迟早能露面。天不早了，你们回，赶紧把屏风搬回来，回来了我去看。"

侄儿说道:"伯,最多一个礼拜,咱在老孙家吃羊肉泡馍,搞个屏风宴。"

寻生说道:"你伯不爱张扬,你安安静静搬回来。莲花,你跟咱哥一块儿来,我让娃来接。"

莲花嫂望和尚爷。和尚爷说道:"走么,一块儿进省,屏风你也见过,再见见,以后恐怕……"

客散屋空,莲花嫂扫了地,给炉子加了煤,给大铝壶添满了水,坐在炉子上,把炕上的被子拉展,又盖上薄被子,窝住被子角儿,出门到屋后,烧炕。炕洞边堆了剁好的枯枝,码得整整齐齐,还有一堆麦糠,塑料纸苫盖着。莲花嫂把几把枯枝送进炕洞,用尖叉捅到深处,点着,枯枝燃过一阵,炕洞铺了一层红红的火子儿。莲花嫂把麦糠一把一把塞进炕洞,用尖叉捅进去,再塞,又用尖叉捅展,拍平,封住了炕洞。

院子弥漫着浓浓的烟气,似乎还有麦子的香,缭绕在大椿树的枝杈间。

天黑定了,屋里,灯泡悬在当中,钢板炉子上方。炉面摆着肥润调皮的铜壶,闪着莹光的青花酒盅,烟气里弥散着酒香。和尚爷晚间也是一壶酒,不紧不慢、不言不语喝着。CD 机播放着,红的绿的蓝的光色跳跃,唱腔缠绵悠长:

> 西湖山水还依旧
>
> 憔悴难对满眼秋
>
> 霜染丹枫寒林瘦
>
> 不堪回首忆旧游
>
> 想当初在峨眉依经孤守
>
> 伴清灯叩古磬千年苦修
>
> 久向往人世间繁华锦绣
>
> 弃黄冠偕青妹佩剑云游
>
> 按云头现长堤烟桃雨柳
>
> 清明天我二人来到杭州
>
> 览不尽人间西湖景色秀
>
> 春情荡漾在心头
>
> 遇官人真乃是良缘巧凑
>
> 借风雨驱游人无限风流
>
> ⋯⋯⋯⋯⋯

　　莲花嫂进屋，开了窗，挑开棉帘，敞着门，烟气涌流而出，空气清冽了许多。莲花嫂关了窗子，说道："掌柜的，我过去了。"

　　和尚爷说道："寻生爱吃你炒的油茶，多炒些，咱去省上捎上。天冷，你把屋子拾掇严喤，不要受寒。"

　　莲花嫂说道："我知道。黑了少喝茶，起夜呢。"

　　说完，挑开棉帘，轻轻拉紧了门。

故园图

一

杨文革有一间密室。

所谓密室，在于密，甭说外人，就是老婆儿子女子也不得入，没有钥匙啊，只有杨文革才能打开。贼娃子窃入呢？偷鸡摸狗之辈，入不得的。飞檐走壁的大盗，也费周章。密室对外无门，只有窗，且是高窗，不仅排列着小擀杖粗的钢筋棍儿，还有红外线。东西南北四个方向，都安装了摄像头呢。

杨文革自己咋进？有电梯。按钮直达四层，二、三层不停。爬楼梯——也只能爬到三层，三至四层楼梯间锁得死死的。到四层，电梯门张开，是走廊，走廊北头，是卫生间。杨文革先往卫生间净手，再回到走廊中间，密室门前，换了鞋，大拇指按住感应屏，厚实坚固的钢板门"咯噔"一声就打开了。

密室里有啥？

一是猪。最大的，一头陶猪，像牛犊子，鬃毛冲天，獠牙咧唇，怒目如眦睚，像还在森林里奔窜，原始野性十足。一头青石猪，憨态可掬，像是咥饱了美味，溜达到阳坡，卧在草地上，挠痒痒、晒暖暖呢。一头瓷猪，白瓷，肥得像一摊油，滑溜溜的，眼睛没成一条缝儿，脖子凸起三道肉梁梁儿，肚子里不知道装了多少沉重的宝贝，鼓鼓囊囊下坠，就要蹭着地皮了……紫檀刻的，泥巴捏的，青铜铸的，银子捣的，金子锻的，和田玉攻的，翡翠雕的……南壁栗色原木架子上，高高低低、大大小小全是姿态万千、模样各异的猪。

二是画儿。北墙、东墙、西墙全挂画儿，皆老旧，尘烟熏蒸日久，古风苍苍，皆夹栗色木框悬挂。李念慈的山水自抒胸臆，不拘景色，不为境界所缚，洒脱不羁。梁时元的山水空朗开阔，皴皴粗疏，凝寂枯淡。许岢的花鸟活灵活现，惊之恐飞。王秉鑑用手指沾墨来点缀葡萄累累垂垂的果实，含露欲滴。宋伯鲁用笔在着力不着力之间，凭空取神，苍润中更饶秀气，冲淡间弥散书卷隽雅。祖宗神像，猛看如新，细看却是年份久远的绢画。爷戴官帽，着官袍，蹬官靴；婆着凤冠霞帔，三寸金莲。爷、婆正襟危坐，目光深远，像看穿了后辈儿孙的一切。观音菩萨的像，送子娘娘的像，太上老君的像，关公夜读春秋的像……小窗射进光来，画上的光把自然光拽回了几百年，昏昏的，蒙蒙的，像是回到了老早时月的某个黄昏。

还有啥？

北墙正中摆放了一张供桌，供桌上端坐一尊释迦佛像。白石的。供桌和佛像也不是当下之物，很有些年份。佛像前置铜香炉，香炉旁有木香筒。不消说，铜香炉和木香筒也老旧。当然，香筒里的檀香是新的了。燃着，弥散幽幽淡淡的香气。那香气，似乎也古呢。

屋子正中是大台案，长约五步，宽近两步，厚逾一拃。台案上方垂三盏吊灯。吊灯下，笔墨纸砚琳琅台面。台案一侧有一把圈椅，黄花梨的，仕出头，藤面儿，明代式样，明代做工。台案前还有一架子，斜面儿，也是黄花梨的，边儿雕万字不断线纹，不知用作何名堂。

东墙根儿、感应门两侧，各架三只本色木箱。樟木的。角儿镶黄铜。

屋里弥散樟木独有的浓郁香气。那香气，似乎也古呢。

平常日子，杨文革净过手，在门口换上千层底布鞋，进屋，开灯，划亮火柴，燃三根香，向释迦佛像拜三拜，转身，向群猪拜三拜，又转身，将檀香在铜炉里敬献好，面朝释迦佛像闭目默念三分钟——念啥不得而知，只见嘴唇翕动——再拜三拜，右转，开始踱步。千层底儿布鞋踏在栗色木地板上，发出闷闷的回响。杨文革悠悠踱着步，悠悠瞅画儿，瞅猪；画儿和猪瞅三遍，踱步毕，从七七八八的钥匙里拣出要用的一把，圪蹴下，打开门右侧的某个樟木箱子，拣出要用的卷轴，放地上，锁上箱子，起身到台案前，打开卷轴，在黄花梨木架子上铺开——原来木架子是干这个营生的——固定好，回到台案；先在清水里润笔，蘸湿砚台，再捏了墨碇，细细研墨。墨碇是徽州老墨，散一股淡淡的香，说不出来的香，似乎也古呢。砚台是老端砚，清早期的。笔架子是老紫檀笔架，明代的。不消说，铺开的画儿也是老的。杨文革手上墨墨，眼瞅老画儿，心里琢磨，咋么着才能画出古画那么安谧静和、禅意飘绕的味道来。

今儿不同，杨文革上了四楼，不净手，不换鞋，不拜佛，不拜猪，径直到台案前，拣出要用的钥匙，圪蹴在屋门左侧最里边的樟木箱子跟前——平常打开的是右边的箱子——打开，箱子里只一幅画儿，取出，顾不得锁箱子，转身出门下楼奔出院门按遥控开车门上车打着火挂前进挡加大油门呼啸而出，一刹那，出了县城，朝口镇方向飞去。桥底过了，席家、瓦渣院、木刘村、土地岔过了，三王沟、炮留村、吊庄子、白家街、富村场、官道驿过了，一个又一个熟悉得不能再熟悉的村庄撇在车后，瓦尧村咋还不到啊？

二

杨文革五十岁出头，不消说，"文革"生人嘛；屠夫出身，乡里并不叫屠夫，叫"杀猪的""杀猪的把式""杀猪的大把式"。"杀猪的"与"杀猪的把式"只差俩字，一般新手，想要得到这俩字，少说也得三年。能不能被称为"大把式"，戴上"大把式"这顶高帽，得多长时间，那就不可知了。大多"白刀子进去红刀子出来"不知杀生多少的屠夫，一辈子与"大把式"无缘，只落得"杀猪的"或"杀猪的把式"的名号。"杀猪的大把式"非一把俗手可得。

俗手终是俗手，不因为熬的时间长了就能成为"大把式"。杨文革出校门跟着三舅收猪杀猪，一跃成为"杀猪的大把式"，只用了两年半。

老早年月，腊月时节，天寒地冻，男人女人大人碎娃在屋里蜷窝得钝

139

闷，出门看杨文革上演生杀大戏是件快活的大事。本村一场没看过瘾，三五搭帮，撵到邻村再看一场，图的是杨文革甩弯钩时候嗓子紧张地干憋，图的是刀子捅进去时候嗓子眼儿的堵，图的是猪血喷涌时候尖嗓子的叫……杨文革不吱声，屹蹴在砖头垒支的大铁锅旁，瞅锅底的火苗，一根一根地抽烟。抽到时候了，走到锅边儿，挽起袖子伸手到锅里，伸三把，所谓"三把水"，第四把绝不能再试，烫手呢。杨文革提起弯钩，朝主儿家轻言轻语发两道令：

"走么。"

"盆，盐。"

主儿家忙拎起洗衣铁盆跟在后头。杨文革打开猪栏，猪瞅见主儿家像看见了一如既往的美食，"哼哼"叫唤着往外拱。杨文革让开，吆喝猪往前院走。那年月，家家户户养猪，皆养在后院。过了前院，出了院门，猪还在大摇大摆"哼哼"前行，丝毫不觉大难临头。眼看着就要走到大铁锅跟前，杨文革大喝一声：

"停！"

猪微仰脖愣神的刹那间，弯钩已不偏不倚钩在猪脖子正中，钩到人到，杨文革双手猛提钩绳，猪吼叫，脖仰起，杨文革腾出右手，从嘴里取了尖刀——围观的人只顾注意猪，谁知道尖刀啥时刻变戏法般噙在了杨文革嘴里——尖刀对准瞅定的部位猛戳进去，直抵心脏……杨文革扭头低吼：

"盆！"

主儿家慌忙把洗衣铁盆塞到刀下。杨文革低吼一声：

"盐！"

主儿家忙向盆里倾洒白盐。杨文革再低吼一声：

"闪！"

低吼间，拔出尖刀，放低钩得死死的猪脖子，胳膊粗的鲜血喷涌而出，在铁盆里翻滚……血住，杨文革提起瘫软的一堆毛肉浸入大铁锅。约莫十分钟后，肉是肉，油是油，心是心，肝是肝，肺是肺，下水是下水，一字摆开，杨文革已经抽上了主儿家塞到嘴里、点着了火的"金丝猴儿"。有好事者掐了表，从杨文革抛出弯钩到开膛破肚、剔割归整完毕，用时九分十六秒，而且，没一丁点糟蹋，没一丁点儿浪费。跟旁的把式比，肉还多呢！人老几辈，谁经见过这样干净利落的"大把式"？谁家的猪不愿意请杨文革宰杀？就是等上三五天，糟蹋些猪食，也情愿啊。永乐、云阳、三渠、太平、崇文、安吴哪个乡哪个村的男女老少不认得杨文革？哪家的后院杨文革没进去过？哪家的茶饭杨文革没吃过？那年月，杀了猪，卖了肉，得了财，主儿家是要款待的，讲究的门户，还上酒呢。

三

红霞屋里就上了酒。

那酒，杨文革记得准准的，泾河大曲，小卖部最便宜的。虽然便宜，但有了酒，就不一样，待客的礼数周全啊。红霞的男人不精神，面色黄蜡蜡的。人倒客气，不停地劝杨文革喝酒。自己却不喝，也不怎么吃菜，只勉强咽了小半碗汤面。红霞端菜下面，跑前跑后，不住劝杨文革多吃穰饸，多喝酒。红霞的穰饸，软一分嫌黏，硬一分嫌僵，淡一分嫌味寡，咸一分嫌味重，真是輭活，说不出的香。

穰饸，乃泾阳县特产，别处没有的。鸡蛋饼做皮儿，肉末拌馒头屑做馅儿，皮儿裹了馅儿，卷成擀杖粗细的条儿，像香肠，上笼屉，蒸熟，凉凉，随时切片蒸热，蘸上醋汁儿，香浓美味。穰饸原来没有名儿。于右任老先生年轻时候咥过穰饸，大喜，直呼"ranghe, ranghe"（"ranghe"乃土音，软硬恰到好处适口之意），提笔写下"穰饸"二字。这款乡土小吃才有了名姓。杨文革狠吃了几筷子穰饸，喝了三盅酒，见红霞男人身子不美，刨下一碗面，也就吃毕，起身准备走人。那年月，杀了猪，主儿家自己上集卖肉，只付给"杀猪的"工钱。红霞拦住杨文革，说道："杨师，咱屋里人手拉不开，肉得你帮忙卖。"

"行。"

杨文革想也没想，就掏钱。掏得口袋光了，说道："你先收着。"

红霞一五一十数了，说道："杨师，多了。"

"多了？不多，这几天肉价好。"

红霞把几张十元的票子塞到杨文革手里，说道："真多了，肉价我知道。"

杨文革瞥红霞。红霞笑看杨文革。

141

红霞那笑是堆起来的！

为啥？

杨文革走村进户，经见的人家多了，心里清白，红霞屋的日子，指望不上男人，担子都在红霞一个人的肩膀上。杨文革说道："你是行家还是我是行家？"

红霞答道："你啊！"

"我是行家，你还跟我说肉价？"

"你得挣钱呀！"

"我哪里挣不来钱，非要挣你的钱？赶紧，把你的钱收了！"

说话时候，杨文革怵火，不像红霞，大眼睛一直看着他。杨文革呢，瞥一眼饭桌上的穰饸，瞥一眼红霞。这时候，红霞的男人已经进屋了。甩弯钩、捅刀子的胆气溜到哪儿去了？杨文革嗓子眼儿堵，不敢看红霞，又想看。瞥一眼不够，就一眼一眼地瞥。一眼没瞥好，跟红霞的眼光碰着了，浑身不自在，脸红了，红到了脖子根。

红霞的大眼睛，之前，像厨房瓮里的水，不活泛；说开了话，活泛了，像泾河流淌的水，一波一闪的。

大眼睛活泛了，脸上的笑也就润活了，不再是堆起的，更好看了。杨文革更想看，更不敢看，还是瞥，又没瞥好，跟红霞的眼光撞上了……

电闪雷鸣啊！

在女人跟前，杨文革头一回有这样的感觉。

在媳妇跟前，杨文革从来没有这样过。

红霞还要还钱，杨文革挥手说道："卖了肉再说！"又瞥了一眼红霞的大眼睛，提起两扇子肉，放到三轮车上。

杨文革突然觉得，红霞的大眼睛像一口深井，自己跌进去，再也上不来了。

也可以这么说，红霞的大眼睛像一粒种子，种在了杨文革心里。心里头热乎，那种子立时生了根，发了芽，拱出了苗儿，越长越茂盛，闹得杨文革安不定神，有回杀猪，刀子差点儿戳歪了，险些在众人面前丢丑，砸手艺啊。

为啥这样？杨文革弄不清啊。

男人女人这点事儿，谁弄得清！

黑间，杨文革睡觉不安稳，翻腾来翻腾去，浑身不自在。白日，吃饭也不得劲儿，嚼不香，咽不下。媳妇以为男人病了，摸额头，揉肚子，问冷热。杨文革索性就说自己病了。媳妇找来各色药片，箍住他喝。

那一年，杨文革二十七岁。女子三岁半，跑得正欢。儿子在他妈肚皮里，六个月了。

四

咋办呀？

杨文革心抽得慌，到粮仓提了蛇皮袋子，出了村，上到村东的坡头。站在坡头望，四下皆是密实的庄稼，安安静静生长，没有人来搅扰。杨文革在自己惯常坐的一方石头上坐下来。谁知道这方石头咋跑到这儿的，四方长条，规整，像是砌台沿儿的，也像是铺路的。几年后，考古队来了，说这里是秦朝的"高速公路"，石头是秦朝当年铺的，拉走了。杨文革心惊："我的屁股原来坐在秦朝啊！"

杨文革从蛇皮袋子里取出画板。说是画板，其实是一块裁得齐整的纤维板，用得久了，像涂了蜡，油光光的。掏出素描铅笔。夹上纸，杨文革开始画画儿。画啥？

红霞啊。

从学校回村以后，杀了猪以后，一月，两月……杨文革心里头空空的，荡荡的，不好受。似乎不能全说是空空的，还像有一条虫，在心里头爬来爬去。似乎不能只说在心里头爬，还爬到了后背，爬到了小肚子，爬到了胸口……爬得人想号叫！每当这时候，杨文革就上到坡头，在纸上涂抹。最爱涂抹的是猪。圈里大口吞食的猪。草地上游荡的猪。中了弯钩嚎叫的猪。倒在血泊中的猪。挂在肉架子上的猪。生了猪娃子的猪。挤作一堆吮食母乳的猪……画画儿是个好方子，涂抹过几张，像三伏天喝了一碗凉水，心里的火泄了。那条浑身上下爬来爬去的虫子，缚了茧，破了壳，飞走了。

今儿却不成。咋画咋不成。没有一张画像红霞。不是脸大了，就是脸瘦了。不是刘海儿密了，就是额头露多了。不是眼角翘了，就是眼睑耷拉了。不是笑欠了，就是笑溢了……

画纸上，红霞的大眼睛明明一波一闪的啊。

跟杀猪成了"大把式"一样，杨文革还有画画儿的本事。画得好呢！初中毕业那年，父亲遭了车祸，殁了。杨文革在老师和同学们"可惜了"的叹惋里，走出了校门。他把偷偷在草稿本上描画的老师和同学们的肖像送给了他们。全班一下子炸窝了，扑来一个又一个拥抱，淌下一汪又一汪泪水。杨文革没有哭。他明白，从此以后，念书与他无关了，画画儿与他无关了。既然无关，那就丢得干干净净。他要干的，是像父亲那样，与瓦刀为伴，跟砖头瓦块打交道。杨文革在工地上干了三个月小工，搬砖，和灰，扛钢管……他的目标是快快成为一名匠人，提着瓦刀，对一块砖头生杀予夺，砌起一面墙，建起一座房。但很快发现，这个梦想无法实现。他上不得高，站在两米以上的墙上，晕得慌。站在两层的房梁上，站不住，只想往下跳。师傅说道："别慌！常往高处走，就惯了。"

杨文革努力了，还是惯不了。三舅说道："这是恐高症。上高沿低的，操不尽的心！跟舅杀猪，不上高，不下低，能吃肉，能喝酒，不比谁差。"

杨文革走上了杀猪"大把式"的路，直到遇见红霞。

好长好长一段时间，隔不了多久，杨文革就上一回坡头，掏出画夹、画笔，夹上纸，画红霞，非把红霞画像了不可……

画纸上，红霞的大眼睛一波一闪的……

五

一波一闪的，红霞的大眼睛耀在车前，车子进入了瓦尧村。

从东往西数，第六家，门口长着棵软枣树，青砖青瓦门楼，门额上雕"耕读传家"四个字，楷书，黑漆门，左右门扇皆有铺首门环，皆有三颗泡钉儿，皆铜的，锈了，泛着绿斑，这是红霞屋。车到这儿，杨文革下意识减速，偏头看。还是那年月的光景。跟一幢一幢贴了瓷片的新房比起来，矮小，衰朽。

房子养人，人养房子。没了人，房子像断了水的河床，枯萎了，荒凉了。

出了瓦尧村，北行五分钟，就是猪场。按喇叭，电动门缓缓打开，杨文革冲进门，端直开到东边的三间瓦房门前，刹车熄火，抓了卷轴跳下车，挑帘进门。

第二回见红霞，是杨文革估摸时间差不多，红霞屋的新一茬猪该出栏了。杨文革的摩托车停在青砖青瓦的门楼前，见黑门上糊白纸，风吹过，白纸张开，呼呼啦啦的。杨文革愣怔了一会儿，猜想："红霞一个人了!"

推开虚掩的门，在门道喊了三声"屋里有人么"，里屋才有了响动。杨文革心焦，像要冒火呢。红霞穿着黑衣裳，脸也黑了，人缩了一圈。眼睛像蒙了一层雾，一点儿都不活泛。

"杨师，是你? 屋里乱，没地方坐。咋，今儿?"

"谁殁了?"

"我那人。"

"咋，咋这样……你，你……"

"唉……杨师，你今儿来是?"

"估摸你的猪该出栏了，我来……"

"屋里过事，等着用钱，猪让人家拽走了。"

"这，这……我来迟了。你还养猪不，逮下猪娃没?"

"杨师，不怕你笑话，逮猪娃的钱都难肠……我那人……"

"我预订，付订钱。"

"订钱?"

"我要办个生猪收购屠宰站，先付订钱，猪养成了给我。"

杨文革说完，踮起脚，把报纸包裹的一包钱放在头门的横梁上。这是杨文革收六头猪的钱。杨文革瞥一眼红霞，说道："你多养些，钱不够了再言传。"

红霞急了："你这人，咋就给钱了? 我还没弄清白……"

"没事，你多养些……"

杨文革一边说，一边退出门道，失急慌忙踏着了摩托车，撇下一股蓝烟，跑了。

杨文革的算计，或者说狡猾，在放钱的地方上。头门的横梁他踮起脚才够得着，放了包裹后又往里推了一把，一是搁稳当，二是红霞够不着。

红霞比他矮半头。

人想人，过得最快的是时间，最慢的也是时间。

第三回见红霞，黑门上的白纸已经褪去，余些斑斑块块的痕迹。杨文革把六头肥头大耳的毛猪吆喝上"蹦蹦车"，招呼司机先走，回门道跟红霞说话。红霞正在扫门道，六头猪从后院赶到前院，踢踢踏踏，满院狼藉。

收猪前，门道和院子清清爽爽，没有了上一回的阴沉。看见红霞，杨文革笑道："干净很，能摊凉粉儿。"

红霞望着杨文革笑。笑是溢出来的，不是堆起来的。红霞说道："我打开报纸包包，这哪是订钱？想撵你，又撵不着。想寻你，又不知道你屋在哪个村。我就逮了六个猪娃子，下势养！"

"我知道你能养好猪，订钱当然得扎实些。"

"哪有这么多的订钱？你哄我！"

"没哄。"

"话说回来，多亏了你的报纸包包。没有你的报纸包包，我不知道跟女子咋往前过呀！"

红霞放下扫把，大眼睛一波一闪，望杨文革，说道："该好好给你做一顿饭，又不成，屋里就我跟女子，怕旁人说闲话……"

"真想吃你做下的穰馅呢。算了，日月长在，不在一顿饭上。"杨文革瞥红霞。红霞的大眼睛里含了歉意。杨文革说道："我今儿再给你一个包包。你把猪圈扩大，开个后门，进料出粪都方便。"

"我正这么想呢。"

杨文革把提在手上的布袋子放在门道边儿，说道："给你放这儿了。"

"咱一码是一码，把上回的账算了，再说这回的，不要弄差了。"

"能差个啥？你好好养你的猪。明儿，我让人来给你拾掇猪圈。"

六

第四年，杨文革第五次付给红霞订钱的时候，红霞说道："有个话，咱里屋说。"

杨文革像触了电，麻木了，脚不听使唤，跟不上红霞进屋的脚步。杨文革连做了三个扩胸动作，心口还是"嘭嘭"直跳，像要跳出嗓子眼儿。杨文革暗骂自个儿："杨文革啊杨文革，没胆，没出息！"

屋里干净，比院子和门道干净。炕上的蓝大布单子，展展的，没一处褶皱。被子叠得四棱四正。一对皮革沙发，一个米黄颜色三开门衣柜，一个五斗橱——这个不是现时的家具，有些年份了——橱上摆了茶盘热水瓶之类。杨文革端端正正在沙发上坐下，接住红霞递给的白色搪瓷缸子。红霞说道："杨师，这些年你帮我，我也没谢承过你。"

杨文革手抖索，端不住茶杯，把茶杯放在炕沿儿。炕沿儿是一块老榆木板，厚过一寸，敦实很。没出息啊，杨文革的眼泪像要涌出来。杨文革拧过头，用手背堵将要涌流的泪水。红霞说完，站起来，走到衣柜跟前，打开，从最高一层取出一幅卷轴，用塑料纸包着的，站在杨文革跟前。杨文革愣住了。红霞说道："你看看这。"

像暖风正在荡漾，突然一股冷风袭来，像水渠里的水正在欢快流淌，突然被一锹土堵住了，像正垂涎香浓的穰饸，却塞过来个红薯，杨文革一时反应不过来，狠劲儿咳了几咳，调整了胸口起伏的波浪，用袖口擦了眼，接了卷轴，打开塑料纸，声音哑哑地说道："老画儿啊！你咋有这？"

"你不是爱这吗？"

"你咋知道？"

"你不是要了后巷子张家的爷像，还要了刘家的石狮子？"

后巷子张家的送子观音神像，绢上画的，去年麦前收的，本该三块五的肉价，按三块八算了。石狮子，一对儿，左右顾盼，一只刚硬，一只柔顺，青石的，近乎一米二高。杨文革年年缠磨主儿家。主儿家年年不愿意卖。今年春上，主儿家盖房，要用钱，搞价到了六百八十元，终于成交！主儿家要七百元。为打开七百元，杨文革磨了好半天的牙口。

"你都知道啊！你这是啥？"

"她爸屋里传下来的。她爷、她婆死了。她爸是独苗儿。独苗稀欠，养得太单薄，断了香火。他祖上中过举，做过县太爷。"

"县太爷，啥时候？"

"说是清代末年，民国早年。"

"画儿上画的啥？"

"山山水水，还有几间茅草房子。"

"谁画的？"

"你不会打开看？"

杨文革这才省得画儿就在自己手上。他站起来，环顾屋里。红霞问："寻啥？"

"挂起来，这是一幅大画，得挂高些。"

瞅不见合适的地方。见炕上有根棒槌，揉摸得油润，就取了放在立柜顶。卷轴放在炕上，徐徐打开，打开完，小心提起，提到立柜顶，用棒槌压住。屋里暗淡，红霞开了灯，一幅山水图景豁然亮在眼前——山峦从云端铺展下来，峻伟里不失柔婉，沧桑里有着挺拔，悬石危崖，逶迤叠嶂；杂树浓荫，茅舍瓦屋，像仙境，又像人间；像高人居处，又像寻常人家。落款"复堂懊道人李鱓"，"鱓"字不知道该怎么读，是"鲜"吗？年款是"乾隆十二年季夏六月"。款右题诗一首："倪黄高处何人识，前有清谿后有溪。笑我廿年脂粉笔，白头方悔故山迷。"不知何意。书法笔笔老辣，气象逼人。整幅画儿看，老套子老裱，包浆老旧自然。

杨文革搓着手，叹道："不得了！"

"你拿去！"

"我不敢。"

"咋不敢？"

"太贵重。"

"我让你拿。"

"我当不得。"

"不是让你白拿，我想建养猪场。"

"我帮你建养猪场，不拿画儿。"

"一张纸啊！你拿着。"

"不是一张纸，是一张老画儿。"

"放在我这儿就是一张纸。在你那儿才是一幅画儿。拿走啊，再不拿走，今后就别进我的门！"

"那，那我先拿走，给你藏着。"

七

三个月后，养猪场建好了，不小呢，占完了红霞的五亩承包地。红霞朝杨文革说道："不想住村里了，住在场里，经管猪方便。"

"行，盖几间你住的房。盖啥样儿？"

"像那画儿里的。"

"哪个画儿？"

"我给你的画儿啊！"

"好主意！"

用了足足四个月的时间，画儿里的房才建好。格子门是太平镇的。雕花窗是社树村的。梁和椽檩是中张乡的。青砖老瓦是桥底街道的。青石条台沿儿是富平财东家遗下的。门墩狮子是永乐大户的……这些老物件儿，七零八散，像埋在黄土下的秦砖汉瓦，不知道藏在哪一坨。

谁搜腾出来的？

杨文革啊。

咋搜腾出来的？

杨文革收猪、杀猪，进李家，出张家，跟牛家谝得美，与马家关系嫽，谁屋里有啥他都知道。收了猪，谁家的啥能捎给他、搭给他，他都知道，八九不离十。杀了猪，谁家的啥能卖给他、多钱卖，也八九不离十。谁家屋里的啥不想卖、为啥不想卖，他都心里清白。这些东西，得等，等到娃娶媳妇、老人得病、屋里遭事，主儿家急着用钱，不得不卖。杨文革不急，他等得起，馍不吃在篮篮里放着……

早先，在口镇，杨文革收了王三运的两头猪。吃饭时候，瞅见墙上有一幅画儿，老画儿，画山水，氤氤氲氲的，画得好。杨文革要，三运不答应，说道："猪杀了还能长起来。祖上传下的老古董，殁了，再也长不起来了，不能卖！"

三运是民办老师，说话一字一板。

出了三运屋头门，三运的话还在杨文革脑子转："猪杀了还能长起来。祖上传下的老古董，殁了，再也长不起来了，不能卖！"一字一板，印在了杨文革的脑子里。

由那一天开始，除了杀猪、收猪，杨文革收起了老古董。那年月，猪值钱啊，老古董不值钱！杨文革在秤上让一点，在价上添一点，好话说一点，一门一户的古董老货，今儿一件，明儿两件，后儿一件，不停点儿，一件一件，归整在了生猪收购屠宰站。

生猪收购屠宰站兼收老古董，不搭界的两个行道啊，别扭不？

别扭！

五年前，杨文革瞅定了县上破产的肉联厂，想吃到嘴里。这个"猪"肥，得花大钱，大钱在哪儿？

古董老货放到了时间，乌鸡变凤凰，值大钱了！风放出去，西安的老板来了，洛阳的老板来了，河北的老板来了，北京的老板来了……三年后，肉联厂的地盘上矗立起一幢幢高楼，唤作"泾水秀岸"。与此同时，在县南的开发区，立起了一排排钢结构的大车间，门口挂"韫格肉类食品集团有限公司"的牌子。

韫格，文革也。

还别扭不？

不别扭了。钱多了，谁还说别扭？

红霞住进新房的当晚，杨文革来了。八仙桌上摆了四样菜，穰馅，方块牛肉，小葱拌豆腐，核桃仁拌黑木耳。还有一瓶西凤酒，两个青花瓷酒杯，两双新筷子。红霞穿大红的绣花袄，一脸笑，溢出来的，不是堆起来的，大眼睛一波一闪。斟满酒，红霞说道："终于有个咱的屋了。"

"咱的屋？"

"不是咱的屋？"

"是，是咱的屋。"

"文革，你答应我一件事！"

"啥事？"

"不管啥事，你答应我就是。"

"我答应。"

"不要撇下你媳妇和娃。这儿是你的另一个屋。"

"嗯，嗯……"

"你不答应?"

"我答应。"

那一夜,杨文革的泪水浸透了红霞每一寸肌肤。红霞的泪水渗入了杨文革每一根毛孔。杨文革不知道为什么流泪,止不住的泪流。红霞也是。流着泪,两个人一次一次陷入癫狂,又从癫狂坠落。红霞咬杨文革的肩膀,咬出了血印子,喘息道:"我终于活过来了!"

杨文革吮吸红霞火焰般潮红的耳垂,唻啮她弯月般的耳郭,啄吮她紫葡萄般饱满硬挺的乳头,呜咽说道:"红霞,我也活过来了!"

活过来了,才活了多长时间啊!

八

杨文革进了屋门,端直进了里屋。红霞正在下炕,弯着腰,吃力地穿鞋。炕大,足有一般炕的两个。炕围子、炕边子、炕柜、炕桌都是老核桃木做的,散着沉郁的味儿。杨文革紧赶一步,抱起红霞,把她抱回炕上,说道:"你歇着,下来做啥?"

红霞微微一笑,轻声说道:"听见车响,知道你来了,我下炕走一走。"

杨文革扶红霞坐在炕边,给她穿好鞋,抱着她站在地上。红霞回身把炕上的单子拉了拉,让炕平整些。杨文革牵住红霞的手,扶她走。红霞的步子软软的,步子小,走得很慢。在屋里走了两个来回,灰白的脸上出了一层细汗。红霞说道:"唉,累了,才走了几步。"杨文革扶红霞坐在沙发上,取了炕上的小毯子,盖在她腿上,说道:"咱回医院吧。"

"不愿意受医院那个罪,就在咱屋里。不管咋样了,就在咱的屋。"

"犟!"

"在咱屋心里安然。"

"唉……"

"今儿叫你来,是叫你今后不要来了!"

"咋了?"

"见了你,我心里难过。你见了我,心里也难过。谁不见谁,都不难过。"

杨文革的眼泪涌了出来，蹲下，伏在小毯子上，身子一颤一颤的。红霞轻轻摩挲杨文革的头发，问道："画儿拿来了？"

"拿来了。"

"给我看。"

杨文革止住了哭泣，站起来，在炕上展开了画儿，取了门后的撑杆，钩住画轴，徐徐举高，挂在西墙上。那儿有一枚钉子。杨文革打开了所有的灯。红霞微仰着脸，眼睛眯着，脸上浮着笑，像沉浸在遥远的回忆里，又像陶醉在朦胧的憧憬里，说道："下辈子咱住到山里，不聒噪，安宁，听不见闲话，只听见鸟叫。"

"好，住到山里。"杨文革蹲下，又伏在小毯子上。

"咱盖房时候找不着苫顶的茅草，用的是青瓦。住到山里得苫茅草，跟画里一模一样，冬暖夏凉呢。"

"好，苫茅草。"

"住咱的屋十五年了，有你出出进进，我知足了。"

"呜，呜……"杨文革忍不住了。

"你不要再盖房子了，不要再建厂子了，多少是个够？人最要紧！"

"我知道。"

"唉，对不住我妹子。人家量大，没搅骚过。你要对人家好。"

"嗯。"

"我看顾不了你了。以后全指望我妹子……"

"呜，呜……"杨文革的哭声大了，呜呜咽咽，泪水洇透了小毯子。红霞摩挲杨文革的头，摩挲得越来越轻缓……红霞说道："把画儿收了吧。"

"不收了，你想看了就看。"

"我不想看了。你拿走。"

"我不拿。"

"你拿走，听话。"

"给女子。"

"猪场给我女子，画儿给你。"

"都给女子。"

"给了你，我心上才能好。我走了，再不顾念啥啥儿了。"

杨文革号啕起来……

三十九天后，红霞葬在了嵯峨山阳坡。

南望，秦岭像水墨画儿一般，白云在山峰间缭绕。这样的景象，红霞一定欢喜。墓碑一米见方，中国黑，一丝儿杂色也没有。右侧刻李鱓画儿里的茅屋，左侧刻："侯红霞之墓　生于一九六五年阴历腊月初九　卒于二零一七年阴历九月初二　女儿王雪丽立"

九

红霞百日之后，一位上海的收藏家来西安，有朋友介绍给了杨文革。这位藏家精于书画鉴赏，尤其对扬州八怪作品有研究。杨文革把客人迎到一楼客厅，寒暄过，挂起了红霞那幅画儿。收藏家上下扫视，眼睛亮了，喊道："李鱓晚年少有的山水巨制啊！"

杨文革说道："真是行家，一眼就知道是李鱓的。"

收藏家说道："鱓，一种读法是'tuo'，同鼍，猪龙婆的意思；一种读法是'shan'，就是你读的，鳝鱼的鳝。李鱓做官的时候喜欢人家叫他'李鼍'，龙的儿子嘛；游走江湖，喜欢人家叫他'李鳝'，一条普普通通的鳝鱼嘛。"

收藏家来了兴致，继续说道："李鱓是江苏从化人，传说祖上当过宰相；擅花卉、竹石、松柏和写意花鸟；早年工笔画细腻，晚年写意画疏狂纵横，笔法汪洋恣肆；给康熙皇帝画过画儿，当过山东临淄县令，与郑板桥关系不错，时有唱和。"

杨文革问道："这首诗是什么意思？"

收藏家走到画跟前，念道："倪黄高处何人识，前有清谿后有溪。笑我廿年脂粉笔，白头方悔故山迷。"转身面向杨文革，"倪黄说的是元代的倪云林和黄公望。溪说的是清代名家石溪。这首诗，李鱓说他学画悟道的过程。"

杨文革拱手道："明白了，倪黄我想得到，石溪想不到。"

收藏家说道："想不到不要紧，有这幅珍贵的画，总会体悟到的。杨总，贴近看了，感觉这幅画……不知当讲不当讲？"

收藏家欲言又止。杨文革说道:"不必顾虑,但讲无妨。"

收藏家走到画跟前,贴近仔细看了,说道:"杨总,能不能把灯开得亮一些?"

杨文革打开了客厅所有的灯。收藏家又贴近仔细看了,回身说道:"像是民国早期时候的珂罗版。"

"珂罗版?"杨文革叫道。

收藏家说道:"珂罗版是德国慕尼黑的摄影师海尔拔脱1869年发明的,清光绪初年传入我国。1876年,上海有正书局首先采用此技术印刷纸制品。珂罗版有其他印刷工艺不可替代的特点,全部是人工操作,制版网线极细,墨色极佳,靠不规则皱纹的疏密,表现画面的深浅层次,浓淡层次清晰,且是专色压印,无颜色偏差,能充分表现书画艺术品的色彩搭配、层次丰富的墨韵彩趣。"

杨文革问道:"确定是珂罗版吗?"

收藏家答道:"确定。印章最明显,没有印油渗入。你看。"

杨文革没有看,望着画儿,说道:"珂罗版就珂罗版吧,对我来讲,没有区别。"

收藏家叫道:"怎么会没有区别?真迹和印刷品,天壤之别啊。"

杨文革望着画儿,说道:"对我来讲,没有区别。"

收藏家笑道:"虽然是珂罗版,我也想要啊。你说没有区别,我就没法接受了。让我出真迹的价钱买印刷品,不可能啊!"

杨文革说道:"你就是出真迹的价,我也不会卖啊!"

贩牛记

　　如果说，在茫茫大海遨游，满身满眼都是蓝蓝的海水。那么，在茫茫秦岭行进，满身满眼都是绿绿的草和树了。秦岭，大海一样，无边无涯，莽莽苍苍。

　　在茫茫大海航行，须循着惊涛骇浪中的航道。在秦岭里翻山越岭，得沿着劈山填谷开辟出来的山路。褒斜道，傥骆道，子午道，G210 国道，G108 国道，G5 高速公路，G65 高速公路……

　　6 月，贵成领路，我开车，我们进秦岭游逛。这一条道，我第一次走。

　　车过菜籽坪，贵成说道："褒斜、傥骆、子午这些古道，只能徒步。今天这条道，原来通车只有十几公里，这几年延长了，直达宁西林业局林场，秦岭茫茫腹地……"

　　我稳住方向盘，转过了一道弯，笑道："贵成哥，你走这条道多少回？"

　　"数不清了，陪你嫂子回娘家啊！"

　　"好丈夫！就这一样事儿？"

　　"还贩过牛。"

　　"你还贩过牛？"

　　"贩过！就在前面，过了鸡鸣岭，二十多公里，柞树坪，我丈人家，我第一回贩牛，也是唯一一回贩牛。"

"啥时间？"

"二十多年前了，刚度完蜜月。"

"为啥跑到深山里贩牛？"

"我三叔说，山里地少，牛悠闲，草料鲜，溪水净，牛肉肥嫩，皮毛光滑。最重要的是，价钱还低。跑一趟山里，收几头牛，顶得住关中道跑三趟呢。"

"为啥去柞树坪，牛多？"

"熟人好办事呀。"

"贵成哥，嫂子那么水灵，一点儿不像山里人。说说，你咋趸摸到我嫂子的？"

"夜叔说的媒。夜，黑夜的夜，当姓的时候念黑。这个姓少。夜叔每次出山都路过我屋，都要在我屋歇歇脚，喝杯水，跟我爸谝上一程。夜叔是林业局的护林员，我爸的好朋友。有一天，夜叔喝着水，瞅着我，瞅得我不好意思，说道：'成娃啊，夜叔在山里给你寻个水灵灵的心疼媳妇儿，成不？'

我不好意思，没接话。

我爸接了话：'成，山里女子实诚。'

夜叔瞅着我说道：'过三天，叔进山时候叫你，咱坐大卡车。'

虽然我家离山脚下只有十里路，抬眼就是白云缭绕的秦岭。但那之前，我还真没进过山。我以为山像一堵墙，山峰那面，跟关中道一样，也是大平川。哪知道，进了山，山连着山，沟串着沟，弯绕着弯，走啊走，不见尽头！到了东沟，我们刚过了的，林业局的大卡车不走了，石子路只修到了那儿。前方是弯弯曲曲的山路，二尺宽。我瞅夜叔，问道：'还有多远？'

夜叔说道：'不远！水灵灵的心疼媳妇儿等你呢！'

不远啊！一路没歇，跟在夜叔屁股后头，走完了白日走黑间，不知道走到了几点，才进了我丈人屋。屋里昏暗，点着一盏菜油灯。油灯旁，坐着你嫂子。虽然油灯的火苗儿像一颗豌豆，但我看得清，你嫂子水灵灵，模样心疼很！哈哈，我没嫌路远，没嫌脚疼，只嫌跑得慢，跑了三趟，把你嫂子娶回家啦。"

"才跑了三趟啊。就我嫂子那俊俏模样，跑一百趟你都得跑。贵成哥，这跟贩牛有啥关系？"

贵成身子往后仰了仰，说道："婆了媳妇，肩上有了担子，得操心日子咋过活啊。操持贩牛营生的我三叔，对我说：'成娃，有你丈人这层关系，把山里的牛贩出来，挣大钱呢。'

'我不会贩牛。三叔，你不是不认得路，你自己去。'

'我单个儿去，难成事啊。成娃，山里头人岔生，没有信得过的人说话，买卖不顺当。'

'三叔，人家怎么会信得过我？'

'好我的侄儿，有你丈人说话啊。'

'三叔，我没本钱。'

'要你拿啥本钱？你跟叔搭伴儿就是本钱！'"

"贩牛就贩牛，贵成哥，你为啥跟三叔掰扯那么多，不情愿？"

"贩牛是个啥体面事儿？我虽然不是大学生，也是落榜生啊，还是学画画儿的，好赖也是跟艺术打交道的人啊。现在，不管你做啥生意，没人笑话你，只笑话你兜里没钱；那时候，做生意的，投机倒把，日鬼捣棒槌，没好名声，我真不愿意去贩什么牛，挣再大的钱也不愿意！三叔能，见我不肯，给你嫂子说，又给我爸说。我爸塞给我一千元，让我去。我没办法，就和三叔跟着夜叔进山贩牛了。跟夜叔，图的是蹭林业局的大卡车坐。你嫂子煮了鸡蛋，烙了锅盔，灌满了军用水壶。那时候，山里没有农家乐，口粮自备。慢点儿，右拐，拐过前面的山嘴，就是柞树坪。"

车轮轧在水泥路面上，发出"咂咂"的响声。拐过弯儿，眼前亮出十多户人家，有贴瓷片的两层小洋楼，有土墙黑瓦的老屋，还有茅草苫盖的棚子，零零散散坐落在半山坡上。山坡下，是一条小河。河边儿，矗立好些大树，一团一团的绿，罩下一片一片的浓荫。我想，柞树坪，这些树应该就是柞树吧。河面稍宽，三十多米，清可见底的绿水缓缓流淌。村子左侧是山峦，右侧也是山峦，两道山峦呈"八"字形，像张开的双臂，把柞树坪的人家抱在怀里。

贵成的丈人坐在老树墩上，扬起胳膊，锋利明亮的斧头在空中划过一道弧线，落下，一截儿圆木"劈啪"成为两半。老人家身旁，堆着劈好的硬柴，一大堆呢。听见贵成招呼，老人家回过头，望一眼，撂下斧头，站起来，笑呵呵朝女婿说道："回来了，怎么不提前言传一声？"

贵成说道："跟朋友进山闲逛，不知不觉就到家了。"

喝了老人家炒的野茶，又喝了老人家自酿的苞谷烧，吃了老人家砸的洋芋糍粑，又吃了老人家用松枝熏的腊肉，最地道、最浓厚的秦岭味道滋润了浑身上下。贵成说道："贩牛的故事还没给你讲完呢，走，过木桶河，边逛边讲。"

木桶河？嘿，谁家的木桶掉进了河里，有了这么一个河名儿。往北走，过了那些大树，河面变窄了，有一座桥。十几根长长的木椽，被铁丝铰紧了，固定在一起，架在小河两边的石墩上，这便是桥了。我颤颤悠悠走在桥上。前面走的贵成，似乎也颤颤悠悠的。惊心动魄过了桥，我抚胸口，叹道："没个抓手，脚下发软，老觉着下一步就要掉下去。"

贵成微笑，指不远处隆起的山丘。山丘背后，是高高的山峰。山丘的左面和右面，都是山梁，都向山丘弯曲纵伸，有弧度呢。如果坐在山丘上，后面的山峰是靠背，两边的山梁是扶手，像太师椅啊。贵成说道："牛就在这儿。"

山丘糊满了藤蔓和野草，像一个绿包。我说道："真美！牛正在悠闲吃草，被你们逮走了。"

贵成叫道："仔细瞅瞅，这是牛吃草的地方吗？"

我疑惑道："不是牛吃草的地方是啥地方？"

贵成笑道："这是一座大宅院啊！"

山丘约三十多米宽，百十米长。透过藤蔓和野草，我隐约看见高高的屋脊，石头砌的墙，真是一座大宅院！我惊呼："豪宅啊！深山老林里怎么会有这个？"

贵成答道："咋不会有？豪门大户遗下来的！"

"深山老林里有豪门大户？"

"不要用现在人的眼光看过去的事情，以为豪门大户都在城市里。"

"啥意思？"

"现在的人，发达了，北京上海买了房，纽约伦敦安了家，到了第二代，第三代，跟乡下老家断了根！老早的人，不会断根的。哪里人就是哪里人，世事闹腾得再大，也不会断根，还要在老家大兴土木，盖房起屋，把根盘整好，光耀门楣啊。北京的房子只是'寓所'，'客居'之地。山西为啥有乔家大院，徽州为啥有宏村、西递，旬邑为啥有唐家大院，就是这个道理。地方再偏僻，根在那儿啊！"

我深以为然，点头称是，继而问道："这儿是谁家的根？"

贵成笑道："听我慢慢讲。那天，丈人招呼吃麻羊子。麻羊子就是野山羊，铁夹子夹得的。喝苞谷烧，辣得很。夜叔量大，一喝一大口。三叔抿着喝，抿着抿着就上了头，醉倒了。我心里装着你嫂子，怕丢丑，没敢多喝。第二天一早，夜叔早早儿起来巡林子去了。三叔还在呼呼酣睡。我睡不住了，起来胡乱转悠，转悠到了这儿。当时是深秋，薄雾蒙蒙的，站在木桶河这边，望见隐约的老宅子，我以为做梦呢。我脱了鞋，蹚过小河，小河里水不多……"

"桥呢？"

"那时候没有桥。过河靠蹚。"

"你进老宅子了？"

"我拨开藤蔓，到了老宅门前。宅门窄而高。窄，是因为高耸。宽窄，跟我老屋的黑漆头门差不多。高，足有黑漆头门的一个半。门没有了，残存的焦木夹在门框里。门框是白石的，熏烤得焦黄，还有斑斑黑块。虽然这样了，但看得出，门框四棱见线，棱角磨成了圆弧，起双道线，打磨精到，讲究啊！门框上头，石头墙壁上，镶嵌一块长方石板，也是白石的，四边浮雕花草，中间錾刻四个字：'说诗敦礼'。字是楷书，书法精妙；泥金有些地方脱落了，笔画勾折间泛着金彩。'说'和'诗'之间，'敦'字上下，有两道裂痕。真可惜。我拨开横在门洞的藤条，进了院子，'扑棱棱'，一群鸟飞向天空，吓了我一大跳。院子长满荒草，半人高。一根焦黑的木梁横在半空，四面高高的墙体突兀立着。"

"遭火灾了？"

"是的。隔间墙用的应是木板，烧没了，剩下熏黑的砖块垛柱，闻不见丝毫烟火气，焦黑的表面长出了苔藓，我想到了圆明园……"

"圆明园？"

"跟圆明园一样啊，残垣断壁！我踏着荒草覆盖的残砖碎瓦，一直走到最里面的山墙。"

"发现了啥？"

"大火烧光了，一座空空的死屋。"

"总该留一点啥吧？"

"让你说着了，我往回走的时候发现的！两幅石版画，一对花盆，四对柱础，全是白石的。石版画宽九十一厘米，高一米六三，拉回去以后测量的，二十多年了，我还记得准准的。一幅在门厅的东墙，刻的是鹿鹤同春。一幅在西墙，刻的是渔樵耕读。鹿挺立在苍松翠柏间，翘首回望旭日东升。仙鹤展开翅膀，悠然飞翔。花卉、椿树、山石活着一般。樵夫背着木柴走下山坡。渔夫在岸边撒网。河面波光粼粼。田地里庄稼茂盛。古树下，三五老者围坐闲话。两幅壁画都是高浮雕，雕工精湛，打磨精细，圆润自然。可惜的是，仙鹤翅膀折了，像是砸烂的；渔夫没有了脸庞，也是砸烂的；鹿鹤同春上半部分斜着断裂了。所幸的是，这两道墙是石头的，没受大火的损害。花盆完好无损，葵口，光素，束腰——恰到好处，多一分嫌肥厚，瘦一分嫌单薄——高六十九厘米，开口三十三厘米，高十二厘米，都刻诗。字是行草，笔法精到，遒劲内敛。一首诗是：'空山不见人，但闻人语响。返景入深林，复照青苔上。'另一首诗是：'木末芙蓉花，山中发红萼。涧户寂无人，纷纷开且落。'柱础也都完好。一对柱础四角皆麒麟，毛发俱现，神气威风，高五十厘米，直径六十八厘米。其余三对柱础雕瑞草仙花，也精彩，也威势，高度四十二厘米，直径四十六厘米。"

"啥年份的？"

"运回家清洗之后，在石版画上看见了'乾隆二十六年春日'的字样。"

"老宅子是乾隆二十六年建的？"

"应该是。"

"下来呢？"

"我回到丈人家，三叔还在梦周公呢。我问丈人：'河对岸的老宅子，谁家的？'

'尹家啊！'

'尹家了不得啊！'

'是不得了，莫说柞树坪，莫说新场镇，莫说宁陕县，就在整个儿陕南，尹家也是数一数二的大财东。'

‘人呢?'

‘唉,死光了。就活下了三个女娃子,一个在山里,一个跑台湾去了,一个没音信。'

‘跑台湾去了?'

‘这个女娃子不简单,黄埔军校教过书,大官哩。跟着老蒋跑到台湾去了。'

‘跟老蒋?'

‘那女娃子留过洋,能耐大。解放前一年,女娃子回到了柞树坪。出山后,她就回来了这一趟。威风啊,一群彪形大汉跟在后头,蹑手蹑脚的,绵羊一样。县长站在后头,轮不上跟女娃子说话。'

‘女娃子做的啥官?'

‘弄不清!唉,做官好,也不好,没男人配得上,一辈子没姻缘!'

‘为啥?'

‘弄不清。阴盛了,阳就衰了。'

‘那宅子是她祖上建的?'

‘尹家是大户,世世代代都有人做官。听老人讲,乾隆皇帝时候做过御史大夫,宅子就是那个时候造的。'

‘宅子原来啥样儿?'

‘三进的院子,气派得很。木雕活儿,石雕活儿,砖雕活儿,好些物料都是山外运来的,牲口驮,人背……戏上的人,天上的龙,灵芝草,雕得跟活的一样……前前后后忙活了十几年,后头一代一代还拾掇……'

‘费大劲了!'

‘愿意费这么大的劲,有缘由的。这块地是请地仙看下的……’”

“啥是地仙?”

“我也是头一回听说地仙。我丈人讲,地仙就是风水先生。老早时候,大户人家谋算长远,请地仙,养在家里,啥活儿都不做,只看阳宅和阴宅。尹家没养地仙,那时候还没发达呢,请的是楼观台的道长,定的是太师椅吉位,背后有靠,左右有靠,前面儿敞开,奔不尽的前程……宅子也讲究,朝外没有窗户,只设天窗。不光为防盗防抢,更为了聚气聚财呢!水流天井,四水归堂,肥水不流外人田。我丈人说,尹家阳宅方位选得好,兴旺了解放前。"

"好吗？你看现在这个样子。"

"我丈人说，地气被拔了二百年，尽了力，乏了，也该败了。"

"哈哈，老人家一嘴好说辞啊。"

"我丈人说，尹家早前人丁兴旺，有当京官的，有当地方官的，有做大买卖的，都是男人闹世事。民国以后，变样了，女娃子出门闯世事。尹家三女一儿。世事最大的是黄埔军校那个，跑台湾了；再一个是学西医的，出门后没再回来过；最小一个，还没长大呢，解放了，成分大，没人敢娶，嫁给了邻村的猎户，老实人，改革开放以后，两口子养香菇呢。一个儿，三百亩地一棵苗儿，稀欠，却疯了，寻不见了。"

"寻不见了？"

"我丈人说，解放后，尹家宅子做了乡公所。那一年冬天，半夜，不知是谁起夜，撞翻了油灯，失火了。干部们都睡得迷迷糊糊的，反应慢，来不及扑救，一时间，火苗蹿上了房，火大了，止不住，烧了一天一夜。尹家宅子烧毁了不说，还烧死了三个干部！这下了不得了，严查阶级敌人搞反扑，搞破坏。抓了不少人。头一个抓的就是尹家独苗儿——地主阶级的狗崽子。开起了批斗大会，第一个让他交代。他不交代，这下坏了。尹家独苗儿消薄，瘦，经不起打，没几下，腿折了，成了瘸子。瘸子了，还要斗，斗到第三场，尹家独苗儿疯了，抓屎往嘴里塞……没人再理他，任他吃屎喝尿，自己作践自己。那时候，尹家独苗儿才十五六岁。他爸和他妈解放那年相继下世了。唯一在家里的姐姐，面对疯了的弟弟，只是哭，也没啥办法。尹家独苗儿在山里晃荡，逮住啥吃啥，野果啦，青蛙啦，长虫啦……时间长了，没人在意。等在意的时候，寻不见了……有人说，跑到武当山去了。有人说，跑到楼观台去了。有人说，跌到山崖下摔死了。活要见人，死要见尸，都不见啊！我丈人说，唯一的男娃没了，尹家宅子的脉气拔尽了！"

我问道："脉气是啥？我不信！"

贵成笑道："你想是啥就是啥，有先人，就有脉气。你不信，走，问我丈人去。"

我笑道："讲了半天，还没讲贩牛呢。"

贵成说道："让我丈人给你讲。"

老人家正在晾豆腐干。这种豆腐干跟西安的不一样，焦黄焦黄的，正方块，厚两寸，像一块块的金锭子。老人朝我说道："山里的豆腐干，瓷实，耐嚼，回去给你带些，尝一尝。"

我道谢。老人家又泡了茶，说道："这是千年野茶树上采的。野茶树三人都抱不拢，根扎得深，把地里的脉气都吸上来了。野茶树的叶子神，喝了祛百病。"

我笑道："根扎得深，把地里的脉气吸上来了？"

老人点头，说道："吸得上来。"

"脉气是啥？"

"脉气就是地气。地没了气，跟人一样，也死了。"

我喝了口茶，微苦，咽下后，抿一抿舌头，有丝丝回甘。我问老人家："听贵成哥说，河对岸尹家衰败，是因为脉气拔尽了？"

老人笑了，想了想，说道："老辈人都这么说。福气是有数儿的，享尽了，用完了，就该败了。你俩想想，世事莫不是这样。"

我紧跟着问道："贵成哥在尹家宅子得宝贝了？"

老人家一愣，随即哈哈笑了，说道："你说那些石头啊！二十多年了，一晃眼，外孙子都到了成婚的年龄。"

贵成叹道："真是一晃眼。"

老人家说道："贵成见了那些石头，爱得很，死活要买。我不同意，劝说他，尹家宅子风水拔尽了，一把火烧毁了，阴气怨气都淤在那些石头上，不吉利！白送了咱都不能要，还掏钱买？"

贵成看着丈人，笑道："这些话我都忘了。"

老人家继续说道："贵成犟。我劝不住。他三叔起来了，说道：'亲家哥，你这女婿娃，灵着呢，考大学只差三分，瞅一眼你的模样，一袋烟工夫，就能把你的像画出来，跟你一模一样！他看准了的，错不了，不要拦挡！'"

贵成笑起来，插话道："我三叔刚从周公那里回来，只听见了一个'买'字，以为我看中了一头肥牛，要下钱买呢。"

老人家说道："他三叔的话，把我提醒了，娃看准了的，不要拦挡啊。

那就买吧，问题又来了，跟谁买，尹家老宅子是谁的？"

老人家喝了一口茶。贵成说道："我岳父跑了大半天，弄清了，尹家宅子属于尹家那个最小的女子。1983 年落实政策，宅子发还给了尹家。尹家后人能找见的，只有这个小女子。我和岳父过了河，转过两道山弯，到了邻村，叫作韭菜坪，找见了尹家小女子。不是小女子了，已经是老大妈了。她正在塑料棚里作务香菇，一头的汗，头发一绺一绺沾在额头。柞树坪、韭菜坪紧邻，村人都熟。按乡党班辈，她叫我岳父'哥'。听明来意，她说道：'烧煳了，没人要了，发还给我，让我收拾瓦渣摊呀！哥，你女婿娃爱，搬唄，只要他不嫌沉。跑过来说啥，不用说！'

岳父说道：'你们家的东西，有个价观啊。'

尹家小女子说道：'有啥价观？有价观，那是老早的事情了！哥，女婿娃看上啥拿啥，就当帮我拾掇垃圾呢。'

尹家小女子身旁的汉子有说话的意思。我看见了，拽了拽岳父的后襟。岳父说道：'大兄弟，你说个价。'

汉子瞥一眼尹家小女子，说道：'那就三……'

尹家小女子用袖子擦了眼角的汗水，瞪丈夫，吼道：'没见过钱？让哥的女婿娃拉走，不要一分钱。'"

我问道："汉子是谁？"

贵成说道："尹家小女子的丈夫，以前是猎户呀。"

老人家说道："尹家小女子了不得啊！那气度，那杀伐，男人没法比！唉，去年冬天下世了……尹家小女子香菇养得好，全县没人比得上，办起了陕南最大的香菇基地，还当上了县上的人大代表。猎户是小家子出身，心胸浅，好喝酒，惦记他的酒钱呢。他说出的半截子话，有个'三'。我寻思，不会是三十元，太少；也不会是三千元，那时候，三千元盖三间楼板房哩，太多。那就三百元吧。我背着尹家小女子，悄悄塞给了猎户三百元。"

贵成说道："那是 1989 年，三百元也值钱呢。两幅壁画，一对花盆，四对柱础，还有'说诗敦礼'的门匾，四棱四正的门框，三百元，你说贵不贵？"

我笑道："捡呢，还问贵不贵？"

贵成说道:"我飘飘然啊,做梦一样。以我那时候的眼光,这些石雕都是宝贝,艺术品啊!"

我问道:"以现在的眼光呢?"

贵成毫不犹豫地答道:"还是宝贝啊,古代艺术品啊。麻烦的是,咋往外运?山里的路,二尺宽,高高低低,空人走一趟都难肠,何况搬运那么重的石头!"

我点头,说道:"真是个大问题,羊肠小道,上上下下,弯来弯去。"

贵成看着老人家笑,说道:"多亏了岳父大人!岳父带着三叔跑了三天,收到了六头肥牛,又跑东跑西借了三架牛车,请十几位山民帮忙,把那些石头抬过木桶河,架到了牛车上。山民真好,不要钱,我硬是塞给每人一盒'大雁塔'烟。这是柞树坪小卖店最好的烟。牛性子慢,走得更慢,三架牛车晃悠了两天,翻山越岭,好几回险些翻到了沟里。三叔气得翻白眼,叫道:'贩牛呢,不是贩这些脏兮兮的烂石头!到屋了,牛丢的膘,你给我赔。'我笑道:'我赔!三叔,你不是说我看得准么?'三叔不理我。到了东沟,住了一夜,等夜叔的卡车。山里的秋夜,冷,三叔跟我一人盖了一片麻袋,住在山民家的柴房里,冻得一晚夕睡不着。第二天,夜叔托付的林业局卡车来了,给了司机一百三十元,又央请附近的山民把石头抬上车,把牛吆上车……好了,贩牛的故事到此结束。"

我说道:"贩,有买有卖。你只讲了买,没讲卖呢。"

"六头牛买进花了九千一百元,卖出得了一万二千三百元,刨去各样杂费二百三十元,净得两千九百七十元。三叔给我分了六百元利润。本来给我多分点,嫌牛拉石头丢了膘,耽搁了时间,只分给我那些。我毫无怨言,这一堆石雕是白得的啊!就这样,讲完了。"

"贵成哥,不要偷换概念。我问的是那一堆石头卖了多少钱。"

"这个不能说,除了你嫂子,我给岳父大人都没汇报过。"

老人家笑了,说道:"你不说,我老汉就不知道了?女子悄悄给我说了,卖的价钱,做梦都想不到!我不要你挣下的钱,请那三架牛车,我谢承人家了三十块钱,二十多年了,这个账你还没清呢!"

说罢,哈哈大笑,贵成和我也大笑。笑住,我问贵成道:"卖价是商业秘密,我不刨根问底了。卖给何方神圣总可以说吧?"

贵成岳父也问:"是啊,尹家东西流落到哪儿去了?"

贵成答道:"两幅壁画,一对花盆,四对柱础,'说诗敦礼'门匾和石门框,在我屋后院放了整整十五年。2004年,我在书院门开了画廊,搬去了,镇店呢。开店的第三年夏天,也就是2006年,一天傍晚,一位老者,约莫七十岁左右,个头不高,清瘦,戴眼镜,穿着朴素,进到店里,看见这些石头,被吸住了,蹲到跟前,一件一件看得很仔细,看得从眼里拔不出来,还用手摸。我以为是附近的居民,饭后逛街散步消食儿呢,就说道:'老人家,这是古董,看可以,不要摸。'

老人家站起来,歉意地点点头,语调不高,却很坚决地问:'卖不?'

平常,不管谁问价,我一律回答:'非卖品,不卖!'那天不知怎么了,以为老者不是真正下钱的买主吧,脱口答道:'卖!'

'多少钱?'

多少钱?难住了我。按照贩牛的成本算,加上十几年的利息,没有几个钱啊。按照尹家宅子的档次,石雕精湛的工艺,精美的材质,二百多年的历史……该报多少钱?

索性开出天价,吓退老者。老者听了价,微微一笑,说道:'这样吧,天色晚了,明天我再过来。'

说罢,老者出了门。我心想,买不起了吧!明天再过来,只是下台阶的话而已。我锁门回家。第二天一早,还没走到画廊,远远看见门口站了一帮人,走近一看,昨晚的老者啊!他看见我,笑脸招呼道:'年轻人,开门要早啊,顾客等你半小时了。'

开了门,进了画廊,一个小伙子把手中的黑箱子放在桌子上,说道:'石雕的钱,你点一点。'

你们可以想见,我当时什么模样!懵了,完全懵了……老者指挥一帮人抬石头、装车、拉走,我始终懵懵懂懂,像在云雾里……"

老人家满脸疑问,问道:"那老者什么模样?"

"七十岁左右,个头不高,瘦,戴眼镜。"

"以后再来过画廊吗?"

"没有!"

"年龄倒相符,外貌也差不多,有没有一些瘸?"

"瘸？好像有一些吧，不确定，我想不起来了，当时像做梦，晕晕乎乎的。"

"不会是尹家独苗儿吧？他的腿被打折了，疯了，一直寻不见……"

状元真迹

老霍本已死了见面的心。邻家二婶絮絮叨叨，非要把老亲戚的侄女儿介绍给他。老霍装作听，盘算咋样让二婶知难而退。二婶突然冒出一句："人家祖上是状元公王杰呢！"

老霍四十有九，有过五个女人。相熟嘴贱的，戏谑道："照这样下去，超过白嘉轩七个的纪录，用不了几年啦！"

老霍没有白嘉轩那样硬的命。白嘉轩的前六房女人，躺在棺材里抬出了门。老霍那五个女人，哭丧着脸跑出了门。过不到一搭啊，不过了！

为啥？

米面夫妻，怨钱么！

按说，老霍好赖算一面官，社区主任，管着七七八八不少事儿呢！手下的十几号人，哪一个敢不以老霍马首是瞻？老霍还有买卖，开了间古董铺。铺子两扇黑漆老门，漆色老旧，镶泡钉子，包浆浑厚。门脑上头，黑匾金字写四个魏碑大字："莫不是斋"。

进了铺子，迎面，三扇老屏风，水楠木，万字格。左右挂对联。左边书"偶来山村逢伯牙"，右边书"闲经酒市识相如"，落款"左宗棠"。

屏风左边的墙上，一律挂字儿；右壁，一律挂画儿。字儿，有华世奎的对联："麟子凤雏羽毛成就，紫芝朱草花叶茂荣。"于右任的四尺条幅："为天地立心，为生民立命，为往圣继绝学，为万世开太平。"还有好一些，都老旧，墨色和字迹都沧桑。右壁的画，有路慎庄的花卉四条屏，周爱谞六尺绢本淡墨山水，阎甘圆的人物，蒙寿之的兰花，张寒衫的梅花，宋伯鲁的写意……古人的画别有一番味道，仰脸看一会儿，失神呢，神入画里去了。

这么好的向况，咋能为钱生怨？

老霍的古董铺子，只进货，不出货。这样说吧，老霍开铺子，为的只是收货和交朋友。这两样，都费银钱啊！至于出货，按照老霍的打算，那是退休以后的事情，早呢。

老霍眼头高远，只认老字和老画儿，以民国为界；今人的手笔，煽惑得再大，再响，正眼不瞅！

关于银钱，原配老婆数落道："都撂给黑墨蛋蛋儿了！为黑墨蛋蛋儿撂十万、二十万，松不滋滋，为我花一分钱，吹胡子瞪眼，像剜他的肉！为我不花就不花，为他亲娃花，也是吊丧模样，一二三四五，问来问去，谁忍得了？离！我娘俩自己过，不受他的死人脸！"

在原配眼里，那些老字和老画儿，有啥好？不是"黑墨蛋蛋儿"是啥？

后头那四位，不管揣"跟着当官的做娘子"心思的，还是抱"跟着老板当老板娘"念想的，领教一番、两番，顶多三番之后，莫不铩羽而逃。人家对原配都那样，对亲娃都那样，你个萍水相逢的"二手"货，还想咋样？给老霍贴钱可以。让老霍为你出钱，等着吧！

老霍的最爱不是女人，是老旧的"黑墨蛋蛋儿"啊！

第五个女人闹过之后，老霍彻底厌了女人，下了决心："头发长见识短，没一个有战略眼光的！就知道穿金戴银、涂脂抹粉，糟蹋钱！就此打住，今后再也不招惹长头发的二货了。"

二婶冷不丁冒出的这句"人家祖上是状元公王杰呢"却让老霍的决心瞬间土崩瓦解。是离不得女人吗？不是！那是为啥？

因为王杰！

王杰何许人也？

电视剧里，纪晓岚之外，两袖清风，刚直不阿，与和珅斗得不亦乐乎的那个，就是王杰！王杰，陕西韩城人，乾隆皇帝钦点的状元，官至军机大臣、东阁大学士、上书房总师傅。王杰的书法了得，乾隆皇帝称赞"工整清秀"呢。这一阵子，老霍正热状元公王杰的书法，苦于求索不到。这下好了，状元公的后人送上门来，还愁真迹到手不了？

见了面，老霍定睛瞅，瞅得人家脸红了，笑道："咋跟电视里的不像？"状元公后人抿嘴笑，瞥一眼老霍，说道："你该去问问冯远征，他为什么跟我们王家人不像！"

不愧是状元公的后人，回答得多机灵！

就这样，两句话，一人一句，对上点儿了！状元公后人叫王瑞珊，小老霍九岁，在文艺路经营布匹，丈夫车祸亡故，有一个女儿，念初一。见面第三回，老霍七绕八绕，话题绕到了状元公的书法上。王瑞珊说道："我怎么会有呢？"

老霍说道："你没有，你们家族中难道没人有？"

"要有，应该是我大伯有！"

"有就有，没有就没有，为什么说应该是你大伯有？"

"我是出门的女子，从来不问家里的事儿。你提说起来，我才影影乎乎想起家里的规矩，祖传的东西只传长子，由人家保管，人家再往下传。如果有，只能在我大伯手里，长子啊。我爸排行为三。"

"明白了！状元府不是一般的门户，架子倒了，规矩还在。你大伯过得咋样？"

"教书匠，退休了；近七十岁，哮喘，十几年的老毛病了；有俩儿。老大在矿务局，一般工人；老二不务正业，染上了抽大烟的毛病，还没成家，戒毒所是他家！"

"世事真没办法琢磨。谁能琢磨到状元公后人潦倒成了这个样儿！瑞珊，咱去看看你大伯，咋样？"

"咋去看？还没看过我爸呢！"

"你愿意让我去看老丈人，我咋能不去？"

"没见过你这样厚脸皮的，还当主任呢！急啥？等咱俩的事定稳了，正正式式去见我爸。我爸从东方厂退休了，住在东郊，近。我大伯住在韩城的老家。你想见我大伯，就去韩城逛一趟，不挑明咱俩是啥关系。"

　　大伯虽然哮喘，说话呼噜呼噜的，但眼明心亮，见王瑞珊和老霍进门，赶忙喊老伴儿上街买肉买菜。老霍放下烟酒茶和水晶饼，说道："大伯，跟瑞珊到韩城来旅游，一道来看看你。你是状元公的嫡传啊！"

　　大伯说道："没给先人争脸啊！来就来了，吭，花钱买这么多东西做啥？老了，不抽烟，不喝酒，吭，吭……珊珊，你多日子没回来了！"

　　王瑞珊拍大伯的后背，让老人家"咳"得顺当些，说道："大伯，我这阵子忙很！他是小霍，头一回来咱韩城，对咱屋祖上感兴趣很。"

　　大伯招呼老霍坐下，说道："来了就好好逛一逛。除了山东曲阜和北京国子监的孔庙，吭，吭，就数咱韩城的文庙了，全国第三。吭，吭，里头有乾隆皇帝、嘉庆皇帝赐给咱祖先的祝寿大匾，吭，去看一看……"

　　老霍性急，问道："文庙里有没有状元公的书法真迹？"

　　王瑞珊紧跟着说道："大伯，小霍爱老字老画儿。"

　　大伯叹一口气道："文庙现在是韩城市博物馆，吭，当然有祖上的书法真迹了。唉，这些真迹，吭，吭，都是从咱屋搜腾去的。"

　　老霍一脸的惋惜，叹道："可惜了！"继而问道："啥时间搜腾去的？"

　　大伯摇头，愧悔的样子，叹道："唉，在我手里啊，我没保管好，吭，吭……放在博物馆也好，后人还能看得见！吭，可惜的是，还有好些给糟蹋了……"

　　老霍惊讶问："糟蹋了？"

　　大伯摇头，语气沉沉地说道："'破四旧'时候，吭，没办法啊！"

　　沉默了一会儿，老霍说道："大伯，总不能搜腾糟蹋光吧，你手上没藏下一幅？"

　　王瑞珊贴着大伯耳朵，说道："大伯，小霍不是一般地爱老字老画儿。他在西安有间古董铺子，专意收老字老画儿。"

　　大伯脸上显出在意的神色，面向老霍，问道："在西安哪儿？"

　　老霍说道："八仙庵。"

　　这时候，大娘喊大伯。大伯往灶间去了。老霍向王瑞珊小声道："看大伯的样子，有呢，你摸一摸底。"

　　大伯从灶间回来，摆开了大桌子，老霍帮忙摆好板凳。王瑞珊帮大娘端上了待"新女婿"的席面，八碟子，四荤四素。主食是羊肉饸饹，羊肉酥烂，饸饹筋道，羊肉汤酸辣香爨。老霍连咥两大碗。吃罢饭，老霍去后院小解，刚从茅厕出来，王瑞珊拦住他，说道："我悄悄问了我大伯，有，不少呢！"

老霍急切地问道："卖不？"

王瑞珊说道："祖传的东西，我大伯说，本来不能卖的。但没办法，老二抽大烟，胡折腾，拘管不住。我大伯急着给老二成家，让媳妇去管束他。娶媳妇，要给那货买一套房，得花不少钱。我大伯教了一辈子书，缺钱，只有拿祖传的那些东西变钱了。本地贩子一直缠挽。我大伯不想卖给本地人。嫌丢人呢！你真想要，跟我大伯好好谈谈。谈得好，兴许能成呢。"

老霍激动了，心口噗噗跳，一枪打下一树的鸟啊！原想得到一幅状元公的书法真迹，没想到"不少呢"！老霍握住王瑞珊的手，问道："有多少？"

王瑞珊的小手从老霍的大手里挣脱出来，红脸说道："让人看见了！我又没见，咋知道多少？听人说倒腾古董的都鬼得很，你不要哄我大伯。"

老霍笑道："那是咱大伯，我咋能哄？"

王瑞珊的脸更红了，眼角眉梢染了少女才有的羞涩。

王杰书法装在一只木箱里，黑大漆的，光气还在，一眼儿的老货，年代不近呢。黑木箱是从床底下拖出来的。老霍首先看到的状元公墨宝是一副对联，联语是："天南星斗归环珮，城上风云振旆旗。"署款"韩城王杰"，印章"王伟人"。纸、印、墨皆老旧，书法清秀高逸。老霍问："有多少？"

大伯说道："对联九副，四尺条幅十一幅，四尺横幅三幅，老画三幅，共是二十六。"

老霍问道："画也是状元公的？"

大伯弯腰捡出一个卷轴，打开，说道："都是旁人画的，祖上传下来的，不知道名气大不大。"

第一幅，麻姑献寿图，工中带写，典丽妍雅，署款"道复"，不知为何人。另一幅，清竹图，疏密有致，简略率脱，署款"华喦"。老霍心头大震，华喦，扬州八怪之一啊！下一幅，还是华喦的，松鹤图，清新俊秀，纵意疏容。大伯问道："画得咋样？吭，吭，得是名家？"

老霍定平脸色，说道："还不错，但不是名家。"

正说着，大娘进来，跟大伯咬耳朵。声音虽小，老霍却听得清。大娘说道："老二快回来了，让他看见，咋办呀？"

大娘说完，出了里屋。大伯向老霍说道："天不早了，抓紧时间看！"

王瑞珊站在大伯身后，瞅老霍，伸出食指和中指，摇了摇。老霍领会了王瑞珊的意思，不能让老二撞见啊，便说道："天晚了，就看到这儿吧。"

大伯说道："你再看看！"

说着就要弯腰再取，老霍合住木箱盖，把黑木箱塞进床底，说道："大伯，不用看了。咱到堂屋商量商量这事咋办。"

祖传的东西，大伯不愿意卖啊！家有逆子，家门不幸，却不能不卖啊！这是不光彩的事情，大伯的首要条件是："看你是西安人，又是珊珊的朋友，才敢商量。不论咋样，得把事情掖严，不要让旁人知道，丢人呢！"

这算啥事？老霍当然一口应承了。

咋办？大伯说了三种办法，咋样方便咋样办，自己人啊！一是放在老霍的"莫不是斋"寄卖。不是不相信人，东西贵重，得有押金。一幅一万元，共二十六万元。卖了，给大伯按三万元一幅结算，大伯共得款七十八万元。一年时间为限，卖不了，还回来。二是趸走，分期付款。一幅按两万五算，先付六成三十九万元，剩下的二十六万元半年内付清。三还是趸走，但须一次性付款。一幅按两万二算，大伯共得五十七万二。

有啥说的？老霍当然选定了一次性付款，白菜价啊！光华晶的清竹图和松鹤图，一平尺超过十万元呢！谈妥了，大伯叹气道："亏先人哩！本该要往下传的。老大是个工人，文化不高，怕不知道珍惜。唉，俩儿都不争气，传下去也是糟蹋……"

老霍说道："大伯，就当传给了我，我给你守着！"

话没说完，有人挑帘进来，是个三十出头的小伙子，衣裳很"江湖"，一身"闲人"势。小伙子看见王瑞珊，黑青的脸上显出笑容，说道："珊珊姐，你回来了！"

小伙子看看老霍，朝王瑞珊怪笑。王瑞珊推一把那人，说道："笑啥？这是你霍哥，跟我一道逛咱韩城来了。"

老霍站起来，招呼道："你好！"

小伙子点点头，眼光放肆地瞅老霍浑身上下。老霍心里不悦，扭头向王瑞珊，说道："瑞珊，时候不早了，咱回。"

王瑞珊说道："是得回了！这是我大伯的老二，我弟。"

老霍向老二笑了笑。大伯把王瑞珊拉到里屋。不一时儿出来，老霍和王瑞珊出门上车。大伯大娘送出院子，摇手告别，进了院门。巷子窄，车子行得很慢。突然传来喊声，老霍看后视镜，老二撵了上来。老霍停下车，按下车窗玻璃，老二扶在车窗，喘着粗气，说道："珊珊姐，刚接了个朋友的电话，急用一千元，你帮下忙！"

王瑞珊取了钱包，打开，点出十张票子，递给老二。老二见王瑞珊钱包里沓沓厚厚的，又说道："我买几包烟，再给三百，珊珊姐。"

王瑞珊又给了三张。老二笑道："珊珊姐真好！"转身走了。车子起步，老霍叹道："没脸皮啊，状元公的后代活成了这样！"

王瑞珊摇头，说道："抽上大烟就不是人了！每回见都这样，不掏钱走不了。"

老霍也摇头，扭头问："你大伯刚说啥？"

王瑞珊答道："还能说啥？黑箱子千万不能让老二知道啊！老二要是知道了，就烧成烟泡了。"

老霍又问道："你大伯没说啥时候办这个事？"

王瑞珊白眼老霍："啥时候？只要钱到位，老大、老二没在家，立马能办呀。"

老霍说道："今天来不及了，明天就办！"

王瑞珊扭头看老霍，说道："你想好！不是一个钱两个钱的事儿。今儿急，东西还没看完呀！还有，那么多钱，筹集也得要时间呢！"

老霍笑，说道："既然来了，就把这事儿办了，免得夜长梦多！钱不难，我请朋友帮帮忙，打到卡上。珊珊，你也参一股吧。"

王瑞珊说道："我不懂，只信你，你说参就参吧。我才上了一批货，资金紧，只能拿出十万来，就在卡里。"说完看老霍。

老霍把车停在路边，一把搂过王瑞珊，满脸啄。王瑞珊先是左右闪躲，闪躲不过，嘴唇就贴在一处，黏住了。黏得分不开。分不开了，就宿在风追司马国际大酒店，四星级，韩城市最好的。王瑞珊嫌贵，老霍说道："新婚之夜，马虎不得！"

缠绻半晚夕，黏得汗淋淋。王瑞珊窝在老霍怀里，说道："回到西安，你可不敢不认账啊，把我给哄了！过几天咱就去见我爸！"

老霍乏透了，朝着迷迷蒙蒙的天花板，悠悠说道："你是状元公的后人，我咋个敢哄？"

第二天起来迟，酒店的早餐已经供应完。王瑞珊领着老霍吃韩城的小馄饨，老字号的。不愧是老字号的，香糯辗口，跟吃羊肉饸饹一样，老霍连吃了两碗。吃罢，老霍说道："再等一会儿，朋友就打钱到卡上，咱去大伯屋把事儿办了！"

王瑞珊说道："文庙还没逛呢！司马迁祠也不远，开车十几分钟就到！"

老霍说道："回酒店，等钱到，办大事，得有静气！咱俩在一起了，来韩城的机会还会少？"

回到酒店，俩人又黏上了。到了十一点，短信响，钱到了。老霍说道："快给大伯打电话，看老二在家没？"

大伯说，老二昨晚出去疯了，还没回来，不知道几点回来！俩人赶紧赶到大伯屋，从床底拖出大漆黑木箱，打开，看一眼，还是昨天合住时的样子。老霍干脆道："装车。"

大伯说道："老二一时半会儿还回不来，你再好好看一看！"

王瑞珊皱眉道："回来了咋办呀？"

老霍挥手道："不看了！"

大伯用老铜锁锁住黑木箱，说道："连箱子都给你。没有了字画，箱子也没用处了。你拿好钥匙！"

老霍接过铜钥匙，看看箱子，怕装不进车。王瑞珊说道："越野车，后备厢大，能塞进去。"

说完示意老霍抬。俩人抬到车跟前，打开后备厢，嘿，刚刚好！老霍回屋对大伯说道："银行提现有规定，最多只能提五万，咱去银行转账给你。"

大伯迟疑了下，向王瑞珊说道："珊珊，那就转到你大娘卡上？"

王瑞珊玩笑道："大伯，我大娘是领导，咋能转到你卡上？就得转到我大娘卡上啊！"

三人都笑。转过款，老霍送回大伯，立马返西安。一路欢悦，天擦黑，到了老霍楼下。王瑞珊帮老霍把大漆黑木箱抬上楼，洗过手，老霍搂住王瑞珊，说道："今晚不走了，咱一块儿欣赏状元公的书法。"

王瑞珊瞅瞅房子四下，说道："这么多老字画，还买？得花多少钱啊！"

老霍搂紧王瑞珊，说道："这些都是破烂儿，不能跟状元公的书法比！"

说着就亲王瑞珊。王瑞珊躲闪开，说道："出门两天了，得赶紧去看娃！"

说完，在老霍脸上亲一下，挣脱了老霍的怀抱，跑开了。

老霍打开黑木箱，看着一箱子字画，满心鞖活。他打开松鹤图欣赏，仙鹤羽毛蓬松，毫毛毕现，苍松笔法古意，精劲柔细，绝了，不愧是扬州八怪布衣大家之作！看了会儿，困意袭来，乏了。周六、周日连轴转，忙活了两天，行程四百多公里，得了状元公书法真迹，得了状元公的后人，人没停，脑子更没停，咋能不乏？东西没到手，浑身上下都是欲望；东西到了手，欲望就泄了，只剩下乏！乏得顾不上脱衣裳，歪倒在床上，睡着了。一觉睡到第二天早上八点，爬起来赶到社区，处理过大小事情，已经十一点半。喝过一杯茶，思量了会儿，拨电话，通了，说道："袁兄，晌午有空没？噢，好，兄弟请你吃羊肉泡。吃罢泡馍，请你看几样好东西！绝对是好东西。不是好东西，咋敢劳你的大驾！"

袁兄，六十开外，人称袁一眼，书画鉴定一绝，尤其对老字老画儿。俩人吃罢泡馍，抹过嘴，快快儿赶到了老霍家中。听说有华嵒的画儿，袁一眼比老霍还急。老霍最先呈现的，却不是华嵒的画儿，而是状元公王杰的对联，就是那副，联语是："天南星斗归环珮，城上风云振旆旗。"

只一眼，袁一眼说道："真迹，没问题！华嵒的画儿呢？"

老霍打开华嵒的松鹤图，挂在墙上，大师退后几步看，高喊道："精彩！"

喊过，袁一眼走到画儿跟前仔细看，看了几眼，敛了笑容，蹙眉道："笔墨笔法都对，就是感觉哪儿不对窍。"

凑到画儿上闻，说道："不对啊！"

看纸，说道："虽是老纸，但到不得乾隆年！"

看印章，说道："印油没有渗入宣纸里呀，浮在面儿上……"

　　袁一眼猛地拍大腿，恍然大悟的样子，叫道："霍主任，你着道儿了！听我的徒弟小汪说，刚刚出了一种新技术，原色原大仿真微喷，真假莫辨！我只耳闻，未曾得见，这一件莫不是？"

　　说完给小汪打电话，让他赶快过来！老霍急忙给王瑞珊打电话，听筒传来语音："您好，您拨打的电话已关机……"再拨，听筒还是传来："您好，您拨打的电话已关机……"

　　老霍挠头，喃喃道："不会吧，王瑞珊，大伯，大娘，老二都……"

　　老霍脸上冒汗，从箱子里抓起一幅卷轴，打开，举高给袁一眼看。袁一眼说道："不对窍。"

　　再抓起一幅，打开，举高，袁一眼还是说道："不对窍！"

　　再抓起一幅……

　　最后，袁一眼说道："除了那一副对联没问题，其余的都不对窍！"

　　老霍额头布满了豆大的汗珠，瘫坐在地上。袁一眼半抱半拖，把老霍安顿到沙发上。过了一会儿，老霍忽地站起来，吼道："狗日，耍手艺耍到我头上来了，看我咋收拾他们！"

　　袁一眼说道："打眼的事儿谁没摊上过？只是咋会有这么多……"

　　门铃响，小汪来了。小汪看过，确定道："都是宣纸原色原大微喷技术做出来的。他们用的是老宣纸，又做旧了，比一般的骗子高明些。"

　　老霍问："微喷的这一幅值多少钱？"

　　小汪说道："过不了一千元！"

　　老霍攥紧了拳头，瞪红了眼。大师安慰道："那副对联是状元王杰的真迹，无疑！"

　　"值多少钱？"

　　"五万元左右吧。"

　　送走袁一眼和小汪，老霍木然坐了会儿，洗了把脸，喝了一杯凉水，出门，敲邻家二婶的门。二婶不在家，二叔说在楼下的麻将馆。寻到了麻将馆，二婶正在酣战，说道："等等，等一下，这一把打完！"

　　老霍拽二婶："不打了！"

　　二婶见老霍脸色铁青，模样难看，拉了个观战的替打，跟老霍出了麻将馆。到了僻静处，老霍问道："王瑞珊在哪儿？"

二婶一脸惊异，问道："谁是王瑞珊？"

老霍叫道："你不认得王瑞珊？你给我介绍的对象啊！"

二婶笑了，说道："你说名字，把二婶给唬住了，原来是小王啊，状元公的后人！我看人家模样心疼，人又利索，跟你般配，就给你介绍了。咋了？"

"她住在哪儿？"

"我不知道呀！不是在文艺路卖布吗，你没去过？"

"我跑到她的布摊子干啥？"

"没谈成？"

老霍挥手，吼道："不说这些。她是你啥老亲戚？"

二婶说道："亲戚套亲戚，我也弄不清！老亲戚老王介绍的。老王说，小王是她的侄女儿。"

老霍问："老王？"

"就是这一阵儿在楼下打麻将的老王，你见过的。"

"人呢？"

"没注意。你这一问，我想起来了，好几天没见他来打麻将了。"

"他住在哪儿？"

"我不知道啊。"

"你跟他是老亲戚，你不知道？"

"在一块儿打麻将呢，熟了，谝起来，才知道是老亲戚……"

"麻将摊子拉扯的老亲戚，你就敢给我介绍对象？"

"咋不敢？小王的模样儿配不上你？二婶我还不是为了你好？你凶巴巴的模样，难道恩将仇报，想吃了二婶不成……"二婶言语凌厉，一句高过一句。

二婶没说的是，为了把侄女介绍给老霍，老王不但免了二婶欠的三百元赌账，还请二婶吃了一顿川菜，给二婶送了说媒的四样礼，两瓶酒，两条烟，两封点心，两箱橘子，还说，事成之后，按规矩，给二婶送个大红包呢……

斯特拉地瓦利小提琴

　　金先生满头霜发，披散垂肩，凌乱不羁；面庞嶙峋，似幽深的沟壑，如峥嵘的山峦；蹙眉凝视，眼睛像两湾湖水，波光深邃。秋天的午后，啜着酽茶，聊起收藏的往事，金先生讲道："四岁多就跟在父亲屁股后头逛鬼市了。鬼市，当然是在小东门，发源地嘛。那时候的鬼市，多旧衣服、旧书籍、老家具、破零碎儿，整个儿一杂货集，当然，也有古董。父亲是文人，好拣选旧书，也有看中一方砚、一块墨、一帧画、一幅字、一块砖、一枚瓦、一尊炉、一面镜、一方印的时候。那时候东西便宜，父亲不怎么还价，干脆利落拿下。我上学后，礼拜天，起大早，铁定跟在父亲屁股后头逛鬼市，十年不辍呢。鬼市算是我的另一所学堂。"

　　金先生崇山峻岭般的脸上漾着柔和温暖的光，眯着眼睛，抿一抿嘴唇，像品咂回味儿时的岁月。听问出手买过什么东西，他微微一笑，说道："出手？我哪儿有钱啊！只跟在父亲屁股后头溜，巴着眼睛看。有父亲在，用得着我吗?"

略停顿,金先生捋了捋头发,讲道:"当然,慢慢长大了,出手的欲望越来越强烈了,只是没有让我非要出手的东西出现。我似乎在等待。等待中,出手的机会说来就来。那天,1967年6月25日,礼拜天,我出手了!准确时间是早上十点十分。为什么记得那么准?那时候鬼市名存实亡,父亲的境遇也不妙,哪还有心思逛呀!为什么?你该懂的。我呢?无所事事,造反派和保守派都不掺和,借口有病——我十九岁了,像一根儿竹竿,干瘦干瘦的——四处晃悠。累了,躲在城墙根儿拉琴,小提琴,父亲的好朋友方叔叔教我的。琴也是方叔叔送给我的。与逛鬼市一样,我十年不辍练小提琴。方叔叔夸我'不错!可以考了'的时候,一切考试戛然而止,像乐谱的休止符,作曲家不须和任何人商量。那天早上,我逛过鬼市,并不买什么,也没有什么值得买的东西,只是在这条道上走得有了惯性,不知不觉又走了一遭。逛完,天大亮,出了小东门,沿城墙根往北走三百米,有一株国槐,枝叶婆娑。国槐下有一块青石墩子,方方正正,我便坐在石墩上拉琴。我先拉《毛主席的光辉把金色的炉台照亮》,再拉《新疆之春》《牧歌》。见四下无人,我又拉起了舒伯特的《小夜曲》、萨拉萨蒂的《流浪者之歌》。《流浪者之歌》像哭泣,像对着天空绵绵倾诉,我最喜欢。方叔叔说过,'伟大的音乐是心灵孤独的弹奏'。每次拉《流浪者之歌》,我便想起这句话,现在还是。拉完琴,日头高照,天热了,我往家走。那时候,我家住太阳庙门。进了东门,过了西安饭庄,我看见了'东方寄卖所',准确地说,是看到了'东方寄卖所'的招牌,白底,红字,古拙的隶书,写得真好。冥冥中,有个声音对我说:'进去看看有什么好东西。'也许是走热了,寄卖所在阴面,我想进去凉快凉快。反正,我推开了本不属于我推开的门。为什么?以我当时浅薄的人生经验,寄卖所是有钱人去的地方。谁也不可能端着炒菜锅去寄卖吧?推开门,正对门的,是一座落地钟,'当当当'鸣响,时针指向十点整。这是我进入东方寄卖所看到的第一眼。第二眼,我看到了那把琴。"

讲到这儿,金先生呷了口茶,点燃一根香烟,并不吸,擎在眼前,注视着蓝色的烟雾,好像那把琴就在袅袅的烟雾里。他坐直了,吸一口烟,继续讲道:"半个世纪了,还宛若眼前!琴浅棕色,以我跟在父亲屁股后头十年的眼力——呵呵，谈不上眼力，可以说是眼头——这把琴有两百岁，包浆告诉我的。就像玉，埋在地下三千年，就像瓷，陈设宫殿三百年，就像衣服，压在箱底三十年，一定有包浆的。别以为尘埃是包浆，污垢是包浆，包浆是时间的浸染、时间的记忆。没错，这把琴有包浆，两百岁的包浆。我喊道：'让我看一下！'

'乱喊什么！'

我这才注意到营业员是位阿姨，个子不高，眼睛不大，脸色青乌乌的，冷面，冷眼，瞪着我。我指着琴，朝冷面阿姨堆起笑，说道：'阿姨，我想看一下这把琴。'

冷面阿姨犀利的眼光扫视我浑身上下，口气里含着挑衅的意味，说道：'你不是背了一把琴吗？还看什么，你买吗？'

我愣住了。我买吗？这把两百岁的小提琴得值多少钱啊，我买得起吗？两百岁的小提琴像一弯月亮，静静地躺在货架上，流畅的音孔像两只飞翔的云雀，黑色的琴头像高傲的鹰首，笔直的指板像坚挺的宝剑……多么好的琴啊！不买，总可以看看吧。我笑着向冷面阿姨说道：'阿姨，我买。'

我本想说的是：'阿姨，我不买。'出口却变成了'阿姨，我买'，口气里带有几分壮烈和豪迈。半个世纪了，我都没想明白那一瞬间是怎么回事儿。大约人一生总有那么几回孟浪吧。阿姨犀利的眼光再次扫视我，不情愿地把琴放在柜台上。

太轻了！

上手的一刹那，我不由发出这样的惊叹。我使出的力量太大了，毕竟我要拿起的是一把两百岁苍老的小提琴。枫木的面板、侧板、背板那样细腻，琥珀斑纹散发柔和的光芒。指板是乌木，深沉，安静。旋钮、腮托、拉弦板是黄杨木，包浆华润，苍郁深沉。指板下方的侧面，有一行字迹：'Antonius Stradivarius Cremonensis Faciebat Anno［1723］'。

我浑身颤抖了！我使劲儿把颤抖刹住。但声音不争气，还是颤抖，颤抖的声音进入冷面阿姨的耳膜：'阿姨，多少钱？'

阿姨正从竹皮儿的热水瓶往白色搪瓷缸倒水，没回头，只把价钱向我甩过来：'四十元！'

'多少？'

'四十元！'

虽然我兜里只有皱巴巴的几元钱，但四十元实在不多啊！这把两百岁的小提琴怎么只区区四十元呢？那时候，我还没挣过钱，没有被生活的狂风恶雨洗涮过。当然，我知道，四十元是父亲大半月的工资，不是个小数目。但与这把琴相比而言，简直像一根弦丝那样纤细，微不足道！我想，父亲看到这把古老的琴也会像我一样颤抖，也会毫不犹豫买下来的。我掏出兜里所有的钱，一张一张抹平展了，朝冷面阿姨豪迈地说道：'阿姨，我买了！'

阿姨转过身，并不看我，只看柜台上的钱，说道：'四十元，不是四元。'

'阿姨，我先付三元六角，不够的我马上回家拿。'

'你回家拿来了再说。'

'别人买走了怎么办？这是订金。'

'放心吧，没人要的，摆这儿三天了。'

'阿姨，请您收下订金吧，我一小时内准来。'

冷面阿姨看看我背着的琴，说道：'如果不来，钱不退啊。人家寄卖三天，今天是最后一天。'

'谢谢阿姨，谢谢阿姨……'

我瞥了一眼座钟，十点十分，拉开东方寄卖所的大门，朝家里跑去。"

金先生停顿下来，笑道："没有那个座钟，我记不准时间啊！"

然后呢？

金先生望一眼窗外，继续讲道："父亲正在和面，我一把按住他沾满面絮的手，大喊道：'爸，快给我四十元钱！'

父亲推开我的手，双手来回搓沾在手上的面絮，看着我，问道：'怎么大呼小叫的，出什么事情了？'

'我要买一把琴！'

'你的琴坏了？'

'我要买两百四十四岁的小提琴。'

"两百四十四岁？"

"斯特拉地瓦利1723年的小提琴。"

'斯特拉地瓦利是谁？'

182

'意大利人，世界最有名的制琴大师，就像制壶的时大彬、刻竹的朱小松、琢玉的陆子冈。'

'你怎么知道的?'

'方叔叔教我的。'

父亲搓完手中的面絮，洗了手，扶住我的肩膀，郑重地说道：'现在并不是买这些东西的好时候，弄不好会惹来麻烦的!'

我说道：'爸，见到了时大彬、朱小松、陆子冈的真品，您会忍住不下手吗? 如果不下手，还有再遇见它的可能吗?'

父亲沉吟了一会儿，问道：'你看准了?'

我答道：'绝对没问题，一眼货!'

父亲说道：'那好吧! 不过，千万别张扬，别炫耀，收藏，就是要藏得住。'

父亲说完，来到卧室，也是书房。我突然发现父亲的书架变得空荡荡的，只有一排红色书籍。父亲的那些老版本跑到哪儿去了? 我问道：'爸，您的书呢?'

'都在这儿呀! 怎么了?'

父亲扭过头，狡黠地朝我挤挤眼，说道：'我有过书吗?'

父亲从红色的塑料皮书里取出夹着的四张十元票子，举过头顶，跳起了舞蹈，轻声哼唱：'世界人民大团结，吾儿喜得意国琴，意国琴……世界人民大团结，吾儿喜得意国琴，意国琴……'"

讲到这儿，金先生的眼睛里噙满泪花。他用纸巾沾了沾眼角，悲凉地说道："每每想起父亲那天顽皮滑稽的舞蹈，我笑不起来，就想哭! 父亲那段日子并不好过，天天写检查到深夜。"

金先生搓了搓手和脸，从感伤的情绪中提振起来，清清嗓子，继续讲述："跑回东方寄卖所，座钟指向十一点八分。我满头大汗，朝冷面阿姨兴奋地说道：'阿姨，钱拿来了。'

我把手里攥着的四张十元票子一张一张铺展在柜台上。冷面阿姨从抽屉取出收据和圆珠笔，不冷不热问：'姓名?'

'怎么了，还要姓名?'

'我们是国营企业，要给你开收据。没有收据，你怎么能说清楚这把琴

从哪儿来的？'

'噢，这样啊！我叫金小杭。'

'住址？'

'太阳庙门北巷四十三号甲。'

冷面阿姨开好了收据，印蓝纸那种，收了四张钱，把皱巴巴的三元六角还给我——呵呵，我都忘了。她走到货架后面，抱出只琴箱，放在柜台上，回身取下货架上的斯特拉地瓦利小提琴，放进琴箱，固定好，合住箱盖，说道：'小伙子，归你了。'

还有琴箱啊！栗色的。虽然看不出什么材质，但包浆浓郁，是一只老箱子。会是斯特拉地瓦利1723年小提琴的原配箱子吗？我看冷面阿姨，此刻，她的脸不冷了，甚至还暖暖的。

我没有回家，直接跑到了方叔叔家。方叔叔的家在音乐学院。门虚掩着，我推门进去，哎呀，屋里一片狼藉，衣服、被单、缸子、牙刷和乐谱散落一地。我惊呆了，大喊道：'方叔叔，怎么了？方叔叔，你在哪儿？……'

'小杭啊，我在里屋。'

里屋光线昏暗，我摸到灯绳，拽亮了灯。方叔叔左脸乌青，眼睛肿胀，嘴唇渗血，靠在床头。他想坐起来，我忙扶起他，问道：'方叔叔，怎么了？'

'挨打了。'

'谁打的？'

'唉，我那帮造反的学生。'

'哪一个？我找他去。'

'小杭，别惹事儿了！'

我捡起地上的毛巾，在卫生间摆干净了，给方叔叔擦洗血迹和脏污。方叔叔下了床，伸伸胳膊踢踢腿，说道：'好在没有伤筋动骨。小杭，你找叔叔什么事儿？'

'我得到了斯特拉地瓦利1723年的小提琴！'

'什么？'

'我得到了斯特拉地瓦利1723年的小提琴！'

我弯腰抱起琴箱塞到了方叔叔的怀里。方叔叔不看，笑了说道：'不用

这样哄叔叔高兴，叔叔坚强着呢。斯特拉地瓦利小提琴是音乐天空璀璨的流星，你抓得着吗？'

那是多么美妙的下午啊，曲江池畔。

我骑着方叔叔的自行车，驮着方叔叔，顶着红艳艳的太阳，一路向南飞奔，小寨过了，大雁塔过了，在曲江池南岸的几株大柳树下停了下来。方叔叔说道：'此地甚好。'

此地渺无人迹，只有白云和曲江池水流动。我说道：'方叔叔，开始吧。'

方叔叔打开琴盒，小心翼翼取出小提琴。他还陷在激动的情绪中，就像在他家里我指给他'Antonius Stradivarius Cremonensis Faciebat Anno［1723］'字迹时一样，不可思议的表情涨满了他的脸庞！方叔叔抚摸斯特拉地瓦利小提琴的面板、琴桥、拉弦板、弦轴箱、弦枕、弦轴。噢，还有琴弦、琴弓。琴弦是羊肠制的裸弦，G弦包了银丝。琴弓用的苏木，韧劲很足。方叔叔拉了一把，像弹奏钢琴C键，不可名状的琴音迸发出来，高亢，激越。方叔叔说道：'焚香沐浴了才好！这样狼狈的样子对不住这把伟大的琴。'

方叔叔的左脸还是乌青的，眼睛还肿胀着。

我说道：'天高日正中，水碧无尘埃。在音乐学院不敢拉，这里是天地大琴房，方叔叔，您就开始吧。'

方叔叔闭上眼睛，枕好腮托，调整好琴弓，静默片刻，开拉了，'Antonius Stradivarius Cremonensis Faciebat Anno［1723］'的琴音如天籁般流淌奔涌出来……

一切都像刚睡醒的样子，欣欣然张开了眼。山朗润起来了，水涨起来了，太阳的脸红起来了。小草偷偷地从土地里钻出来，嫩嫩的，绿绿的。园子里，田野里，瞧去，一大片一大片满是的…… 桃树，杏树，梨树，你不让我，我不让你，都开满了花赶趟儿。红的像火，粉的像霞，白的像雪……雨像牛毛，像花针，像细丝，密密地斜织着，人家屋顶上全笼着一层薄烟。树叶却绿得发亮，小草也青得逼你的眼……春天像刚落地的娃娃，从头到脚都是新的，它生长着。春天像小姑娘，花枝招展地笑着，走着……

我躺在绿草上，听得如醉如痴……怎么停了？《春天奏鸣曲》美妙的音符飞向了哪里？

'我这一曲演奏完了。起来吧，小杭，轮你了！快来享受这梦幻般的美妙感觉吧！'

方叔叔轻轻拍我的脸颊。"

金先生脸上绽放出幸福遐想的笑容，左肘支在沙发扶手上，左手托着左腮，右手打着节拍，像正在演奏斯特拉地瓦利小提琴。他继续讲道："我演奏的当然是《流浪者之歌》了。这首曲子适合在飘荡落叶的秋风里演奏，火炉般的太阳会把忧闷伤感的泪花蒸发掉的。那几株柳树给了我灵感，我酝酿'劝君更尽一杯酒，西出阳关无故人'的情绪，拉动了琴弓，纯净、苍劲、沉郁的琴音涌了出来……古老的曲江池安静极了，没有一丝杂音，风和白云蓝天，柳树和曲江池水，静穆着，只有斯特拉地瓦利小提琴在奏鸣，清澈的声音不像从我指间发出的，是从天空飘落而来的……"

金先生站起来，走到窗前，眺望远方。是在眺望曲江池水吗？窗外是鳞次栉比的高楼大厦和蠕动的汽车。他说道："那天回到家里的时候天黑透了，父亲见我进门，霹雳吼道：'谁把你的魂儿勾走了？'

呵呵，斯特拉地瓦利小提琴把我的魂儿勾走了！

那一阵子，我夜夜搂着她进入梦乡。白天呢？我参加了市里组织的国庆文艺汇演，担任'毛主席诗词'大连唱的第一小提琴手，紧张排练呢。原定的小提琴手摔伤了胳膊，无法演奏了。

人这一辈子，无时无刻不处在选择之中。选择甜的，还是酸的；选择红的，还是白的；选择东走，还是西行；选择早晨六点，还是晚上九点……大的方向要选择，小的细节更需要选择。选择，是谁也逃不掉的功课。国庆文艺汇演前夜，我面临的选择是，用方叔叔送给我的小提琴，还是用无与伦比的斯特拉地瓦利小提琴登台演奏。方叔叔送给我的，是红棉牌小提琴，音色也不错，工宣队的吕主任夸了好几次。昨天下午，他把我拉到一边，悄悄问我：'小杭同志，想不想到工宣队正式工作？'

'我能行吗？'

'怎么不行？来了还要挑大梁呢！'

'我父亲是旧知识分子……'

'你父亲只要热爱党，热爱祖国，热爱人民，只要不断努力地改造思

想，党和人民是不会抛弃他的。就像你，现在不是已经融入革命宣传队伍来了吗?'

'感谢吕主任!'

'感谢毛主席! 作为第一小提琴手，你要时刻牢记毛主席思想，从毛主席的伟大诗篇中汲取营养和力量，圆满胜利完成这次汇演任务。今天听了《沁园春·雪》那一段，很好，把毛主席气吞万里的豪迈革命气概表现出来了。要戒骄戒躁，汇演关系着你的前途啊。'

'吕主任，我保证圆满完成任务。'

吕主任的大手在我肩膀上使劲拍了拍，微笑着让我离开。

既然方叔叔送我的小提琴没有问题，还有什么选择的困惑呢?

如果用无与伦比的斯特拉地瓦利小提琴登台演奏，一定会让'毛主席诗词'放射出更加璀璨的光芒，更能保证国庆文艺汇演圆满成功，我也会顺利跟着吕主任进入工宣队，从而成为一名专业的小提琴手，甚至成长为一位小提琴演奏家! 可是，一旦这样，斯特拉地瓦利小提琴就曝光了，做得到父亲所说的'藏得住'吗? 我又想，除了方叔叔，有几个人知道斯特拉地瓦利这个伟大的名字呢? 有几个人认识斯特拉地瓦利小提琴呢? 有几个人听得出斯特拉地瓦利小提琴的声音如天籁般呢? 冷面阿姨守了斯特拉地瓦利小提琴三天，还不是以四十元卖给我?

我自以为是地认为，藏得住!

为了'毛主席诗词'放射出更加璀璨的光芒，为了国庆文艺汇演取得圆满成功，为了我成为工宣队的小提琴手，为了我的未来是一位小提琴演奏家，登台演奏的一定得是斯特拉地瓦利小提琴，一定得是!

这就是我当时的选择。"

金先生苦笑，抬手用力在大腿上拍打，像在追悔当年的"选择"。他说道:"这其实并不是选择! 选择之前，答案已经确定了! 年轻气盛，争强好胜，图慕虚荣，炫耀……为了这个为了那个，都是给自己的借口和遮掩。"

金先生摊开双手，耸耸肩膀，说道:"有什么办法呢? 或许再活一遍，还会是这样的! 谁没有年少轻狂天真过?"

金先生点燃香烟。烟雾飘散成谁也描绘不了的形象，然后不知不觉消散掉。他继续讲道:"演出圆满成功! 我完成了这项光荣而神圣的任务。吕主任握住我的手，不住夸奖：'小杭同志，好样的，你给市里国庆汇演增光添彩了啊！''我们需要你这样业务上顶得上的同志！''北京元旦汇演非你莫属！'

没有人注意到我换了一把琴，站在高高的舞台上，面对黑压压的人群，只有我知道无与伦比的斯特拉地瓦利小提琴即将奏响美妙的乐章。我拉动了琴弓，琴音起了，我一下子陶醉在斯特拉地瓦利小提琴圆润、响亮、丰厚、含蓄的表现里。我的手指掀起一波一波浪潮，激起人群一浪一浪的欢腾……为了不引人注意，我把斯特拉地瓦利小提琴装在红棉牌的琴盒里，与平时一模一样。

演出圆满成功之后，斯特拉地瓦利小提琴跟我一起，毫发未损地回到了家。

失去斯特拉地瓦利小提琴应该是在北京。

我们住在南礼士路的一家旅馆里，白天到月坛公园排练。赴京参加元旦汇演无上光荣，全队上下，谁不憋足了劲儿排练？我是第一小提琴手，吕主任特别关心我，安排我跟他住在一个房间，就我们俩，其他人住的都是四人间、六人间。赴京前一周，吕主任找我谈话：'小杭同志，这次赴京汇报演出意义重大，关系重大，不比在市里、省里，是向毛主席汇报演出！你肩上的担子不轻啊。有什么困难没有？政策允许的情况下，组织想方设法帮你解决。'

我能吃能睡能演奏，头不痛脑不热，没有什么困难呀！我说道：'吕主任，没有困难。'

'你再仔细想想，各种各样的困难都要想到，不能有一丁点儿马虎和差失。'

我想了想，说道：'吕主任，没有了。'

'小杭同志，我们上舞台，就像战士们上战场，钢枪一定要擦亮！'

'吕主任，我的琴绝对没问题！'

'敢确保吗？刚才已经说了，这是去北京，不是在市里、省里，要做到万无一失！'

'吕主任，您放心吧，我有两把琴，我都带上！'

'小杭同志，两把琴都没有问题吗？'

'吕主任，都是好琴！'

'小杭同志，你这是大公无私的精神啊。回来后组织研究给你转正。'"

说到这儿，金先生哈哈笑了，说道："这就是年轻，心直口快；这就是转折的点，最要害的点；这就是老姜，辣！时间愈长，愈看得清晰。"

金先生喝了口茶，继续讲述："为什么说失去斯特拉地瓦利小提琴应该是在北京呢？排练，吃饭，学习毛主席语录，睡觉，陪吕主任散步……到达工人俱乐部，开始演出，演出成功，首长接见，会餐，回旅馆，收拾行李，装好斯特拉地瓦利小提琴——她又立功了，演奏还是用的她——装好方叔叔送的琴，乘公交车，到达火车站，候车，剪票上车，往行李架上放好行李和两只琴箱，坐车，和同事聊天，上厕所，只有几分钟，交代同事留心了，上完厕所察看，琴箱还那样子儿，安然无恙。火车上，琴箱一直在我视线之内！下火车，坐公交，下公交，步行一站地儿到家，吃妈妈包的韭菜馅饺子，香！困了，太困了，一觉睡到第二天下午，吃了碗油泼面，继续睡……第三天早上打开琴箱，打开包浆浓郁的栗色琴箱，啊……啊……琴箱里躺着的，不是浅棕色斯特拉地瓦利小提琴！虽然也是浅棕色，但绝不是斯特拉地瓦利的浅棕色，不是两百四十四岁斯特拉地瓦利小提琴的浅棕色！

我打开另一只琴箱，方叔叔送我的红棉牌小提琴安静地躺在琴箱里。我在左手背上掐，疼，不是做梦啊。我止不住眼泪，眼泪长流着，找到了吕主任。吕主任惊讶地扶住我的肩膀，按我坐在椅子上，关切地问：'小杭同志，受什么委屈了？'

'我的琴丢了。'

'什么琴？'

'斯特拉地瓦利1723年的小提琴。'

'什么笛呀瓦呀的？'

'就是北京汇演用的那把琴。'

'北京汇演用的什么琴？小杭同志，不就是一把琴嘛，丢了就丢了。大小伙子，怎么像个小姑娘？旧的不去，新的不来，买新的！'

'去哪儿买啊？……琴应该是在北京丢的！'

'应该？'

'今天早晨我打开琴箱，发现琴被调包了。我回忆了，北京演奏完后，回到旅馆，我亲自装的箱子，您好像也在房间。我想不起来我中间出去了没有。回到家，其他东西都好好的，就是琴变样了。我仔细回忆，坐公交，坐火车，下火车，回家，直到我今天打开琴箱，没动过一下呀！所以说应该是在北京丢的，确切地说，应该是在演出成功之后。'

吕主任仰头大笑，笑住了，摸摸我的额头，说道：'小伙子，你没发烧吧？"

我答道：'没。'

吕主任说道：'你演出用哪把琴，谁知道？只有你自己知道。从北京回来三天了，你说调包了就调包了，你说丢了就丢了？是组织弄丢了你的琴？没有道理啊！寒英同志，你说是不是？'

吕主任身边站着王寒英，工宣队的领唱，比我大几岁，长得英姿飒爽。我说道：'吕主任，我的琴您应该记得啊。'

吕主任摇摇头，说道：'你的琴是什么牌子的，我怎么知道啊？'

吕主任从来没有关心过我的琴，没有正眼瞧过，更没有上手摸过，也没有问过我用的什么牌子的琴。我说道：'我有收据的。'

'什么收据？'

'买斯特拉地瓦利小提琴的收据。'

'收据在哪里？'

'我家。'

'那就去一趟你家。寒英同志，咱们一块儿走一趟。'

到了家，父亲和母亲正在吃饭，见吕主任上门，慌忙收拾了，请吕主任上坐，递烟泡茶，不住向我丢眼色，询问发生了什么事。我顾不得告诉他们，从我的单人床褥子下翻出收据，递给了吕主任。吕主任一边打开收据，一边向父亲说道：'孩子的琴丢了，心里有疙瘩，想不开啊，我过来解一解。小杭同志，你看，金小杭，小提琴一把，肆拾元整，怎么没有你说的笛呀瓦呀的？四十元一把的琴值得你这么闹吗？'

我抢过来看：'收款收据，1967年6月25日，交款人金小杭，太阳庙门北巷四十三号甲，小提琴一把，40元，大写肆拾元整，东方寄卖所（红章），徐。'

我愣住了，看父亲。父亲眉头紧锁。吕主任说道：'收款收据只能证明你从寄卖所四十元钱买了一把小提琴，不能说明是你所说被调包的琴啊！谁能证明你的琴被调包了？小杭呀，说话要注意，不能说没有根据的话，不要影响工宣队良好的革命形象！幸亏只是说到我这里，如果乱说，造成了更大的影响，麻烦很大啊！你说的笛呀瓦呀的琴是一把外国琴吧，你怎么会有外国琴呢？你们家有海外关系？'

吕主任说完，看父亲。父亲听到海外关系，脸色煞白了，连忙握住吕主任的手，不迭说道：'没有海外关系，我们怎么会有海外关系呢？绝对没有任何海外关系，绝对没有什么笛呀瓦呀的外国琴，孩子小，迷糊了……孩子在您手底下，还得仰您大力管教啊。'

吕主任说道：'小杭同志的表现总体上还不错，就是太年轻，毛躁一些，还需要继续锤炼摔打。今天的事情就到此为止，不能再扩大影响！如果再吵吵嚷嚷，对集体、对家庭、对个人都是极其不利的。老金，我们得为孩子的前途着想啊，得为你们整个儿家庭着想啊！寒英同志，是不是这样？'

全部眼光都聚在王寒英白皙的脸上。王寒英点了点头。父亲惶惶地说道：'不会吵吵嚷嚷，孩子小……吕主任，孩子多亏您的管教……您是大好人，在家里吃饭吧……'

'不客气，不打扰了，留步……'

我呆愣愣地站在那儿，像干透了的竹竿，没有一丝生气。父亲送吕主任和王寒英回来后，长吁一口气，说道：'先吃饭，吃饭最要紧。'

我一动不动，父亲拉我，我像倾倒的竹竿，直挺挺倒在父亲身上，哇哇大哭。父亲不吭声，任我哭泣，眼泪鼻涕抹在他的肩膀上……

半个月后，我的脸上有了些活人的气色，父亲说了三句话：'收藏，不张扬，不炫耀，耐得住寂寞，才能藏得住。''忘记吧，只是四十元的事情，虽然不是四十元的事情。''该学着认人想事儿了。'

又过了半个月，像前半月一样，我脑子里翻来覆去还是旅馆房间的情景。我装进栗色琴箱的是斯特拉地瓦利小提琴吗？是啊！是吗？装好后，我离开房间了吗？离开房间干什么去了？上厕所？买东西？上厕所了吗？买什么东西？买东西了吗？谁进过房间？吕主任在房间什么方位？在干什么？吕主任跟我说话了吗？说了什么话？……演出成功的自豪像庆典喷撒的花絮，蒙住了所有的细节。我的脑袋像一团糨糊，经过一个月的翻搅，变作了一块磐石，重重地压在我的心口。我来到方叔叔家。方叔叔听我哭着讲完，沉默了好一阵儿，说道：'斯特拉地瓦利小提琴果然是一颗流星，不知道坠落到了哪里！还没看清她的辉煌和璀璨呢！小杭，别难过了，我们出去走走。'

方叔叔骑自行车，驮着我，又来到曲江池畔。那几株柳树一片叶子也没有了，光秃秃的枝条在冷风中僵硬地摆动。池面结冰了，杂草和树叶凝冻在冰面。几只麻雀掠过，划过一缕声响。灰绿的小麦瑟缩在地面，天太冷，直不起腰身。方叔叔捡柳树下的枯枝，堆拢在背风的土崖下，燃起了篝火。枯枝噼噼啪啪燃烧，暖和了些。方叔叔说道：'斯特拉地瓦利小提琴是天使的作品，材料取自教堂的横梁，浸过特殊的溶液，斯特拉地瓦利的双手按照天使的旨意完成取料、制胚、黏合、开孔、打磨、上漆、晾干等等各道工序……'

'他经过无数实验，创造了"属于未来的小提琴"，能演奏出神妙、甜美、有足够力度、犹如钻石般闪亮的音色，给小提琴戴上了乐器皇后的桂冠……'

'他活到了九十二岁，一生共制造了一千一百一十六把不同的弦乐器，其中小提琴五百一十二把，近乎一半在战火和各种意外中消逝了。最受欢迎的是黄金时期的作品，大约 1698 年至 1725 年诞生的琴。你的那把，诞生在 1723 年，正是斯特拉地瓦利黄金时期的鼎盛之作……'

'谁不想拥有一把好琴？就像寻觅知音。这得靠缘分啊。缘分有得到的时候，也有逝去的时候。你还年轻，会找到知音的，会找到真正属于自己的琴……'

枯枝变作了火星和灰烬。方叔叔看着我问道：'小杭，斯特拉地瓦利小提琴怎么会流落到西安呢？两百四十四年了，怎么会出现在小小的东方寄卖所呢？太离奇了，想不明白。'

我怎么能明白呢？

我要是能想明白，就能找到失去的斯特拉地瓦利小提琴！"

窗外暗了下来，黄昏静悄悄地来到。水沸腾了，"嘟嘟嘟"喷溅而出，金先生将不锈钢水壶从电磁炉上移开，说道："不喝茶了，茶也会醉人的。

白水也是好滋味。斯特拉地瓦利小提琴奇妙地飞进我的怀里，没暖热呢，就这样无声无息消逝了吗？

没有！

像若干年一遇的洪水，斯特拉地瓦利小提琴冷不丁在某个时候向我袭来，让我翻江倒海！1986 年 9 月，我回西安休假。工宣队，哈，我终于没能正式进去。小资产阶级家庭出身，政审这一关没通过。斯特拉地瓦利小提琴的阴霾盘旋在我心头，我选择了远方，去远方流浪，就进了铁路文工团，他们正缺小提琴手呢。休假的时候，第一要务是陪父亲和母亲。父亲那些天太爱说话了，太能变戏法了，说着说着，从床底、灶房、厕所、花坛、墙角等等千奇百怪、令我咋舌的地方，变出各样的老古董，一件一件给我讲，哪一件是五岁的我抱回来的，哪一件是明代万历的，哪一件是文房佳器，哪一件包浆沧桑，大有嚼头……我哽咽道：'爸，您真藏得住啊！'

方叔叔身体尚好，就是耳朵背了，跟他说话，得大喊大叫。我喊道：'可惜不能听音乐了！'

方叔叔白我一眼，说道：'本来就在心里，一遍一遍放就是了。'

再就是闲晃，小东门鬼市已经恢复，各种各样的老古董都冒出来了，我去过几次，买到了几件可心的小玩意儿。曲江池？没去，不想去！二十年了，该飞散的已经飞散，该沉淀的已经沉淀。有一天，我想去逛大雁塔，走到小寨十字南，有人喊：'金小杭，金小杭。'

我定睛看，一位中年妇女朝我微笑。记忆的底片哗啦啦飞速翻过，王寒英的名字闪了出来。英姿飒爽、脸庞白皙的样子一去不复返了，胖了，老了，幸好眼角眉梢没怎么变。

'王姐，您怎么在这儿？'

'在这儿上班啊。'

王寒英指了指右手大门上的牌子，'西部歌舞团'。

'王姐，厉害啊，还唱呢？'

'笑话姐啊！姐这样子还能登台吗？早下台喽，后勤打杂呢。'

'舒服啊。'

'小杭，你知道吕主任的事儿吗？'

'什么事儿？我再没见过他。'

'狗日的出国了，上个月，加拿大。'

'出国干什么？'

'成外国人了！'

'成外国人了？'

'狗日的变国籍了！'

'他有海外关系？'

'不是，人家发财了！'

'发财了？他当个体户了？'

'不是，人家一把小提琴卖了二十五万美元，买主还帮忙把他们全家办出国呢。'

'小提琴？什么小提琴？'

'说是他们家祖传的。'

'祖传的？'

'会不会是你被调包的那一把？'

我站不住了，就势坐在人行道沿上，大口大口喘气，胸口翻腾着巨浪，洪水来了！王寒英蹲在我面前，嘴不停：'狗日的姓吕的偷了你的琴，偷了我的……狗日的，披着羊皮的狼，披着人皮的鬼，拍屁股跑了！'"

讲到这儿，金先生哈哈大笑，拍手叹道："金小杭啊金小杭，王寒英啊王寒英，一男一女，一个拉琴的，一个唱歌的，失珍的失珍，破身的破身，都被姓吕的耍弄了！"

金先生看着我说道："我猛然想到，姓吕的冲斯特拉地瓦利小提琴下手的时候，王寒英在干什么，他们联手了吗？怎么丝毫没察觉吕主任与王寒英的不正常关系呢？我稳住心神，抗住洪水，问王寒英：'王姐，当年你怎么不告诉我姓吕的调包了我的琴？'

'哎呀，兄弟啊，我怎么会知道呢？姓吕的贼着呢，他会告诉我吗？我们早就断……听别人说他卖琴的事情以后，我猜的，准是你的那把琴！他家又没有海外关系，凭什么会祖传一把外国琴？'

'姓吕的怎么懂琴呢？'

'他也是拉小提琴的，你不知道？'

吕主任是拉小提琴的？

他听得出斯特拉地瓦利小提琴天使般的音色？

'怎么没见他拉过？'

'他肘关节废了，一心想当官儿，才不拉什么破琴呢……'"

金先生站起来，快速在屋子里踱步，香烟随手摆动，烟雾纷乱缭绕。他喊道："太不可思议了！姓吕的竟然也是拉小提琴的，竟然能听出来斯特拉地瓦利小提琴的伟大和美妙！他的音感和拉琴的水平应当很不错啊，怎么会是一个贼呢？"

金先生的步子缓了，停住了，平静了会儿，讲道："小寨那天之后，虽然没想通，但姓吕的这一页就从我的心头翻过了！我没想通的是当时的细节，我失去、他得到斯特拉地瓦利小提琴的细节。人啊，每时每刻活在细节当中，谁弄得清每一个细节呢？就让秋风吹去那些细节，让枯叶掩埋掉吕主任吧。噢，钱，斯特拉地瓦利小提琴值二十五万美元吗？方叔叔送给我的红棉牌小提琴是六百元，已经很昂贵了。在我十九岁的心里，斯特拉地瓦利小提琴应该值一万元吧，人民币。一万元，很多很多啊。刚得到斯特拉地瓦利小提琴的时候，我问过父亲。父亲答道：'不是四十元吗？一件好的藏品就像你身体的一部分，无法估量它的价钱。你会估量自己的耳朵值多少钱吗？'

问方叔叔，方叔叔说道：'与金钱有关系吗？我给你一万元，你能再买来斯特拉地瓦利小提琴吗？'

把二十五万美元的事情说给他们，父亲说道：'跟你有关系吗？一件藏品离开你的时候就跟你没有关系了，除了牵念！'方叔叔说道：'斯特拉地瓦利小提琴有价钱吗？没有啊！你能用金钱买来狂风掠过山峰的呼啸、海水的咆哮、树叶落下的簌簌声吗？'

父亲和方叔叔的话音还在耳边，他们就相继离开了人世。父亲留给我砚、墨、画、字、砖、瓦、炉、镜、印和碑帖、古籍版本。这时候，我才明白上次休假的时候父亲为什么给我说那么多的话，那是给我交代后事啊。方叔叔无儿无女，把一切都留给了我，房子、家具、两把星海小提琴、乐曲手稿和一张古琴。古琴长三尺六寸五毫，代表一年三百六十五天。琴面为弧形，代表着天。琴底是平的，象征着地。天圆地方。古琴有十三个徽，代表着一年有十二个月和闰月。本是五根弦，象征着金木水火土。周文王为了悼念他死去的儿子伯邑考，增加了一根弦。武王讨伐时，为了鼓舞士气，又增加了一根弦。古琴又唤作'文武七弦琴'。

一张琴，就是中国，中国历史，中国声音。

我挑动弦丝，四弦一声如裂帛，我的心也裂了。

我辞职回到了西安，守着孤零零的母亲。靠什么生活呢？于是有了这间工作室。父亲教会了我淘古董古玩，方叔叔教会了我拉琴，工作室就这两件事，古董古玩鉴赏交流，学琴拉琴赏琴。没承想，这两样雅事儿赶上了流行，我又有了让朋友们信赖的年龄，大家捧场，生意很不错。"

斯特拉地瓦利小提琴呢？

金先生微微一笑，笑容里有些苦涩，说道："1993年春节刚过，工作室开张不久，一切不成体统呢。傍晚时分，来了位女士，四十多岁，穿着很讲究，西安市没有的，看着简约朴素，却显出高贵不凡的气韵。她进门很礼貌地打量我，问道：'您应该就是金小杭先生吧？'

当时，人们之间称呼还不怎么用'先生'，叫'同志''师傅'的居多。我疑惑地问道：'我是金小杭，您是？'

'终于找到您了！'

她跨前一步，像要拥抱我，但很快变化了姿势，向我伸出了手。我与她握过手，更加疑惑地问道：'您是？'

'您应该有一把斯特拉地瓦利小提琴吧？'

我瞬间被电击了，大口大口喘气，胸口翻腾起巨浪，洪水又来了！缓了会儿，我机械地示意她坐下，回答道：'是的。'

她兴奋地站起来，抓住我的手，激动地喊道：'在哪儿？'

我松开她的手，说道：'有过，但现在没有了。'

她急切地问道：'怎么没有了呢？'

怎么没有了呢？

我讲完斯特拉地瓦利小提琴得而复失的过程，她和我都陷入了沉默。沉默了好长时间，我打破沉默，问道：'您是斯特拉地瓦利小提琴的主人吗？'

她眼眶里充满了泪花，重重地点头。

'二十六年了，您怎么找到的我？'

'我找到了东方拍卖有限公司，就是当年的东方寄卖所，找到了他们开给您的收款收据，找到了给您开收款收据的徐老妈妈，找到了太阳庙门北巷四十三号甲，已经拆迁了，费了很多周折，终于找到了这里。'

'这么好的琴，您为什么要寄卖呢？'

泪花在她眼眶里盛不住，滚落下来，伴随着轻声地抽泣。我拧了一把毛巾，递给她。她轻轻擦了眼眶四周，擦了泪线，把毛巾还给我，说道：'谢谢！那个年代的事情不用讲了吧，这样的事情很多。我妈妈死了，爸爸奄奄一息，就剩下我。当时我十五岁，为了给爸爸治病，我不顾一切。'

'非要卖掉斯特拉地瓦利小提琴吗？而且只卖了四十元。'

'三十六元！寄卖所扣除了手续金，我拿到的只有三十六元。家里能卖的都卖光了。爸爸叮嘱过我，这把琴对他来说有特殊意义，一定要收好！爸爸要是死了，什么都没有了，一把琴又有什么用呢？我当时只能这样选择，背着爸爸把琴卖掉了。'

'什么特殊意义？'

'他的战友送给他的。战友是美国人，是一位情报官。爸爸也是情报官。抗战的时候，美国情报官来到中国，与爸爸并肩战斗，爸爸救过他的命。美国叔叔回国时送给爸爸这把琴作为纪念。爸爸送给他一面古琴。爸爸说，美国叔叔小提琴拉得太棒了，高山流水一般。他也很爱古琴，没多久就学会了，弹得很有中国味道。'

'您认识那位美国情报官吗？'

'那时还没有我。'

'联系过吗？'

'不知道他在哪里。父亲提起过他的家乡和名字，但我忘记了。'

'您知道这把琴的价值吗？'

'对不起，我不清楚。'

'您了解斯特拉地瓦利吗？'

'爸爸经常念叨的，可能是这把琴的品牌吧。我不大懂，我是一名神经科医生。'

'您不知道这把琴指板下侧板有一行拉丁文吗？'

'有吗？'

'您不知道这把琴诞生于 1723 年吗?'

'1723 年?两百多年了,还能演奏吗?'

'您真不知道这些?'

'真不知道!'

'那您大费周折找这把琴干什么?'

'年龄越来越大,又在异国他乡,我越来越想念父亲和母亲。年轻的时候无知,竟然没有存下一件父亲、母亲的遗物。特别是这把琴,我违拗了父亲的嘱咐,卖掉了,现在想起来越来越愧疚,越来越不安……'"

　　房间一片昏黑,弥漫着沉重的气息,不时有闪烁的汽车灯光划过窗户,映射飞散的烟雾。昏黑中,金先生站起来,开了灯。右壁上挂着的一把一把小提琴苏醒过来,闪着柔美的光。左墙博古架上的砚、墨、砖、瓦、炉、镜和印,和着淡淡的茶香和烟草气息,古雅深沉,屋里充满了静谧、怀想、悠远的味道。金先生说道:"那位女士姓喻,在芝加哥,经常与我通电话。电话内容没有别的,只是斯特拉地瓦利小提琴。她跑遍了世界上所有珍藏斯特拉地瓦利小提琴的博物馆,找了很多收藏家,现在已经是斯特拉地瓦利'理论家'了。她每次来电话,就是洪水向我袭来的时候,翻江倒海。虽然如此,我还是愿意听她的电话,听她讲述斯特拉地瓦利和斯特拉地瓦利小提琴的一切。她找到了姓吕的。姓吕的脑溢血了,痴呆,除了哼哼,对琴的下落,提供不出一个字眼。她想找能弹出中国味道古琴的美国叔叔,可是,没有丝毫线索……如果这把琴回到她的怀抱,真不知道她会怎样激动,用怎样的方式来表达失而复得、抓住流星的喜悦。我也想,如果那把琴猛地再出现在我眼前,我会怎样?没法想啊!现在,她的想法有所改变,只要是斯特拉地瓦利小提琴,任意一把,不一定是她父亲留下的那一把,她都愿意得到。呵呵,失去的可能永远再也得不到了。但愿她能如愿!据我所知,一把 1725 年的斯特拉地瓦利小提琴,最新拍卖行情,一千五百九十万美元……"

白泽

一

天还未大亮，蒙蒙的，秦虎静进入陂头村，到了杨志德屋门口，按下车窗，给了声喇叭。不一时，大红铁门上的小门开了，杨志德手上攥玻璃茶杯，肩上背黑皮包包，闪出门，朝秦虎静扬扬手。

上了车，秦虎静问杨志德："今儿跑哪一路？"

杨志德笑道："想了半晚夕，想不出眉眼。刚想到的，山西。"

"山西？"

"西安大大小小的古玩城，西府的扶风、岐山、凤翔、渭滨和金台，咸阳的秦都、渭城、乾县、礼泉、泾阳和三原，渭南的临渭、蒲城、富平、澄城和大荔，不管是跑家、耍家，还是有点儿响动的藏家，咱都跑遍了，寻遍了，篦子篦一样，邪了，一点儿声息都没有！刚等你的时候，看见电视上的'晋善晋美'，我灵醒了，咱老是在关中这个大盆盆儿里寻，狗日的翻到了盆外，咋能寻得着？盆盆儿外，最有可能的是山西啊！"

"为啥？"

"跟陕西一样，山西耍古石雕的也多得很！山西九毛九，最会做买卖，明清时候大小财东多如牛毛，留下了不少好东西。有个张兰镇，专交易古董，上万人摆地摊儿，几百万元、几十万元的硬货，几百元、几十元的零碎,啥啥儿都有,乡里最大的古董集,全国啊,各地的爱家、跑家、耍家、藏家都往那儿淘宝!"

"全国最大的古董集?没听你说过呀!"

"我才听到的!你知道,我腿短,不上远路,只在咱县跟周围几个县跑。"

"有关系没?"

"没有直接的,但能挂上。"

"挂上?"

"韩城的老樊,上周买了我三方石槽,还有些零碎玩意儿,人不错,跑得野。他常到山西寻货,能挂上。"

"韩城,鲤鱼跳龙门,过了黄河,就是山西!"

"咋办?"

"寻老樊,上张兰。"

二

老樊有一爿铺子。小玩意儿,铜钱、珠子、银耳坠、玉扳指,大块头,半面墙的砖雕"耕读传家"、十一扇的楠木屏风、黑大漆铜泡钉的楠木老门,中不溜儿,马槽、门墩、坐鼓、中堂狮,杂七杂八,塞得铺子没下脚处。老樊笑道:"离了你那儿,跑得没停点点儿,昨晚才回来。你看,收下的货还没来得及零整呢!"

杨志德赞道:"好生意!"

"沾了城隍庙的光,游客多,逛罢了买个念想!"

北京故宫有九龙壁,韩城城隍庙有五龙壁。与九龙壁一样,五龙壁也是琉璃瓦拼砌而成,浮雕,色彩沉郁瑰丽,云有缭绕祥和之姿,龙有出水腾空之势;修建于万历年间,比乾隆三十七年修造的九龙壁还早了近二百年。老樊的铺子,离五龙壁一箭远,斜对着城隍庙檐牙高啄的山门。杨志德说道:"不光铺子在亮眼处,货还硬杠杠,只会惹客下钱了!老樊,这位是秦老师,搞艺术的,爱古石雕,最爱有调调儿、有味道的石狮子。"杨志德向老樊介绍秦虎静。秦虎静朝老樊微笑点头。

老樊指马槽旁的中堂狮，问道："秦老师，你看我这三个中堂狮咋样？"

大者约八十厘米高，小者约四十厘米，中者约六十厘米，皆张嘴、开裆、翘臀，狮头上的毛发皆雕作"疙瘩"，像螺髻；皆富平墨玉石雕就，盘磨得乌润油亮；年份皆在清中期，包浆厚腻。秦虎静笑答道："都是值钱的梢子货，却不是我想要的。我想要的是古味浓，就像志德说的，有调调儿、有味道……"

老樊会意，打断秦虎静的话，笑道："我知道你要啥！你跟贾平凹一样，要年龄大、模样怪的狮子，丑八怪也不嫌，是不是？"

贾平凹有一座"灵石异兽"收藏馆，藏有"灵异"的石狮子好几百尊。秦虎静和杨志德当然看过了。秦虎静答道："对头！我要大家伙，越大越好。"

"多大算大？八〇，九〇？"

"一米往上，一米三四，一米五六最好！"

"一米五六！太大了吧？"

"大了才壮观，有气势啊。"

"秦老师是不是行内人？"老樊不跟秦虎静说了，面向杨志德问道。

杨志德答道："算，也不算。"

"啥意思？"

"算，秦老师眼力好，有学问，咱只觉得狮子嫽，说不出道道，他能把狮子的嫽说出子丑寅卯来；不算，秦老师是貔貅，只收不卖。"

"我问的不是眼力和学问，我问秦老师懂行情不，一米五六的石狮子，不是一个钱两个钱的事儿……"

杨志德哈哈笑了，说道："你怕秦老师不是买主？这儿是步行街，车开不进来。见了秦老师的车，你就清白了。三五百个钱，对秦老师不是个啥事！"

老樊上下打量秦老师，笑道："不好意思，看你斯斯文文的，没想到是个哐大货的。"

"听你的意思，有大家伙？"杨志德问道。

"我没有。解州有个朋友，专要大狮子。"

"解州？"

"在运城，关公的老家。"

杨志德说道："你领路，咱去看！"

老樊面有难色。秦虎静说道："规矩我懂，不会让弟兄们白跑的。"

杨志德紧跟着说道："樊哥，成了事，秦老师的谢承都是你的，我不沾一分。秦老师跟我是多年关系，一个人。"

老樊说道："关系是关系，买卖是买卖。按规矩来，咱弟兄俩二一添作五。"

杨志德说道："你大头我小头。"

老樊笑道："八字没见一撇呢，掰扯这做啥？得让事成！先吃饭，吃了饭咱就走！"

老樊给老婆安顿了——老樊四处跑货，老婆守摊子——装了手机充电器和身份证，拎了包，离了铺子，请秦虎静和杨志德吃晌午饭。

饭是羊肉饸饹就"皇烧饼"。羊肉饸饹红、油、光、筋、酥。红，辣子红艳艳；油，满碗油汪汪；光，挑到筷子上，饸饹滑溜；筋，饸饹吃到嘴里，筋道有嚼头；酥，羊肉臊子酥烂。"皇烧饼"就是"黄烧饼"，抹糖饴，撒芝麻，进炉烤，出得炉来，焦黄酥脆。老樊说道："你户县秦镇米皮的绝配是肉夹馍，我韩城羊肉饸饹的绝配是'皇烧饼'。别小看了这烧饼，皇上吃过呢！"

哪个皇上吃过，哪顾得问？秦虎静和杨志德埋头大咥，一人倾尽两碗饸饹、两个"皇烧饼"，羊肉汤喝得一滴不剩。咥完，抬起头来，杨志德说道："跟我户县的米皮和辣子疙瘩一样得咥！"

秦虎静说道："没想到韩城有这么美的吃食！"

老樊脸上的自豪，像羊肉汤，汪汪的，叫道："秦老师，旁人小看韩城我不说啥，你小看韩城，我可要说你了！"

秦虎静茫然，问道："咋？"

老樊说道："韩城是司马迁的老家，你是念下书的人，不该不知道吧，不该不敬吧！"

秦虎静站起来，双手合十，弯腰鞠躬，说道："罪过，罪过，给太史公赔罪了！"

老樊哈哈大笑，站起来，叫道："韩城能行人多得是，一碗饭还做不好？走，上解州！"

三

宸家庄。

村口立石牌坊式样的门楼，正中，刻了这么三个隶书大字。秦虎静刹住了车，问老樊道："这个字咋念？"

老樊答道："应该念'一'吧。"

"为啥是应该？"

"耍大狮子的老'宸'，人人都喊'一'哥。"

杨志德笑道："樊哥，原来你只逮了音。"

老樊哈哈大笑："不逮音逮啥？"

进了村，按老樊的指引，过两条巷子，右拐，行百十米，见大红铁门左右雄赳赳蹲踞一对石狮，一眼儿的老货，高过一米五。不待老樊发话，秦虎静靠边，车子停在了门口。老樊说道："停得刚好，就是这儿。"

迎上来的是个小伙子，三十出头，浑身上下干净利索。不看人，先瞅车，伸大拇指赞道："辉腾，牛！"

老樊笑道："眼力就是好！我以为是帕萨特呢。辉腾真格牛，一百五十公里，没颠一下下，比我那面包车舒服多了！"

小伙子笑道："樊叔，面包车多少钱，辉腾多少钱，能比吗？"

老樊向秦虎静介绍道："这是宸哥的儿子，小宸，也是跑家，跑得欢，脚踏秦晋两省。"又向小伙子介绍道："这是秦老师，西安的大老板，搞艺术的。这是你杨叔，同行，给秦老师领路呢。"

秦虎静问起"宸"姓的来由，小伙子一愣，答道："我说不准，得问我爸。"

进了门，走在前头的杨志德大喊："狮子林！"

直头的，歪头的，张嘴的，抿嘴的，踩绣球的，踏狮娃儿的，披肩发的，螺髻的，甩尾巴的，垂尾巴的，蹲着的，走着的，青石的，麻石的，花岗岩的……十几米宽、二十几米长的院子，小到七八十厘米高的中堂狮，大到两米多高的迎宾对狮，摆得实实的。小伙子扬手指屋后，说道："后院还有呢！"

前院和后院中间的屋子，像一座老庙，四面高台，檐下有斗拱，檐角飞挑，屋顶铺青黛小瓦，古气得很。迎面的墙，却是水泥的，安钢板的防盗门。防盗门前，站一位老者，挂拐杖，笑眯眯地看着客人。老樊说道："这就是宸哥。"几个人紧走几步，上了高台，到了老者跟前。老者笑道："咋这个时候才来？天快黑了！"

老樊说道："西安客，路远！"

老者朝秦虎静和杨志德拱手道："要不了四个钟头，算不得远，常有西安客上门，一早来，黑了回呢。"

老樊说道："在我铺子耽搁了一阵子。"

杨志德向老者敬烟，老者摆手道："我皈依佛门，在家修行，不吸烟。"

秦虎静笑道："你家像庙呀！"

老者笑道："不是像庙，真是庙，我宸家庄的村庙，叫保福寺，明代建的，眼看着要坍塌，没人管，我修缮了，一为修行，二为狮子有个地方。我家在前面一条巷子，地方局狭，展摆不开。"

秦虎静向杨志德说道："趁天还亮，你跟老樊到后院看看，看有没有上眼的货。我跟宸哥在这儿聊一聊。"

老者抱歉地笑一笑，说道："本该我带你们看，腿脚不便。正平，你带两位叔去看。"

噢，小宸叫正平。正平几个下了台子，往后院去了。老者指着檐下的小板凳，说道："坐，坐下说话。"

老者身后有一把圈椅。秦虎静扶老者在圈椅里坐定了，这才搬了小板凳，坐在老者膝下，开口问道："宸哥，刚才说常有西安客上门，都是些啥客？"

"啥客都有！搞房地产的，做园林古建的，点缀自家院子的，美院学雕塑的，学画画的，最多的是一线跑家。"

"一线跑家来买还是卖？"

"买！西安是大城市，价好，从我这儿买下，拉回去能挣钱啊。"

"没一个卖的？"

"有，但不是卖给我。"

"卖给谁？"

"我跑一线，来价便宜，出价合适，才有生意。西安的货价大，我没法儿要。他们卖给大老板，开煤矿的，搞炼焦的，闹房地产的。"

"咋样联系这些大老板？"

"有中人啊！"

"中人在哪儿？"

"张兰，那儿的世事大！"

"你认得不？"

"老了，不跑了，认不全。儿子接了班，都认得。"

杨志德、老樊和正平从后院回来，秦虎静站起来，朝杨志德喊道："有上眼的没？"

老樊答道："有！"

秦虎静快步走向杨志德，叫道："真的？快去看！"

杨志德却摇头，说道："是我看中的一对富平门墩狮，不是你喜欢的那种。"

秦虎静失望地坐回了小板凳。老樊说道："秦老师，志德拉回去能挣钱。小宸开价三万，看宸哥能让多少了。"

正平朝老者说道："爸，杨叔看上了河津收回来的那对门墩狮，给了两万三。"

老者笑道："那里人就爱那里的货！石头是富平墨玉的，雕的模样也是关中模样，关中人的最爱！头一回交道，两万八，托运是我的。"

杨志德说道："两万四。"

老者摆手道："我从不说虚话，实打实，托运费算我的，低了两万八成不了生意。"

老樊说道："志德，莫废唾沫了，宸哥从来都是一口价！"

杨志德说道："樊哥，兄弟给你两千，行不行？满共还是三万元。"

老樊笑道："咱弟兄俩，有啥行不行？行！"

按规矩，杨志德得给老樊两千八百元，此谓"领路钱"，一成的例。

老者吩咐正平道："时候不早了，请客在镇上吃饭，安顿客住下。"

秦虎静说道："吃饭是小事，住也不急。老人家，你的货，除了这个院子，哪儿还有？"

老者笑道:"全都在这儿了。你想寻啥?"

老樊说道:"秦老师要年龄大、模样怪的狮子,丑八怪也不嫌,还得是大个头。"

秦虎静说道:"我最爱庙宇和道观门前的大狮子,有禅味,有仙气。"

老者笑道:"我也爱呢。门前那一对狮子,就是保福寺留下的,我不卖!卖了,对佛不敬啊。"

老者指着院子三对大狮子说道:"那对连台座的,两米一六高,头上七个'疙瘩',老早守县衙的。一品官衙门口的狮子十三个'疙瘩',十三太保!官越小,'疙瘩'越少,七品官以下就没了。那一对是镇桥的,一米八高,没疙瘩,龇牙咧嘴,凶,不凶镇不住呀!那一对是村狮,一米六高,模样憨厚,有喜色,守在村门口,避邪纳吉。守庙门或道观的,那一对是!"

那一对是花岗岩蹲狮,九十多厘米高,年份早,模样漫漶,只剩下大型了。秦虎静说道:"太小了。再一个,我要的狮子,得是咱中国的。"

正平叫道:"满院狮子哪一个不是中国的?"

秦虎静笑道:"狮子不是咱本土产,是随佛教从印度传来的,这些石雕狮子都是印度版。咱中国的狮子叫狻猊,龙的九子之一,排行第五,张口凸眼,獠牙竖耳,喜静不喜动,好坐,喜烟火。香炉爱用狻猊造型,香烟从狻猊口中缭绕飘出……"

正平打断秦虎静的话,问道:"你见过石头雕的?"

秦虎静答道:"见过。头像狮子,角像鹿,鳞片像龙,脊梁像牛,雄的爪子像牛蹄,雌的爪子像虎爪,生猛,野性,猛一见,慑人呢!"

老者大笑,笑住,说道:"那是怪兽,古人想象出来的,世间没有。"

杨志德笑道:"有,叫白泽,狻猊的一种,黄帝巡狩东海之滨,登环山遇见过。"

正平问道:"哪个皇帝?"

秦静虎答道:"轩辕黄帝的黄帝……"

老樊哈哈大笑,说道:"秦老师啊秦老师,你的书念得太多了,把脑子糊实了!轩辕黄帝的狮子能传到现在?"

正平也哈哈大笑。老者微笑摇头。杨志德说道:"真有呢!白泽能说人话,上知天文地理,下知鸡毛蒜皮,能驱鬼擒魔。钟馗的坐骑就是白泽。"

老樊笑道："谝得美，越谝越神了！"

正平眉头深皱，像在费劲儿想什么，嘀咕道："白泽，白泽，咋这么耳熟呢？好像听谁说过！"

四

听谁说过？

正平歪头想，想不起；喝了瓶啤酒，还是想不起；吃了碗羊肉泡馍，还是想不起……解州的羊肉泡馍，不像西安，半熟的面饼掰作黄豆大小，下到羊肉汤里大火猛煮，而是类似蒲城、大荔、澄城的吃法，汤是汤，饼是饼，分开来的。肉烂汤浓，香气四溢，小竹筛里的千丝饼——解州羊肉泡馍的独特之处，比别处的饼讲究——外焦里酥。老樊第一个咥完，碗空筛光。正平的碗空了，筛里剩下一个千丝饼。杨志德吃了多半碗，一个千丝饼。秦虎静喝了小半碗汤，没吃肉，一个千丝饼还未嚼完。老樊说道："秦老师，赶紧吃，别叫白泽把你的魂牵走了！"

秦虎静笑一笑，说道："得换个思路。"

秦虎静转脸问正平："想不起来听谁说的，能不能想起来跟谁一块儿听说的？"

正平说道："哎呀，东古村的海军啊。"

"东古村？"

"离这儿不远，舜帝陵跟前。"

"海军？"

"也是跑家，我的好朋友，每次出门跑货，我俩都搭伙。"

"给海军打电话呀！"

"真笨，咋把这一茬忘了！"

海军好记性！前年腊月，张大魁说的，说是他朋友的，大家伙，应是一对，却只有单只。狗日的疯了，单只还要一百个钱，咱俩笑了笑，没睬！

手机在扩音设置上。挂断手机，秦虎静问道："张大魁是谁？"

正平还未答话，老樊说道："张兰数一数二的大要家，行内谁不知道？"

秦虎静又问正平道："大家伙！多大？"

正平答道："记不得了！"

"见照片了没？"

"嘴上说的。价那么大，我不感兴趣，没问有没有照片。"

"说没说啥模样？"

"记不得。只记住了白泽。要不是这个名字怪，我也记不住。"

"说没说白泽是从哪儿来的？"

"行内有规矩，不打听人家货的来路。"

秦虎静点一点头，说道："好！让我咥了羊肉泡馍。"三下五除二，风卷残云，一碗羊肉、三个千丝饼，连了正平剩下的那个，都落入秦虎静的腹中。

老樊笑道："人活精神啊！精神来了，饭量就上来了。"

撂下筷子，秦虎静站起身，挥手道："上张兰！"

正平惊叫道："这么急？"

杨志德说道："黑间没事，正好赶一程路。"

老樊说道："秦老师，你的账算精，多磨蹭一天多一天的花销，赶紧不赶迟。也好，现在是八点五十，辉腾跑得快，十二点以前能到。明早多睡一会儿。"

见正平一脸犹豫之色，杨志德说道："正平，生意成了，按规矩办，秦老师是大老板，实在很！"

正平说道："要一百个钱，成交估摸最少也在五六十个钱，还是个单只，秦老师，你真愿意买？"

"只要是白泽，我肯定愿意买。"

正平又说道："快两年了，不知道货还在不在。"

杨志德说道："单只，不好出手，在的可能大。"

正平的脸色舒展了些，说道："得给我爸说一声。"

宸哥还没睡，听了要去张兰，说道："秦老师，看你是个斯文人，没料想性子这么急！本想让正平明儿带你逛一逛关帝庙，那儿的狮子是铁铸的，有看头呢。"

秦虎静说道："到了关公故里，真该拜一拜关公，回来时候吧。刚忘问了，你这个'宸'姓，少见啊，是个啥说法？"

老者笑道："念书人都爱问。我祖上原是做官的，不姓扆，后因事隐居深山，改姓了扆。扆是屏风，用了它与世隔绝的意思。我们这一支，明朝时候就住在了这里。"

杨志德问道："扆是啥样的屏风？"

老者摆手道："老皇历了，我也弄不清！"

五

名儿叫张大魁，却是个小个子，精瘦，眼珠滴溜得活泛，像把啥都能看透。落了座，沏好茶，张大魁说道："开门见喜，你们是今儿第一拨客。"

正平介绍道："这三位是陕西来的客，老樊、老杨是咱行内人，这位是秦老师，搞艺术的。"

张大魁说道："铺子货杂，想要啥，随意看。正平领来的朋友，价钱上别担心，一定优惠到底。"

张大魁的铺子大啊，三四百平方米，石器、木器、铜器和瓷器，还有字画、绣品和挂毯，分门别类摆着、挂着，玉器、文玩和杂项，陈列在柜台里。待客的茶台，在铺子中央。秦虎静、老樊、正平喝茶。杨志德在铺子里转看。

秦虎静说道："听正平说你有一只白泽……"

"白泽？"张大魁皱了眉头。

正平说道："前年腊月，我跟海军，你要一百万的那个。"

张大魁恍然，说道："那不是我的呀！"

秦虎静坐直了，问道："你卖的，怎么不是你的？"

张大魁说道："代卖的。"

"代卖谁的？"

"襄汾的曹光丹。"

"为什么帮他代卖？"

"曹光丹是不是犯啥事了？"

"没有呀！"

"听你的口气，曹光丹像犯事儿了。"

"张老板，为啥这样想?"

"你像审犯人哩。"

"对不起，咱老陕说话直。张老板，白泽还在你手上不?"

"本来就不在我手上。"

"你怎么代卖?"

"我介绍了，客有意，再联系曹光丹。事成了他还我的账，再按规矩给我提中介钱。"

"你的账?"

"曹光丹借过我五万元。"

"他为啥借你的钱?"

"曹光丹是个小跑家，在乡下看中了一样大货，钱不够，让我帮他，事成之后，把大货卖给我，价合适。没料想，肉包子打狗，货没给我，钱也没还。我表哥的女子嫁到了襄汾新城镇，我跟曹光丹聊过，他也是新城镇人。借给他钱，也是因为有这个拉扯。"

"啥时间?"

"三年前了。"

"白泽长啥样儿?"

"绿砂岩的，一米五高；年份在宋，头像狮子，身子像龙，长满鳞片，脊梁像牛，偏头，向右偏。应该还有一只，向左偏，成对的。"

"有伤没?"

"背上有一处刀砍的印痕。我手机上原来有照片，后来删掉了。"

"为啥删掉?"

"给爱大狮子的朋友吆喝了一程，没人要，都嫌是单只，不成对儿。"

"我要! 你联系曹光丹，咱去看货。"

"好久没联系曹光丹了，不知道货还在不在。"

"联系了才知道呀，你打电话! 事成了，兄弟不让你白忙活。"

张大魁拨出了号码，手机传来"您好，您拨打的号码已停机……"

秦虎静皱眉道:"号码对不对?"

张大魁把手机递给秦虎静，说道:"你看，曹光丹，怎能错?"

"他家在襄汾新城镇啥村子?"

"时间长了，记不清了，好像有个堡字。"

"张老板，咱一块儿跑一趟新城镇，找一找曹光丹。"

"我走不开……"

"曹光丹多大年龄，长啥模样？"

"四十五六岁，中等个子，胖，大眼睛，粗眉毛。"

秦虎静站起来，朝铺子西南角喊道："志德，看下啥货没有？"

西南角摆放古石雕，杨志德正在低头看，听见喊声，走向茶台，应道："没看下。"

"我们走！"秦虎静低头看左右坐着的老樊和正平。

张大魁送几位到店外，拽秦虎静的袖子，说道："借一步，问你一句话。"

走开几步，张大魁凑到秦虎静耳旁细声问道："曹光丹是不是犯事儿了？"

"为啥这样问？"

"狗日的赌博呢！"

"你咋知道？"

"叫过我好几回，我都没去；又借过我几回钱，我都没给！"

"啥时候？"

"让我代卖白泽那阵子。"

"之后呢？"

"打那儿以后，再没见过他。打电话要那五万元，狗日的连电话都不接。"

"张老板，你跟我说这个话是啥意思？"

"白泽是不是曹光丹偷的？如果是偷的，跟我啥事儿没有呀。"

"你为啥说白泽是曹光丹偷的？"

"刚才你问话的时候，我想起了曹光丹给我说的话，这才琢磨透他为什么那么说。"

"啥话？"

"他让我只给藏家介绍，不要介绍给跑家和倒家。"

"啥意思？"

"到了藏家手里，再也不出世了；到了跑家和倒家手里，倒来倒去……"

"明白了。到了跑家和倒家手里，容易漏风。正平是跑家，你为啥说给他？"

"我只想卖出去，拿回我的五万元。"

张大魁凑到秦虎静耳旁，声音压得更低了，说道："秦老师，你腰上的硬家伙，怪吓人的！"

秦虎静下意识摸腰间，笑问道："你咋看见了？"

"喝茶时，你坐在我对面，衣服张开了！"

"张老板，你真是个耍古董的，眼贼！"

秦虎静回来，志平说道："秦老师，曹光丹的电话打不通，白泽这事不好办了。咱到古玩城转一转，看看有没有其他上眼的货色？"

秦虎静抬眼环顾，古玩城的气势大啊，像一座城堡，四四方方。四面的墙，像西安城墙，青砖砌筑，顶设箭垛，凛然不可犯。墙体东西南北，正中，巍巍耸峙古色古香的城门楼子。墙内，衢道井然，古木森森，青砖、黛瓦、白墙的铺面房，两层高，一排排，数不清有多少排。铺面前，有的栽拴马桩，有的蹲石狮子，有的站石马，有的横石碾盘……秦虎静感觉像站在明清岁月，叹道："好一个张兰，世事真大！"

正平说道："秦老师，三四百家铺子哩，还不算古玩城外的。逢会时候，十里八里，摆满了地摊儿……既来之则安之，我带你们逛一逛。"

秦虎静摆手道："逛，不急，古玩城跑不了。白泽，怠慢了，就跑得不见影儿。走，上襄汾！"

老樊叫道："秦老师，人生地不熟，村名都不知道，瞎扑啊！"

正平说道："秦老师，为这么个货色，又是单只，不值当啊。"

秦虎静问道："为啥不值当？"

正平答道："真要是好东西，张大魁不会代卖的。"

"会怎样？"

"自己买下来啊！好东西谁愿意代卖？"

杨志德说道："话不能这样说。同一件东西，在爱家眼里，咋看咋好，千方百计想得到手；在不爱的人眼里，白送，还嫌累赘呢。跟人一样，对脾气了，天天黏在一起，说不完的话；不对脾气了，半个眼都见不得，一句话没有。正平，白泽不对张老板的胃口，对秦老板脾气。"

秦虎静笑道："志德说得对。白泽不对张老板的胃口，却合我的脾气。闲话少叙，上襄汾！"

正平说道："你们去吧，我不去了。"

杨志德问道："咋了？"

"这一去，不敢说是大海捞针，起码是池塘捞针！电话打不通，又不知道在啥村子，白跑啊！我爸一个人在家，生意还忙，我回呀。"

秦虎静伸出手，握住正平的手，说道："回去问老人家好！正平，让你空跑一趟，不知道咋感谢你……"

"东西没到手，感谢啥？"

"我送你到车站，给你买车票。"

"不用！我在这儿逛一逛，下午回。杨叔，你的货，我回去了就给你发走。"

正平向几位拱一拱手，转身走了。秦虎静面向老樊，问道："老樊，你咋办？"

老樊笑道："山西人走了，陕西人咋能走？出门不舍伴儿，上襄汾就上襄汾！只是不知道村子的名字，寻到啥时候呀？"

秦虎静笑道："说不定第一个村子就寻到了。"

老樊笑道："哪有那么好的运气？我不急，就当跑一线，一村挨一村，指不定能跑出个好东西呢！"

六

真有那么好的运气！

三小时后，进入襄汾县新城镇的强堡子村，停好车，活动活动腰身，打问了村口的人家，真有个曹光丹！秦虎静笑道："老樊，我神机妙算，算准了曹光丹在强堡子村。"

老樊笑道："耽搁我挨门进户淘宝了。"

三人脸上漾满喜色。秦虎静摸了摸腰间的硬家伙，凑到杨志德耳畔，悄声说道："扑腾六年了，这回非把狗日的扑倒不可！"

杨志德低声道："要紧的是白泽！"

秦虎静笑道："扑倒了狗日的，白泽还能不见？"

按村人的指点，寻见了曹光丹屋。头门敞着，走进去，不见人影儿。老樊喊叫："有人没？"

喊叫了三声，东厢房有了响动，有人挑门帘出来，是位中年妇人，乱头发，皱衣裳，趿拉着布鞋。她揉一揉眼睛，问道："找谁？"

"曹光丹。"

妇人不吭声，扬一扬手，指向头门。头门是红漆的铁门，糊过麻纸，时间久了，一坨一坨的，斑斑驳驳。秦虎静不解，问道："啥意思？"

妇人不吭声。老樊低声说道："莫不是人不在了？"

杨志德嘀咕道："年龄不大呀！"

秦虎静上前两步，离妇人近了，关切地问道："老曹他？"

妇人冷冷地答道："上个月过了头周年。"

漾在三人眉梢的喜色刹那间变成了霜色，空气也像凝了霜，冷冷的。冷了一会儿，秦虎静紧锁的眉头展开，说道："嫂子，我们是老曹的朋友，是来……"

妇人突然变了脸色，脸涨红，歇斯底里叫道："曹光丹欠你的是曹光丹欠下的，不是我欠的。要账，到阴曹地府找曹光丹要去！"

秦虎静一愣，随即厉声道："你冷静一点！我们不是来寻曹光丹要账的。"

妇人脸上的泼蛮劲儿消退了些，愕然问道："那你们来做甚？"

"我们跟曹光丹是同行，来看他的货……"

"他还有什么货？都被债主拉得光光的！你们看，屋里有甚？"

曹光丹屋房子不少，东西各两间厢房；正房面南背北，三层小楼，上下九间；门房也不小，白瓷片贴外墙面，琉璃瓦装点屋顶。此刻，秦虎静他们站在门房里。秦虎静说道："我们来看的货，叫白泽，跟狮子模样差不多。"说着，扫视前后左右。门房空空荡荡的，厢房间的长方院子也空空荡荡的，三层小楼了无生气。

妇人见杨志德望小楼，说道："你们寻，寻着了就是你们的。"

秦虎静说道："那我们就不客气了。"

妇人歪头，皱眉，不吭声。秦虎静给杨志德递眼色。杨志德看一眼妇人，问道："房门都开着没？"

妇人不耐烦地说道："开着呢。"

杨志德进了院子。秦虎静换了模样，暖色，关切地问道："嫂子，老曹咋走的？"

妇人还是歪头皱眉的样儿，冷冷地吐出三个字："脑溢血。"

"周年都过了，为啥不去派出所销户？"

妇人抬头，睁大眼，答道："家里乱成这样了，哪里顾得！"妇人反应过来，紧盯秦虎静，"你怎知道没销户？"

一旁的老樊，瞪大眼，惊异地望秦虎静，跟着问："你咋知道没销户？"

秦虎静笑了，答道："我想知道的，自然能知道。"

秦虎静打开手机，翻找了会儿，递给妇人，说道："这个就是白泽，你看看，见过没有？"

妇人接过手机，眯眼看了，迟疑了会儿，点了点头。秦虎静要过手机，翻了页面，又递给妇人，说道："这个人，你认识不？"

妇人接过手机，眯眼看了，点了点头。秦虎静说道："请你谈谈具体情况吧。"

妇人脸色紧张，嗫嚅道："我只是见过，没我的甚事呀！"

秦虎静说道："有没有你的事，调查清楚了才知道。我们不冤枉一个好人，也不会放过一个坏人！"秦虎静拉开黑皮小包，取出个小小的皮本本，递给妇人："我是陕西户县公安局的侦查员秦虎静，这是我的证件。"

妇人连连摆手，说道："不看，不看。"

证件悬在空中。老樊说道："你不看，我看。"接过证件，打开看了，冲秦虎静瞪眼、咧嘴、咂舌，一脸不可思议。

秦虎静从老樊手中要过证件，打开，朝妇人亮一亮，说道："还是看一看好。你说吧。"

妇人说道："说啥？"

老樊对妇人说道："公安局问话呢，站着怎么行？"

妇人扭身进了厢房，搬出两个小板凳，放好，请秦虎静和老樊坐，自已站着。秦虎静说道："说说你知道的白泽和杜伯稼的情况。"

妇人眼圈红了，哭出了声，呜咽道："我们家的日子本来好好的，曹光丹当初跑古董，跑下钱了，你看，十几年前盖的三层楼，强堡子头一家！自打粘上了这个杜老板，曹光丹犯了浑，走上了邪路……"

"先说白泽，白泽在哪里？"

"杜老板拉走了。"

"啥时间？"

"曹光丹快不行了的那几天。"

"杜伯稼咋知道老曹快不行了？"

"我打的电话。电话号码我知道。"

"你咋知道的？"

"曹光丹给我的。杜老板欠曹光丹的钱，曹光丹不敢要，我敢，我给他打过好几回电话。"

"杜伯稼欠曹光丹的是啥钱？"

"白泽的钱。"

"白泽的钱？说具体点！"

"杜老板让曹光丹收白泽，答应收到后给六万元。曹光丹收到了，杜老板却不给，嫌是单只。单只也该给三万元啊！"

"老曹啥时间收到的？"

"五六年前？六七年前？记不准了。"

"啥时节？"

"腊月天吧，记得快过年了。"

"跟谁？"

"他自己。"

"用啥车拉回来的？"

"记不得。"

"曹光丹多少钱收来的？"

"他没给我说。"

"白泽放在哪里？"

"我家后院。"

"放了多长时间?"

"收回来后一直放在我家后院,直到杜老板拉走,四五年吧。"

"为什么让杜伯稼拉走?"

"他给了一万元。"

"不是三万元吗?怎么一万元就让他拉走了?"

"急着用钱,给曹光丹看病,逮住一万是一万。"

"杜伯稼把白泽拉到哪儿去了?"

"不知道。"

"不知道?"

"真的不知道。杜老板没来,一个女人来的。"

"女人,叫什么名字?"

"不知道。我给杜老板打电话,都是这个女人接。"

"用什么车拉走的?"

"面包车,拉货的那种。"

"车号?"

"不记得了。"

"电话号码是多少?"

妇人扭身进了厢房,不停出来,手上拿一部老年手机,查了号码,念给秦虎静。秦虎静记了。这时候,杨志德已经站在秦虎静身边一会儿了。秦虎静问道:"没戏?"

杨志德答道:"没戏!"

秦虎静说道:"戏挪地方了,咱赶紧去撵!"又面向妇人,"那女人长啥模样?"

"一般人,中等个子,不胖不瘦,烫小卷卷,噢,嘴唇厚。"

"多大年龄?"

"三十多岁,过不了四十岁。"

七

往哪儿撵?

217

河北大城！

"为什么是河北大城？"老樊问道。

"你把我的证件都看了，该知道我是干啥的了。这点事我们还弄不清白？"

"难怪神机妙算呢！"

河北大城的哪儿？老樊说道："有电话号码，打给她问呀！"

秦虎静摆手道："千万不敢！好不容易逮住了狐狸的尾巴，惊慌了，就剩下攥在手上的尾巴了。"

杨志德说道："在古玩市场寻。白泽要卖，离不得古玩市场。杜伯稼这狗日的，离了古玩活不了。"

秦虎静问道："大城县有没有古玩市场？"

老樊答道："离北京近，肯定有！再小的县城，都有耍古董的。"

杨志德说道："樊哥说得对。寻见一个耍古董的，就能拉出一串儿。"

秦虎静说道："那个女的，很可能是杜伯稼的姘头。怕的是杜伯稼躲在暗处，那个女的在明处活动。"

老樊笑道："一点儿都不用怕。耍古董的女人少，一县能有几个？秃子颔上的虱子——明摆着！"

三人哈哈大笑，辉腾跃入了高速公路。颔，念萨，关中土音，脑袋。秦腔不是被叫作"挣破颔"么！老樊坐在副驾驶座，面向驾车的秦虎静，问道："秦老师，你在公安局当啥官？"

秦虎静笑道："你不是看了证件吗？侦查员。"

老樊摇头，说道："我看你像个当官的，队长？"

杨志德说道："队长能搁下？副局长，管队长的。"

老樊叫道："局长啊！白泽多大的来头，让局长亲自上阵？"

秦虎静苦笑道："惭愧啊，白泽被盗六年了，亲自上阵都没眉眼。白泽呀白泽，于公于私，我都得把它寻回来！"

"于公于私？"

"老樊，你知道秦萯阳宫不？"

"不知道。"

"你知道秦朝有个嫪毐不？"

"知道呀。秦始皇他妈的情人，家伙大，家伙的能耐更大，能转动车轮子。"

"秦始皇他妈跟嫪毐的奸情败露后，秦始皇脸上挂不住，把嫪毐'车裂'，灭了九族，把他妈迁到了萯阳宫。"

"萯阳宫是秦始皇他妈的冷宫啊。"

"白泽，一对儿，就守在秦萯阳宫大门口。"

"萯阳宫在户县？"

"是的。专家说，这一对儿白泽，是目前全国发现的唯一一对保存完好的白泽神兽石雕。虽是宋代雕刻，但照的是高古样子，国家二级文物，珍贵得很，户县的宝！"

"难怪曹光丹要一百万呢。张大魁眼力有限，没看透。于公，户县的宝被盗了，你当公安局长的，有责任寻回来。于私呢？"

"志德说。"

杨志德双手搭在正副驾驶座椅背，往前纵了纵，伸头在正副驾驶座间，问老樊道："你知道秦萯阳宫在户县的啥地方？"

"不知道。"

"还记得我村叫啥不？"

"陂头村。"

"秦萯阳宫就在我陂头村！"

"哎呀！去你屋咋没见？"

"我屋在村东，萯阳宫在村西。"

"你咋不领我去看？"

"白泽剩下一只，看了伤心啊。白泽不见了，全村两千多口人，没人不掉眼泪！不管男娃，还是女娃，谁没在白泽身上耍过？骑呢，抱呢，摸呢！狗日的贼娃子，偷走了白泽，把全村人的心吊在空里。"

"咋知道贼娃子是杜伯稼？"

秦虎静答道："我们是吃干饭的？再贼的贼娃子都会留下蛛丝马迹。我判断，盯上白泽的是杜伯稼，下手偷白泽的是曹光丹。不止曹光丹一人，应不少于三人。白泽一米五高，一吨半重，一个人偷不走。"

"六年了，咋逮不住杜伯稼？"

秦虎静答道："狗日的人间蒸发了，再没露过头。"

杨志德说道："杜伯稼不是小蟊贼，虎静他们专案组把办法想尽了，死活寻不见。专案组在明处，杜伯稼在暗处啊。虎静变了法子，撤掉专案组，往外撒话，不办这个案子了，沉到暗处，在暗处摸。这几天，虎静好不容易休假，说是跟我跑一线，其实是跟我到处寻白泽！"

"不是小蟊贼，难道是江洋大盗？"

杨志德说道："杜伯稼是老跑家，跑得早，挣了不少钱，染上了赌博，输光了，还欠上百万的外账。"

"跑得早的跑家，欺乡里人不懂，摊一个钱的本儿，能赚十个，一百个，甚至一万个，挣钱太容易了。"

杨志德说道："是的，轻省钱挣惯了，挣不来辛苦钱。现在跑一线，乡里人比咱还精，货难上手喽。狗日的杜伯稼，跑不下货，赌上了，偷上了，只想逮容易钱。"

秦虎静说道："这回，他的容易钱逮到头了！"

"于私，白泽在陂头村，老杨有感情。秦局长呢？"

杨志德答道："除了破案，虎静的最爱就是古石雕啊，也是跑家，屋里藏的货不少呢！"

秦虎静笑道："都是志德给染的！"

"你是大局长，志德咋会染给你？"

杨志德笑道："他是啥大局长？他是我同桌，跑到我村，骑在白泽身上不下来！"

"明白了，你俩从小耍大的！还有一点不明白，曹光丹咋只偷走了一只白泽？"

杨志德瞪老樊："你还嫌贼娃子没偷完？"

秦虎静说道："做贼心虚！后半夜，把公的装上车，撬母的时候，弄出了大响动，惊动了狗，汪汪叫，把狗日的吓跑了，撬杠都没顾上拿走！"

八

大城县的古玩市场不是单独的，跟红木家具城在一起。红木家具都是老式样，古色古香，跟古玩倒也搭配。逛了不到一小时，杨志德给秦虎静发微信："有情况！"

秦虎静问道："啥？"

杨志德回道："关中石头，女老板。"

秦虎静指示道："勿惊动，速回宾馆。"又给老樊发微信："回宾馆。"

三人前后回到宾馆，天大热，都满脸淌汗，洗抹了，坐下，杨志德说道："第三排第七家，铺子名叫古石轩，大大小小全是老石雕。一对门靠，富平青石的，一眼的咱关中货；货架上的一对文案狮子，十二三厘米高，富平墨玉的，小巧玲珑，也是一眼儿的咱关中货！还有一尊佛像，也是咱关中货，年份不浅呢。店里头有一张红木茶桌，茶桌后头坐了个女人，像是老板！"

"啥模样？"

"不胖不瘦，小卷卷头发。"

"嘴唇厚不？"

"我瞥了眼，没看清。"

"跟你搭腔了没？"

"搭了。"

"说啥？"

"随便看，看中了价钱好商量。"

"你答啥？"

"答啥？按你教的，不吭声呀，赶紧给你发微信。"

秦虎静笑道："对头！吭声了，听了你的陕西口音，会惊动她。"

老樊笑道："我把嘴抿得紧紧的，刚逛完一排铺子。"红木家具城里的古玩市场共六排，三人分了工，各探两排。

杨志德问道："下来咋办？"

老樊也问道："下来咋办？"

秦虎静笑道："睡觉！"

两人惊叫："睡觉！睡的哪门子觉？"

秦虎静笑道："睡觉就是睡觉么！"

两人惊叫："睡得着吗？"

秦虎静笑道："你俩已经立下大功了，下来的事情不用你俩操劳，只安心睡觉！"

杨志德叫道："我非亲手逮住狗日的贼娃子不可！"

老樊叫道："出远门了，咱弟兄们搭手，不拆伴儿！"

秦虎静笑道："我自家的私事，你俩不搭手，我怪罪呢；这是办案，公事，你俩不能搭手！"

两人大叫："为啥？"

秦虎静拉开黑皮小包包，取出警官证，晃一晃，说道："你俩没有执法权。再一个，人生地不熟，贼情不明，不安全！"

两人大叫："我不怕……"

秦虎静抬手按住，绷紧了脸，说道："服从命令听指挥！我马上从家里调警力，再去大城县公安局求援。你俩睡觉，安安稳稳地睡，不要联系我，等我的好消息！"

睡得着吗？

等得天昏地暗，等得身困神乏，等到第三天下午三点十分，杨志德的手机响了，秦虎静的。杨志德划了接听键，吼道："咋回事儿嘛，把人能急死！"

秦虎静说道："到通州来！"

"通州在哪里？"

"北京。我给你发位置。"

"白泽找见了么？"

"你来看！"

杨志德还要说话，秦虎静挂断了。

火急火燎，一秒没耽搁，将近七点时候，天色还亮，杨志德和老樊赶到了通州于家乡一家废弃的工厂。工厂院子里停了七八辆警车，辉腾也在，警察进进出出。杨志德瞅见了专案组的应博，叫道："小应，秦局长呢？"

应博跟杨志德握手，答道："秦局长主持突审呢。"努嘴向工厂破旧的两层办公楼，又说道："杨哥，逮住了一窝贼。秦局长说功在跑家，第一个表扬的就是你。"

杨志德拉一把老樊，说道："还有老樊呢，多亏老樊领准了路！你帮我叫一下虎静。"

应博朝老樊点点头："我去叫。"

秦虎静从办公楼出来，杨志德跑上前，急急地问道："白泽呢?"

秦虎静笑道："馍回到咱的篮篮儿里了，急啥?"

"快领我去看!"

"一篮篮儿的馍呢，慢慢看!"

一篮篮儿的馍，杨志德只看白泽——绿纱岩，一米五高，头像狮子，向右偏，角像鹿，鳞片像龙，脊梁像牛，爪子像牛蹄，背后刀痕如故!

"没麻达，咱的白泽!"杨志德兴奋地叫道。

老樊叫道："有麻达，这刀砍的是咋回事儿?"麻达，关中方言，问题、麻烦、纠扯之意。

杨志德笑道："我小时候，白泽就是这个样儿。我爷说，白泽去捉鬼，有个恶鬼不服，趁白泽不防顾，背后下手，砍了白泽一刀。"

老樊笑道："你爷哄你呢，你信到了如今。秦局长，这儿咋这么多的石雕?"

这儿是钢结构的大车间，不见机器，只见各种模样的古石雕，石狮子、石马、石神像、石人像、石牌楼、石版画……秦虎静答道："一篮篮儿的馍，满共二百三十七件，都是偷来的!"

老樊惊叫道："真是江洋大盗啊!"

杨志德问道："这一窝贼满共多少人?"

秦虎静答道："现场逮了七个，正在深挖。"

"杜伯稼是头头?"

"是的。他供了，是他指使曹光丹偷的白泽。"

"恨不得抽狗日的几耳刮子!"

"抽他? 国法比你的耳刮子厉害!"

老樊说道："秦局长，明明在河北大城，咋跑到了北京通州?"

秦局长答道："这会儿忙，回去路上给你说。"

九

回去的路上，秦虎静说了两个片段，说着说着，鼾声大作，睡着了。

223

开车的应博说道:"每回都这样,案子撂倒了,秦局也撂倒了。"

第一个片段,说的是辉腾。没有辉腾,杜伯稼不相信秦虎静的实力。到古石轩,秦虎静俨然北京大老板——"秦总",要给古典园林收购一批古石雕。此刻的辉腾,悬挂京A牌照,尾数是666。陪同"秦总"的,是大城县的一位小老板,"秦总"的外甥。"秦总"先是相中了一尊曲阳石观音菩萨,清代的,高九十厘米,白石。坐店的女人,嘴唇厚厚的,开价四万元。"秦总"和"外甥"配合默契,杀价到了两万六,拉开皮包,立马付现。再是相中了那一对门靠,高一米三,顶端蹲踞一对狮子,左顾右盼。女人开价三万八,"秦总"和"外甥"又杀价到了两万三千元,拉开皮包,立马付现。后是"外甥"相中了一对麒麟,说道:"舅舅,这一对儿麒麟雕得多好,够气派!""舅舅"说道:"新东西,意思不大。舅搞的是古典园林,要老东西,越老越好。"那女人道:"您想要哪些老东西?""秦总"答道:"不是我想要什么你就有什么。结缘这些老东西,靠的是缘分啊,不是说空话。"那女人笑道:"听这话,就知道您是行家!您只喜欢石雕?""秦总"答道:"木雕和砖雕也喜欢。"那女人说道:"铺子这些只是我的一部分货,别的地方还有。""秦总"说道:"要老,要真!"那女人说道:"假一罚十!您得空,去看看?"中午,那女人请"秦总"和"外甥"吃饭。"秦总"开辉腾去的,车子停在饭店门口。吃饭当儿,有个男人来到车跟前,趴在挡风玻璃上,察看车子的审验和交强险标志贴。老樊问道:"你们在吃饭,咋知道的?"

秦虎静答道:"我'外甥'放了眼。"

"'外甥'是?"

"大城县局的同志。离了你俩,我跟大城县局研究了侦查方案。晚上十二点多,咱们的警力也到了。第二天我去了古玩市场。"

"放了眼是啥意思?"

"跟踪监视。"

"审验和交强险标志贴换了没有?"

"当然换了,都是666车子的。"

"那个男人是杜伯稼?"

"不是他还是谁?"

"狗日的贼！辉腾是谁的？"

"县上一个企业家的，也是跑家，丢心不下白泽。我张口借车，没二话。"

第二个片段，说的是跃进轻卡。女人说货在北京，她得把家里安顿一下，第二天才能去看。秦虎静同意了。秦虎静知道，杜伯稼要准备一番的。到了通州那家工厂，那女人把"秦总"领到了废弃的车间，指着杜伯稼说道："您跟我们老板谈吧。"杜伯稼身后站了六七个壮实的汉子。虽然没跟杜伯稼见过面，但杜伯稼的模样轧在了秦虎静的脑袋里。秦虎静笑道："老板贵姓？"

杜伯稼说道："免贵，姓段。"

秦虎静心想："段？今天非'断'你了不可！"嘴上道："收的东西不少啊，敬佩！"

杜伯稼说道："时运不济，暖不住了，出！"

"怎么出？"

"满共二百三十六件货，趸走，一口价，五百万。单挑，一件一件说。"

"是不是先看看货？"

"那当然了！"

货摆得杂乱，看了一个多钟头，不见白泽呀！北墙角矗立一件物什，彩条布包着，遮挡了几片彩钢废料。秦虎静看见了，问道："段总，那是什么？"

杜伯稼答道："那一件不包括在二百三十六件内。"

"为什么？"

"价大！"

"多大？"

"一百万！"

"一百万就算价大？看看嘛，看上了给你一百万！"

杜伯稼努努嘴，手下的壮汉移开了废彩钢板，解开了彩条布，白泽亮了出来。秦虎静撇嘴道："我以为是什么呢，丑八怪呀！"

杜伯稼笑道："秦老板，看来你不懂这个啊。"

"怎么说？"

"这尊石雕叫白泽，三皇五帝时候的神兽，全国独一无二！"

秦虎静叫道："三皇五帝时候啊！不可思议，从哪里收到的？"

"山西运城。"

"应该是一对吧？"

"是的，没办法，只收到了一只。如果收到了一对儿，四百万。"

"五十万，我要了！"

"别的货看上了没？"

"都看上了，五百万就五百万，总共五百五十万。"

"五百八十万！"

"五百六十万！"

"五百八十万！"

"好，五百八十万就五百八十万，咱俩都发。装车！"

"你还没付……"

"我付钱，你叫车，两不耽搁。最好叫跃进轻卡。"

"跃进轻卡拉不了这些石雕呀！"

"跃进轻卡拉白泽最合适，像贾忠敏那辆！"

说这句话的时候，秦虎静的"京腔"变作了"秦腔"，杜伯稼愣住了！愣了几秒钟，大喊道："这俩货是雷子，撂倒！"

六七个壮实汉子跑向门背后，一人手上多了一条铁棍，"嗷嗷"叫着，冲过来。"秦总"掏出了腰间的硬家伙，"外甥"也举枪在手……

老樊问道："下来呢！"

秦虎静迷糊道："大部队冲进来了！"呼噜噜，鼾声响了起来。

老樊问："贾忠敏的跃进轻卡是啥意思？"

杨志德答道："偷白泽用的车，是杜伯稼租贾忠敏的。虎静他们循这条线，三天就破了案，就是逮不住杜伯稼，找不见白泽。"

"跑得了一时，跑不了一世。跑得再野，还是把狗日的逮住了！"

杨志德说道："让我给村上报喜，准备锣鼓家伙，迎接白泽回家。"

老樊说道："得感谢宸哥和正平哩！"

杨志德笑道："那是当然。"

石鼠

一

"乡里娃娃，麦茬地里精光着屁股乱跑，嘿，跑对了方向，堂堂市人民政府有了一间屋，吃香的喝辣的，人前露脸儿，说一句话顶一句话，人生在世，夫复何求？"

酒酣耳热，感慨人生之时，柏局常常会发出这样的感叹。听这些话的，地位、眼光、境界当然逊于柏局了，同学啦，乡党啦，杂七杂八的社会人啦，莫不狠劲儿点头称许，说道："你年轻，世事还大着呢。运气来了，门板都挡不住！"

人散了，酒醒了，一个人闷在办公室，香烟缭绕，柏局常自言自语："还不如在麦茬地里精光着屁股乱跑呢，喊就喊，闹就闹，光脚板上扎刺儿了，拔掉，继续跑……蜷在办公室，进不得，退不得，轻不得，重不得，看着在人前露脸儿呢，但说一句不顶一句呀！"

原来，"柏"和"局"间有一个"副"字。这一个字，千条沟，万条壑，想拿掉，难啊！话说回来，也不难，有贵人搭手，不是啥犯难事……贵人在哪儿啊？非亲非故，没有上天赐给的机缘，哪个贵人会帮你？就让"副"字永远在文件里写着、在桌签上摆着吗？

八十三岁的老父亲爱开玩笑，往烟锅塞了金黄绵软的烟丝，摁实，"噗噗"吹燃纸媒，就到烟锅，"呼噜呼噜"吮吸罢，徐徐吐出烟雾，放下水烟袋，抿一口茶，说道："六儿啊，看你跑得忙忙迫迫的，啥时候八品升七品呀，该换补子喽。"

说来惭愧，放在着官服、戴补子的年代，自己今生只是将练雀化作了鹌鹑，想有母鸡般大的前程，两眼墨黑，煞费苦心呢，更甭提梦中的孔雀锦鸡仙鹤了。

见儿子一脸窘色，父亲一手拿起水烟袋，一手捏了纸媒，要噙烟嘴了，说道："官是熬出来的，六儿啊，你还得熬!"

熬到啥时候啊!

运气说来就来，门板都挡不住，拿掉"副"字的，把鹌鹑换作鸂鶒的，竟是逮住了二十七年没见的那个人!

逮? 怎么用了"逮"这个词儿，合适吗?

合适很!

二十七年了，一直揣在心上，用各种"侦察"手段寻寻觅觅，总不见踪影。时间是个神，在这个点儿，与她邂逅了。柏局由不得大喊一声："靳桦林，终于把你逮住了!"

也不合适!

心里那么珍重的人，模样那么心疼的人，怎么能用这么粗鲁、粗暴的词儿呢? 周围的人目瞪口呆。

二

柏局老家村子旁，有个军工单位。刺破天的铁塔，密密麻麻的电线，把村子和军工单位隔成两个世界。军工单位不一般，保密呢。保密是大人的事情，孩子得上学念书啊。柏局和靳桦林，两个世界的娃娃，便成了同学。从村里的小学，到乡里的初中，七年。那时候，小学五年制，初中二年制。像那个年代、那个年龄所有男女同学一样，男生和女生不搭话。有事儿了，不叫名字，"哎"一声。柏局记得清，自己没有朝靳桦林"哎"过，绝对没有。为啥，不敢啊! 这么说吧，靳桦林是柏局幼小心灵中的女神，冰清玉洁，丝毫亵渎不得! 不怕人笑话，他没敢近距离正眼看过女神，只远远地望女神的影子。同学七年，靳桦林的穿着是全校最显眼、最时尚的——那时候，还不用时尚这个词儿呢——也是最干净的，鞋子白帮上没有一个黑点儿。柏局呢？胳膊肘是补丁，膝盖上是补丁，脚小鞋大，走起路来踢踏踢踏的。没办法，谁让他是老六呢，老大老二老三老四老五剩下的都归他，乱七八糟一堆，倒不少，可是，挑得出一件儿能将就的吗？

女神说标准普通话，比老师说得好，还会唱歌，主持班会，声音脆、甜，像银铃儿，像春天落在柳树翠绿枝条上的画眉鸟。柏局呢？闷罐子，一棍子打不出一个屁来。为什么？老师让讲的普通话，他讲不出来啊；涨红了脸讲，发着普通话的音儿，说的是最原始、翻烂字典也找不着的土字儿，惹得全班哄堂大笑。

在一所学校，还在一个班，七年间，柏局和女神没说过一句话，却感恩女神。他说道："我家娃多，散养呢。正因为散养，才有了内生动力，逼着自己拼前程。前程是什么？长大了把女神娶回家！那时候学习特别用功，考不上学，这辈子只能面朝黄土背朝天了，凭啥娶女神？"

说这话的时候，靳桦林就在对面，啜着茶。时间是个神，这时候的柏局，衣着周正，谈吐颇有气势，打着这样那样的手势，不时发出响亮的笑；普通话基本标准，少有了土音。柏局本要点咖啡，靳桦林已经是洋人了，该喝点洋味儿。靳桦林却轻轻地说道："还是喝茶吧。"

柏局应道："好啊，喜欢喝什么茶？"

靳桦林笑了，说道："随你啊，我都可以的。"

柏局点了兰贵人，并不在于茶味，而在于茶名。此刻，靳桦林不是贵人是啥？

这次单独茶聚缘于"逮"住，地点在南京，状元楼宾馆。柏局赴南京"叩门招商"。有信息说南京一家合资企业有意在西北投资，首选投资地就是柏局所在的城市。"招商项目恳谈会"安排在十七楼的小型会议室，早上九点半。为了表示诚意和礼貌，柏局九点十分在门廊迎接投资企业的董事、项目负责人 Channa 女士。柏局想，但愿付出足够的诚意，打动金凤凰翩翩北飞的翅膀。新书记指出，招商引资是第一要务，要大抓特抓，要特事特办。市上抽调近千名干部，成立了三十多个招商小分队，分赴全国各地"叩门招商"。柏局是其中之一的负责人。九点十五分，一辆银灰色宝马轿车缓缓驶向门廊。投资企业对接人小黎先生说道："柏局，Channa 董事到了。"

小黎先生拉开车门，Channa 董事下车，整一整裙摆。柏局伸出了手，突然僵在了空中。Channa 董事伸出的手也僵在空中。四目相望，望了十秒，柏局大喊一声："靳桦林，终于把你逮住了！"

Channa 董事满脸惊异，惊异里溢出喜悦，跟着喊了一声："柏恒秋，怎么会是你啊？"

窗外是秦淮河，彩妆的游船在油绿的河水里慢悠悠荡着。时间是个神，像酒糟，经过二十七年无声无息地陈酿，这时候，滴出了不可思议的香浓酒液。七年间，不敢向女神"哎"一声，不曾跟女神说过一句话，现在，像酒醉的呕吐，一股脑儿涌了出来。七年间，没敢正眼看过女神一眼，现在敢定睛看了，看个不住。

如果说小时候的女神是鲜艳纯净的美，是不可接近的高贵；那么，此刻的女神，是成熟大方的美，是雍容平和的高贵。此刻，美和贵融为一体，典雅温婉，散发着说不清的风韵和神采。柏局心里揉搅着说不清的滋味，说道："你还是女神，我还是麦茬地里长出来的土棒槌。少年时候把女神娶回家的梦想依然是梦想啊。好在有了进步，二十七年了，终于有幸跟女神坐在秦淮河畔一块儿喝茶了……"

靳桦林笑，两颊有了两个小酒窝，惹弄人，掐人心尖尖儿呢。柏局想，此刻跳进去，淹死都心甘。靳桦林说道："恒秋，小时候以为你是哑巴呢，一天到晚眉毛拧着，眼睛瞪着，脸憋胀着，好像谁跟你有仇似的。现在怎么这样会讲话？官场大熔炉，炼出来了。"

"恒秋"从靳桦林嘴里叫出来，像叫了二十七年，柔顺自然，亲昵甜润。柏局心口怦怦跳，说道："我以为女神高高在上，从来没有在意过我，早把我忘了……"

柏局还没有说完，靳桦林打断他，说道："忘了谁都可以，忘不了你恒秋啊，小学一年级到初中毕业，从来没见你考试得过第二名！"

听了这话，柏局红了脸，像小学生受了老师表扬。这不是老师表扬，是女神褒扬啊。他说道："这都是追求女神的力量取得的小小成绩。"

靳桦林哈哈大笑，笑得伏在茶台上，止不住，站起来弯腰笑，长发飞舞飘散。终于笑住，靳桦林说道："恒秋，你真是巧舌如簧了。怎么没见你找过我呀？"

"怎么没找过？大学毕业后，有了工作，才有了找你的资格。到你父母单位问，人家说你们全家调走了，调到了哪里也不说，保密呢。以后又东打听，西打听，想了好多办法，都没有结果。你什么时间出国了？"

"也不算出国，有个名儿而已，基本在国内。初中毕业后，我随父母到了南京。"

"女神就是女神，干得这么出色，佩服你！"

"你不也挺好吗？还记得我们小学的教室吗？窗户没有玻璃，冷风呼呼的，你的手冻得裂开铅笔粗的口子，吓死人了。跟现在比，天上地下啊！"

"铅笔粗的口子？受苦受难多，我记不得了。桦林，不怕你笑话，说实话，我不是局长，是副局长。四十三岁了，就混了这么个名堂。外面人不知道，以为是个当官的，有好大的权力，能办好大的事儿；里面的人，跟你嘻嘻哈哈，'局长局长'叫来叫去，其实心里清楚，副局长，一分钱的事儿也做不了主。以前也想出去闯，风风火火干一番，但没有魄力和引进，卡壳了，慢慢生了惰性。你不知道，在机关，没有搭劲的硬关系，进步难啊……你不一样，从小就在天上，现在……"

靳桦林摆手道："怎么不一样啊，我们小时候没在一座屋檐下？我不是苦孩子？"

柏局笑道："在我们乡下娃娃的眼里，你们过的就是天上的日子啊。"

靳桦林也笑道："忆苦思甜告一段落。恒秋，说说，今后有什么想法？"

想法？是项目落地，是个人前途，还是女神……他疑惑地望着靳桦林。靳桦林说道："说啊，有什么想法，感觉你有些憋屈。"

是有些憋屈！女神感觉自己发牢骚了？发牢骚，只是顺顺气儿，并不见得就要得到牢骚的结果。柏局说道："桦林，刚才说官场那些话，只是随便说说，让你笑话了。你做企业，又在发达地区，不理解西北小城市的情况……"

靳桦林打断柏局的话，美丽的大眼睛盯着柏局，认真说道："本质没有区别，大同小异而已！我做企业，不懂这个，怎么活？说说，你的想法，你今后发展的想法。"

这时候，柏局才从女神和怀旧的氛围里清醒过来，对面谈话的，不是那个干干净净、漂漂亮亮的小姑娘了，她是中外合资企业的董事，Channa女士，是招商引资的金凤凰，是城市 CBD 新坐标的投资方。柏局说道："像我父亲期望的那样，换补子，八品升七品，有个一名二声。我在政府机关工作将近二十年了，驾轻就熟。这时候改弦更张干企业，心里没底儿啊。我是农大毕业的，学的是农业机械，早已经荒废了。"

柏局以询问的眼光望着靳桦林，并不是想从她那儿得到答案，只是想知道自己关于"想法"的回答对路与否。靳桦林问道："就这些？"

"就这些。桦林，你的意思是？"

"恒秋，你那么聪明，工作一定出色。这样，你连夜带队回去，找市委书记汇报，这个项目我们投了。"

"投了？不是说再论证论证吗？"

"投了！你连夜回去汇报，这是你的成绩。你直接向市委书记汇报，不要让别人抢了你的功劳。"

"桦林，我这个级别和职位，没有资格向市里一把手汇报的。人家刚来几个月，不认识我啊。"

"找他秘书，秘书带你去见他呀。"

"能行吗？秘书不一定听我的。"

"魄力！恒秋，不要被细节牵绊住。你不是说抢抓机遇吗？机遇来了，快去抢啊。"

三

坐在返回的班机上，望着舷窗外变幻莫测的云彩，柏局陷入了思索。靳桦林是他二十七年的梦，不是那个活生生的、真实的靳桦林了。活生生的靳桦林，真实的靳桦林，刚刚说了"再见"的靳桦林，自己真正了解吗？陌生感像气流，在柏局周身盘旋。自己只是认识她的相貌，跟小时候一样，只望得见她远远的影子！

见秘书，一说就灵，见到这座城市的一把手。一把手握了柏恒秋的手，听柏恒秋汇报，翻看柏恒秋精心准备的材料……很快，打造城市发展新格局，提升城市发展新形象，CBD 新坐标项目上马！急事急办，特事特办，零障碍，高效率，成立专班……柏局变作了柏主任——CBD 新坐标项目指挥部办公室主任。虽然没有明确正处级，但机关大院和社会各界谁都明白，柏主任招商引资撞了大彩，给新到任的大老爷献上了一份大礼，好日子到了！

那一阵儿，柏主任像腾云驾雾，飘飘的，从早到晚，忙得昏天黑地，考察，汇报，协调，谈判，签字，不知道嘴巴是谁的，手是谁的，腿是谁的了……只恨还有黑夜，阻碍项目快速推进。面对手下一张张热热的脸，柏主任暗想："人活一世，图什么？人人眼里有我啊！"

这种美妙的感觉谁给予的？除了女神，还有谁？市委书记啊，戴白鹇补子的。柏主任给靳桦林打电话，说道："桦林，项目进展很顺利，征迁工作已经全面展开，向你汇报一下。"

靳桦林咯咯笑，像银铃，像春天落在柳树翠绿枝条上的画眉鸟。她说道："恒秋，你是政府，我是企业，你是管我的，指示就行，没有汇报一说。你呀，要向你的上级汇报，特别是大老爷。听话，多汇报，没有坏处的。"

柏主任笑了，说道："给你一定是汇报，没有指示。给大老爷汇报隔层层呢，官太小，越级！"

靳桦林又咯咯笑，说道："你心眼太实了，非要去办公室呀，去他家里。"

柏主任接住靳桦林的话，说道："正想这个事儿！讨教你，给老板送什么？或是……"

"或是啥？"

"钱！"

靳桦林咯咯笑，像银铃，像春天落在柳树翠绿枝条上的画眉鸟。她说道："七品的柏主任计划向五品的大老爷行贿啊！请问，备了多少钱？"

柏主任张口结舌了。自己虽然是副局长，但定不了砣，拍不了板，除了逢年过节的惯例红包，少有其他大笔进项。家里弟兄姊妹九个，出了他这么一个吃公家饭的"凤凰男"，大事小情，得有姿态。所谓姿态，得用钞票来装点。老婆呢，中学历史老师，没有补课的外快。说起来，自己是个穷光蛋啊！那就抖落了家底儿，满上！柏局回答："桦林，你看十万元少不少？"

靳桦林不是咯咯笑，而是哈哈大笑了，说道："恒秋啊，CBD新坐标项目指挥部办公室主任就值这点儿钱啊，你就不怕老板批评你是小气鬼。"

好像电话那头能看见，柏主任抹了一把涨红的脸，说道："桦林，我怎么能是小气鬼呢，我是尽了最大……"

靳桦林不笑了，说道："恒秋，跟你开玩笑呢！第一次到老板家里走动，去了就送钱，有点拧巴，不自然。交道刚开始，眼光放长远些。你了解一下老板的喜好啦，生日啦，送一点有内涵的东西，感情和默契慢慢就建立了。你说呢？"

"桦林，你不愧是做大生意的，说得真好！"

"恒秋，我瞎说呢！比如古董呀，字画呀，反正是稀奇少见的玩意儿。"

"桦林，我懂了。"

说"我懂了"的时候，柏主任已经有了主意。挂了电话，他急忙百度市委书记的名字，太好了，1960年10月，属鼠的，下个月五十大寿啊。柏主任急忙喊司机："快，回老家！"

司机瞅柏主任的脸色，问道："柏主任，老爷子不要紧吧？"

这一问，把柏主任逗乐了，说道："胡说啥呢？老爷子福寿天齐，要活到一百岁呢。"

司机红了脸，说道："柏主任，老下数？"

柏主任瞪一眼司机，说道："今天怎么了？这么啰唆，老下数！"

老下数是老汉喜。正宗的肉夹馍，用白吉馍。白吉馍的面坯为碗状，碗底朝下，匀火慢烙。烙成，边棱火色金黄，焦香酥脆，不上火色的心儿，洁白如玉。白吉馍像是一枚秦汉瓦当，剖开，夹上软烂香浓的腊汁肉，咥一口，那个美啊！问题来了，小伙子咥起来狼吞虎咽，老喽，小伙子成了老汉，牙口没了咬头和嚼劲儿，咋办？好办，将白吉馍换作蒸饼，两片粘连，像荷叶，软、糯、绵，夹入更软、更烂、更香浓的腊汁肉，老汉们欢喜得合不拢嘴，咥得更美呢。荷叶饼夹腊汁肉，就是老汉喜。柏恒秋每次回老家，必定到老字号的老李家，馍是馍，肉是肉，肥多瘦少，买十份儿老汉喜，打包带回。

到家后，煮好砖茶，馏热荷叶饼和腊汁肉，饼薄肉厚，夹好，送到父亲手上，孝敬道："大，趁热吃。"

秦地方言，"大"，读音"达"，平声，父亲的意思。父亲，永远大，不可超越，大于天啊。大咕哝着嘴巴，吃罢老汉喜，擦了嘴上、手上的油，喝一口釅茶，说道："香！六儿，看你这阵子忙得，大好些天没见着你了。"

柏恒秋一个月没回来问大的安了，羞惭道："手上这个事大，头绪多，忙很！"

老父亲哈哈笑了，说道："人有多大，事有多忙；官有多大，地有多大。村里整天支麻将摊子那些闲汉，也想忙哩，忙啥？六儿，男人家要是不忙，成就不了个啥啥儿啊。"

不听老人言，吃亏在眼前。老父亲有好些话呢。"是官比民强，百姓攒下的，不如当官剩下的。""但看宴中酒，杯杯敬贵人。""是水分高下，是人论贵贱。""家里有狗好看门，朝中有人好做官。"……父亲今天的话，柏恒秋顾不得细细品呀，转了话题，说道："大，我看看咱的石鼠。"

父亲摸索烟丝儿，扬着手里的纸媒说道："看去么，我儿要看就去看么……"

四

"桦林，看到照片了吗？"

"恒秋，看到了，看不懂。"

"桦林，你要看懂了，就不是企业家，该是考古学家了。老人讲，这是一尊明代石刻，刻的是老鼠。这可不是一般的老鼠，是庙里的神鼠。材质是富平的墨玉。"

"墨玉？我只看见黑乎乎的一团，没看出来是老鼠，以为是兔子呢。"

"雕刻风格粗犷，写意风格。屋里光线不好，拍照效果差一些。"

"墨玉是什么玉？"

"关于墨玉，有个传说。王母娘娘听说人间只有红黄绿蓝玉，没有墨玉，就命外甥女去人间点化。仙女降落在富平县凤凰山。凤凰山山清水秀，风光旖旎，仙女给迷住了，游不完，看不够。仙女歇过脚的地方，乱石变成了漆黑铮亮的美玉。石匠们乐了，纷纷上山打石凿玉，刻碑雕像。他们的雕刻油黑如漆，光洁可鉴。皇帝知道了，下旨，采用富平墨玉为自己修造陵墓。山下有个姓刁的地主，爱财如命，心肠毒辣，听说仙女住在凤凰山上，他想，如果把仙女抢回家，点化一番，家里的顽石不就变成了值钱的玉石吗？地主带了绳索，隐藏在仙女住的山洞中。日落西山，仙女回来了，解下披戴的墨纱，铺在石板上，和衣而睡。刚躺下，刁地主从黑暗中扑了过来。仙女大惊，跑出石洞，驾云飞走了。仙女跑得急，落在石板上墨纱，像雪一样融化了，渗入岩石中，满山石头变成了墨玉。墨纱正是王母娘娘赐给外甥女的法宝，触石即黑，点石成玉。"

"原来是仙石啊。那得感谢刁地主呢，没有他的恶念，怎么会成就满山的墨玉！"

"真有你说的！墨玉其实就是黑青石，抚摸时间长了，滑润细腻。李世民的昭陵六骏，武则天的无字碑，都是富平墨玉雕成。"

"恒秋，说了这么多，不是给我普及墨玉知识吧。什么意思？"

"我以为你明白了呢！桦林，这不是按照你的指点给老板准备生日礼物吗？我了解了，老板属鼠，下个月过五十大寿。你看这个寿礼怎么样？"

"真是明代的？恒秋，别是做旧的工艺品，坏事儿呢。"

"你放心，我知根知底，绝对不会错。请你看看，石鼠当作寿礼合适吗？"

"还有比这更合适的吗？论年代，鼎鼎大明，四五百年了；论材质，富平凤凰山的墨玉；论内容，正好对应了属相；论内涵，你刚才讲的，庙里的神鼠啊！他们送金送银，送烟送酒，谁能送出这样的寿礼？恒秋，你不愧当年第一名，一点就透，真会办事儿。"

"桦林，不要表扬我，我脸红……"

电话那头，靳桦林咯咯笑了，像银铃，像春天落在柳树翠绿枝条上的画眉鸟。

在后院槐树下通完电话，柏恒秋回到了前院，搬了小板凳，坐在父亲膝下。吃完老汉喜，品过酽茶，吸过水烟，父亲躺在竹躺椅上，眯着眼，听秦腔戏呢。一群麻雀飞过，扑棱棱溅起一缕风。父亲睁开眼，说道："回来了都歇不下！广播上说打手机有辐射呢，你少打，能不打就不打。"

柏恒秋抬屁股，将板凳往前挪了挪，离父亲更近一些，调小了戏匣子音量，说道："大，我想说个话。"

在村子里的语境里，"说个话"，表示有重要的事情要谈。父亲坐直了身子，问道："六儿，啥事？"

看神色，以为儿子遇到了难肠，父亲着急呢。柏恒秋赶紧说道："大，啥都好着呢，你甭担心。我就是想把石鼠拉走。"

父亲揪紧的模样松弛下来，说道："要拉走就拉走，迟早都是你的。你拉走了，也了了我一桩心事。年纪大了，活天天呢。"

"大，你身子骨健旺得很，能活过一百岁。我装修了房子，给石鼠预备了地方，想供起来。"

"供起来，好！"老人家瞅着六儿，"石鼠就要到你屋里了，大再给你絮叨絮叨。明朝正德年间，祖上由山阴，就是现在的绍兴，辗转到陕西做师爷。有年大旱，下乡赈灾，祖上从一座倒塌的大寺庙得了这只石鼠。石鼠有两只，另一只旁一位师爷拿走了。一同下乡，见面分半么。祖上世代单传，一根独线线。得石鼠之先，祖上还没诞育后人。得了石鼠，没几年，三年生了四个娃娃，还不算女子。那时候兴纳妾，得娃快，得娃多。祖上就在此地安了家。四个娃娃成人娶媳妇，生了二十多个孙子，香火更旺势了，结束了世代单传的历史。祖上琢磨来琢磨去，琢磨到石鼠上头——庙里的神鼠，大功德啊！祖上立下了一条规矩：'神鼠乃柏氏一门的灵兽，一代一代往下传，'柏良村一千多口人，姓柏的，都是神鼠的功劳。石鼠传到大手上，'破四旧'呢，村上几个二货要砸。大对他们吼道：'除非把我砸死，休想碰石鼠一指头。'二货认火色，看大拼命的架势，怯了场，灰溜溜走了。大不放心，一刻没停，挖了个大坑，把石鼠埋在了后院的槐树底下。你考上大学那年才刨出来。"

父亲说完，摸水烟袋。柏恒秋赶紧递到大手上，问道："大，石鼠值钱不？"

"咱的石鼠，供的是咱柏家人丁兴旺的念想，求的是一家老小安安康康。就这一点，石鼠是无价之宝。单说石鼠，一块子富平黑青石，不稀欠。"

时间久远，石鼠显得老旧，缝隙间、凹陷处，淤积满了尘垢，很沧桑。

凸出的地方，与人厮磨，油亮呢。

"大，另一只石鼠跑哪儿去了？"

"你给大出难题喽。这么大的世上，这么稠的人烟，这么长的日月，一只老鼠要跑，就是长了千里眼、顺风耳，也寻不见啊。你去问老天爷！"

"大，那我就拉走了。"

"抱来，让大再揣摩一下。跟大在一个炕上几十年喽……"

五

运气来了门板真挡不住，柏局、柏主任，没顾得上眨眼呢，就成了柏区长，柏书记，没叫顺嘴呢，就成为柏市长了。当然，"柏"和"市"之间有一个"副"字。跟六年前那个着急上火的"副"比起来，这个"副"畅快多了。虽然忙，但忙得越来越有劲头。照这样的势头发展下去，不敢说三品的孔雀，四品的云雁补子应该能戴上。

时间是个神。这六年时间，遇合了命中的贵人，像船挂了帆，东风强劲，一日千里。但，人生有喜有噩，总有缺憾。比如生死，天定的，谁也奈何不得；比如念想，再痴心，没有对方的响应，结不下今世的缘啊。

夜静的时候，柏恒秋常常叹息，喃喃道："大不在了，再也见不到了。桦林，走远了，还能再见到吗？"

他大的模样、桦林的模样常常浮现眼前。

六

让柏市长，那时候还是柏主任，最为震惊、最为不可思议、最心有余悸的，是父亲殁了的时间。

那天一早，柏主任在办公室回味昨晚给五品大人送寿礼的细节。从进屋到出门，不到半钟头，柏主任回味的时间，却不止两个三十分钟，唯恐漏掉了每一个细节，唯恐对每一个细节理解得不深透。回味的目的，当然不是继续感受亲切的握手和笑脸，而是深刻领略要旨，准确地把握 CBD 新坐标项目发展走向，当然，这也是自己前程的走向。经过提炼，柏主任总结了三点。一是五品大人对自己进行了全面考察。大人说道："恒秋啊，你们老家柏良村，我去考察过，老树多，绿化好，民风淳朴得很……""恒秋啊，农大很不错，是基层干部的摇篮……""恒秋啊，今年四十三，正当年……"二是五品大人对 CBD 新坐标项目高瞻远瞩。五品大人说道："CBD 新坐标项目是我市改革开放向高端发展的牛鼻子项目，视野要宽，思路要活，要借鉴各地的先进经验，用好用足用活政策，加大力度，为企业保好驾护好航……"三是对今后工作有明确指示。大人说道："CBD 新坐标项目的成功引进，与我市良好的发展环境和优厚的招商引资政策是分不开的，当然，恒秋，你个人的努力也起到了重要作用。目前，项目推进总体上是好的，但魄力还不够大，动作还不够快，政策还不够活，有些方面还有掣肘，还有等靠要的思想。为了项目尽快建成达效，我有个想法，由区里包抓，消除掣肘，攥成拳头，聚精会神，一心一意把项目建设好，你要一如既往……"

关于石鼠，五品大人哈哈笑了，说道："石雕的陵前翁仲、石狮，见过不少，半人高的石刻鸵鸟也见过，就是没见过石鼠，包浆这么厚，古意浓，你看这翘尾巴，调皮呢，摸得这么光亮，像玉呢！恒秋，你费心了！"

五品大人就是五品大人，什么都懂，不外行啊。

恒秋腼腆地笑，不说话，把玻璃罩子罩在摆好的石鼠上。老板摆手道："玻璃罩子罩着，老鼠呼吸困难啊。这些老东西，要的就是原汁原味，不要画蛇添足……"

本来，送去石鼠就是，不必画蛇添足。柏主任想，孤零零一只石鼠抬进去，不讲究啊。古董行的商家，把值钱的家伙罩在玻璃框里，打上射灯，惹眼呢。柏主任连夜找人快办。为了便于玻璃罩固定，又给石鼠做了底座，大红酸枝的，三指厚，四边儿镌刻祥云……画蛇添足就画蛇添足吧，细节上的一点点瑕疵不见得是坏事，不然，怎么衬托出五品大人的英明呢。

关于石鼠守住还是送出，那几天，柏主任做了一番思想斗争的。第一，已经与靳桦林商量过了，靳桦林觉得"还有比这更合适的吗"，自己也夸口："知根知底，绝对不会错。"如果食言变卦，靳桦林会怎么看自己？第二，就算抹了面皮，食言变卦，送什么呢？送钱，十万，靳桦林说："就不怕老板批评你是小气鬼。"那么，一百万，二百万？靳桦林说："有点拧巴，不自然。交道刚开始，眼光放长远些。"显然，送钱不高明。就自己目前的经济状况，也不可行啊。第三，找到父亲说的那一只神鼠，相像的也行，送那一只。想到就做，柏主任挤出时间，跑遍本市的、西安的古董古玩市场，还托付几个心腹关系四处打听。找到的，大都是金的，玉的，翠的，小玩意儿，没有墨玉的，更没有这么大个头的。第四，石鼠是祖上为了多生娃娃传下来的，现在，想多生娃娃，可以吗？当年想偷生二胎，跟老婆叽叽咕咕了多少夜晚，终于没有付诸行动。第五，把石鼠放在古董市场变现，会卖多少钱？有家店主看了石鼠的照片，只给了六千元。另一家看了，给了八千元。都说不是精工，粗。第六，父亲知道了怎么办？父亲就愿意守在乡下的老屋，不愿意来城里享福。冬天冷，接老人家来，死活不肯，舍不得他的热炕啊。父亲不会知道的。母亲呢？母亲在九泉之下看着儿子，知道儿子为了前程，会理解的。第七，弟兄姊妹呢？"凤凰男"不是随便叫的。老大的孙子上市里最好的中学，差十几分，没办法。办法还不是得他六爷想。老二给儿子娶媳妇，借了六弟七万元，不知道什么时候还呢。老三女儿卫校毕业，安排到了市中心医院，不是老六出面，不可能的。老四儿子明年大学毕业，安排工作的事情天然地落在老六的头上。老五呢，承揽些小工程，见老六掌了实权，大叫："这下好了，我能包下大工程了！"三个姐姐呢？按村里的规矩，嫁出去的女泼出去的水，娘家的事情跟她们没有关系了……

柏恒秋沉浸在书记接见的思绪里，手机响了，接通，老五的哭腔传来："咱大殁了！"

七

柏主任慌忙喊司机回老家，司机像没睡醒，迷糊着，问道："柏主任，还是老下数？"

柏主任瞪司机，吼："快快快，听不懂人话？回老家！"

司机看见柏主任眼里涌出来的泪水，不敢再作声，车子开得飞快。柏恒秋的脑袋里，无数的影子在飞，像车窗外掠过的人、车、树和田野，一片模糊。忽而，父亲清晰的模样从前挡风玻璃扑闪进来，要跟他说话呢，却倏忽间飞走了；忽而，父亲远远地向他招手，他往跟前撵，却撵不上……

车子飞入乡道，村子出现在眼前，突然，柏恒秋的脑海惊起一道闪电，炸响一声惊雷，霹雳在天灵盖，血液停止了流动，口鼻停止了呼吸，天在下，地在上，天旋地转！送出石鼠，父亲殁了，像阴阳两极，碰撞在了一起！他筛糠一样颤抖，歪倒在后座，司机说道："柏主任，老人家八十多岁了，高寿，您节哀顺变。"

车子停在门口，柏恒秋从车上滚落下来，司机眼疾手快，扶住了他。柏恒秋跟跄着奔进屋，看见父亲躺在门板上，麻黄的蒙面纸，一身黑衣，红布的绑腿绳……他扑过去，号叫："大啊！"

前一天，父亲一切照旧，早起，溜达到村东的冢疙瘩，绕着冢疙瘩转一圈。原上的冢疙瘩多，像馍，一个又一个！江南的才子山东的将，陕西的黄土埋皇上。冢疙瘩是皇陵。10月下旬天气，野草衰枯，冢疙瘩荒凉冷清。玉米收获过，麦种撒下去，拱出点点嫩绿。父亲九点回屋，一碗玉米糁子，半个馍，一个煮鸡蛋，一碟炝酸菜，美美地吃了，撂下碗，溜达到小卖部。七八个老货圪蹴在墙根儿，面南背北，晒暖暖，三七二八开谝呢。谝不厌的主题永远是，刘邦游手好闲，斩蛇起兵；曹操阴险狡诈，篡位夺权；诸葛亮草船借箭，空城计骗过司马懿；朱元璋原本是小和尚，珍珠翡翠白玉汤；蒋介石打不过毛主席，毛主席是神……晌午一碗汤面，咥完，拧开戏匣子，任哲中苍苍沙哑、高亢缠绵的唱腔吼了出来……老五说道："天黑九点二十，我服侍大洗了脚，安顿睡下，啥都好好的……"五嫂抽咽道："今早起，糁子熬好了，左等右等不见大回来，九点半了，到屋里寻，人在炕上不动弹，呜呜……"

这就是说，父亲下世的时间应在先一天晚九点二十到第二天早上九点半之间。送出石鼠，就在父亲刚刚洗了脚、刚刚睡下的时间啊！

昨晚，出了书记家门，柏恒秋给靳桦林发了一条微信："石鼠已送到，很顺利。"靳桦林马上回复："太好了，老鼠已经开始掘洞，为你打开前进的通道。"这个时间是九点三十六分。父亲会不会是九点三十六分……这个念头冒出来，又是电闪雷鸣！

一切如仪，按村里的规矩抬埋了大人。比一般乡里人家显眼的，市里、局里、区里、县里、乡里的人物，前来祭奠的，一拨接着一拨，小汽车摆满摆实了，排出了一条长龙。花圈太多，门口摆不下，一摞一摞抬到村北的墓地。再显眼的，就是灵前的祭品。讲究人家，灵前排列祭品九碟，苹果，桃子，橙子，葡萄，馓子，麻花，桃酥，鸡蛋糕，德懋恭的水晶饼。不甚讲究的，五碟就可将就过去。柏恒秋不但讲究，还吩咐司机等第二天第一笼荷叶饼出笼，夹好腊汁肉，把十份老汉喜敬献在大人灵前。

丧事办完，关于石鼠，弟兄姊妹没有一人说啥。柏恒秋却不自在，心里像钻进了一只老鼠，冷不丁窜出来，"咕咚咕咚"踏过心坎，尤其晚上九点多的时候。

小时候，黑漆漆的夜晚，突然，顶棚跑过一只或几只老鼠，发出"轰隆隆"的震响。顶棚是芦席片儿的，像要塌下来，吓得他钻进父亲怀里。如今，"轰隆隆"的惊吓依然响起，但往谁怀里钻呀！直到区人民代表大会常务委员会的任命书颁布下来，柏区长想起靳桦林说的话："太好了，老鼠已经开始掘洞，为你打开前进的通道。"这才身子好了些，心神安宁了些。

八

12月份，半年前了，靳桦林打来电话，说道："恒秋，能安排三天时间吗？"靳桦林一直在南京，项目进行时也是这样，很少回来。

"桦林，有何指示？"

"柏书记，民女请示书记大人呢。"

"什么情况？"

"去东北，看白桦林！我们分头过去。"

哪有白桦林？全是雪啊！玉蝶飞舞，粉妆玉砌，银装素裹，说不尽雪的缤纷世界。柏书记说道："小时候我们见过的雪，顶厚就半尺，以为是最大的雪了。哪知道梅河口的雪这么厚！"梅河口的雪，过了一尺。

靳桦林包裹得严严实实的，只露出眼睛和嘴巴，跟柏书记一样，张嘴说话，冒白雾。她说道："我也没见过这么大的雪。我生在陕西，长在陕西，应该是陕西女子。我的根在这儿，又是东北女子了。白桦林是我梦里的故乡。"

靳桦林父母的坟茔就在刚刚走下来的高坡上。此行是祭奠靳桦林父母。

她父亲过世四年多了，今天是母亲三周年祭日。母亲下世，她把父母合葬在这里。柏书记望着大雪铺盖的白桦林，说道："一树一树全是雪的模样，不知道白桦树是什么模样。"

靳桦林转过头，望着柏书记，大眼睛漆黑明亮，说道："一年四季，白桦林的美丽各有不同。秋天时候，漫天的黄叶在白桦林间飞舞，树和叶子缠绵道别。白桦树光秃秃了，枝杈在风里颤抖，铺在地上的叶子发出'簌簌'的响声，像是低声的哭泣……这是白桦林最美丽、最动人的时候。"

柏书记受了感染，神情变得沉重。他说道："桦林，我们都是没爸没妈的孩子了，像一片孤零零的叶子，在风里飘零，不知道飘到哪儿。"

靳桦林说道："爸爸妈妈知道他们飘零的归宿。南京那么好，他们却不愿作为安葬之地。东北这么冷，雪这么厚，他们就愿意长眠在这儿。念想在哪儿，飘零的归宿就在哪儿。"

柏书记看着靳桦林，说道："我父亲母亲的念想就是原上厚厚的黄土。我们早早儿箍了墓，按照新讲究，黑堂里铺了瓷砖，贴了瓷片。完工以后，父亲下到墓坑，兴致勃勃看了，却一脸不高兴，说道：'挨着黄土才睡得香，跟瓷片挨着，冷冰冰，睡得成么？'我们把瓷砖瓷片铲掉，请匠人细细把黑堂铲了两遍，没有一丝水泥气息。父亲又下去看了，哈哈笑了：'这才是我的屋么，绵软，軟活！'桦林，我们忙忙迫迫只顾往前走，却不知道归宿在哪里。"

靳桦林拉开车门，说道："回酒店，大雪煮酒，醉了自有归宿。"

酒是飞天茅台，菜是几味素菜和花生米，就在房间，没有人打扰。靳桦林脸蛋儿红艳艳的，妩媚得很。靳桦林说道："第一杯，为了小学和中学，最纯洁的年代。"

饮干，靳桦林的脸蛋儿更艳了，更妩媚了。柏书记说道："桦林，感觉时间没有走，你还是那个干干净净、漂漂亮亮的小姑娘。"

靳桦林笑了，说道："恒秋，再好听的话也哄不了时间。时间不听你的。当然，时间也不阻止你的幻想。来，第二杯。"

柏书记擎酒杯在手，说道："桦林，真话啊，你还是那个干干净净、漂漂亮亮的小姑娘，我的女神。"

靳桦林笑着，举起了酒杯，说道："我没说你说假话，时间是个神，不会眷顾谁。我是凡人，不是女神。在时间面前，每个人最终都倒下了。现在的我，不是你以为的那个我了。要真还是那样，我不知道怎么感激你呢。来，恒秋，喝下第二杯，为了 CBD 新坐标项目圆满成功。"

第二杯酒饮下，靳桦林打开身旁的皮包，取出一只信封，放在柏书记面前，说道："成功需要分享，只一杯酒是不够的。银行卡、身份信息和密码都在里面，三百万元，你收好。"

柏书记站起来，把信封推回去，激动地说道："桦林，小学和中学的酒已经喝了，还需要这个吗？我们邂逅重逢这几年，CBD 新坐标项目落地，我顺风顺水，很快就上副市长了，你是我的女神，我的贵人，怎么还来这个呢？"

靳桦林微笑着看激动的柏书记，示意他坐下。柏书记坐下来，靳桦林说道："恒秋，现在不是小学和中学年代了，以后路还很长，还有很多事情要做，怎么能不需要这个？做官终有了局的一天，我愿意你一直过得好。就像你下午说的，我们都是没爸没妈的孩子，得自己照顾自己。恒秋，我是拿你当亲人的，最纯粹、最干净、最真挚的亲人。这个与 CBD 新坐标项目无关，这是我们亲人之间的事情，请你不要拒绝我。"

柏书记低下头，埋在手掌里，泪水从指缝溢出来。靳桦林伸手拍了拍柏书记的肩膀，说道："恒秋，好了，我们喝第三杯。"

柏书记到卫生间洗了一把脸，长长吐出一口气，把浑身上下收拾好，回来坐在靳桦林对面，举起酒杯，说道："桦林，你知道，我要的不是这个。你能给我想要的吗？"

"我们先把第三杯酒喝完。"

"好吧。第三杯酒怎么说？"

"恒秋，感谢你陪我祭奠父母，感谢你送我远行。"

"远行？"

"出国。"

"去哪里？"

"你忘了？我是加拿大国籍，女儿在那边等我呢。"

"什么时间回来？"

"不回来了。"

"不回来了？为什么？"

"烦了，不想做了。"

"公司怎么了？"

"公司好着呢，我不想做了。"

"为什么？"

"现在事情难做，你应该知道的。"

"不做也好，但非得出国吗？"

"国外安静。"

"秦岭里建一个院子，我陪你安静。"

"别说傻话了，不开玩笑。"

"我也不开玩笑，芝麻大的官，不做也罢。"

"恒秋，别意气用事。"

"出什么事情了？桦林！"

"好着呢，想女儿了。"

"决定了吗？"

"后天。约你来，就是为了道别。"

"我们还可以见面吗？"

"当然可以。"

"什么时候？"

"我会联系你。做人有聚有散，难，不在聚的时候，在散的时候。"

"桦林，我怕见不着你了。"

"恒秋，二十多年没见都过来了，怕什么？"

"不一样的。"

"怎么不一样？"

"二十多年了，我的进步就是有幸跟女神一块儿喝茶、喝酒、说话吗？我的梦想还没有实现！"

"什么梦想？"

"把女神娶回家！"

"恒秋，对不起，我不能，请你理解我。"

"桦林，请你理解我，我要把女神娶回家，就在今天晚上……"

“恒秋，我困了，回房间了。”

靳桦林提了包，打开房门，消失了。柏恒秋想冲上去抱住她，但，她是女神，他不敢啊！在靳桦林面前，柏恒秋永远没有动粗发狠的胆量。房间里剩下了狼藉和虚空，茅台酒瓶张着嘴儿，孤独地散发着醉人的酱香。床头的电话响了，柏书记接了，传来靳桦林的声音：“恒秋！”

“桦林，我……”

“恒秋，我们是亲人，最纯粹、最干净、最真挚的亲人，这样最好。我没有你想得那么好，真的，我不是你说的女神。女神不食人间烟火，我怎么能做到呢？很多事情我没法向你讲清楚，或许不讲更好。虽然有遗憾，但在你心里，我是女神，就像你说得，干干净净、漂漂亮亮的小姑娘，我很愿意这样！恒秋，请你理解我。”

“我理解不了……”

“恒秋，你会理解的。珍惜你的家，这是最真的。休息吧，恒秋，晚安。”

“桦林……”

挂断电话，柏书记直挺挺躺倒在床上，闭上眼睛，脑子里放电影。干干净净、漂漂亮亮的小姑娘，亭亭玉立、清纯秀美的少女，成熟含蓄、款款大方的女人，雍容华贵的女董事，孝顺的女儿，甩门而去的……丁零零，床头电话铃声又响，柏书记一跃而起，抓起电话，急切地说道：“桦林！”

“先生，我是阿娇，不是桦林。您需要特殊服务吗？”

“滚！”

在长春龙嘉机场与靳桦林分别以后，再也联系不上她了。打电话，传来千篇一律的“嘟嘟嘟”声。联系小黎先生，他很专业地回应：“Channa女士转让了全部股份，与本公司没有任何关系了。我没有她新的联系方式，请您谅解。”

九

人生有喜有噩，终极都会走向噩。

让柏主任、柏区长、柏书记、柏市长最为震惊、最为不可思议、最心有余悸的，父亲离世的时间，随着区长、区委书记、副市长一个个台阶的迈进，老鼠"咕咚咕咚"踏过心坎的恐惧渐渐没有了。他相信了靳桦林的话："太好了，老鼠已经开始掘洞，为你打开前进的通道。"

人生有喜有噩，喜过了，噩便来了。

早上十点多，柏市长刚开完棚户区拆迁安置工作会，准备回办公室。会议室门外，几位神情严肃的干部拦住了他，中间一位，戴黑色方框眼镜的，开口问道："你是柏恒秋同志吗？"

"是的，有什么事？"

"我们是省纪委的工作人员，找你了解一些情况，请你积极配合。"

"什么情况？"

"这里不是谈话的地方，我们换个地方谈。"

一谈就是一个多月。谈什么呢？

谈 CBD 新坐标项目，谈零地价，谈拆迁补偿，谈拆迁户上访，谈容积率，谈设计违规，谈银行贷款……这些都是工作，有纪要、文件、资料和财务票据。柏市长有什么说什么，有错误，那也只是工作上的失误。失误并不是他个人造成的，区委、区政府认真贯彻市委、市政府的决定，打造城市发展新格局，提升城市发展新形象，急事急办，特事特办，零障碍，高效率……积极认真全面贯彻落实，有错吗？谈得昏天黑地，谈得头皮炸裂……终于谈到了靳桦林，戴黑色方框眼镜的干部是组长，姓戴。戴组长问道："你和 CBD 新坐标项目投资方一位董事是同学？"

"是的。小学到初中的同学，加拿大籍华人，Channa 女士，小时候叫靳桦林。"

"她现在在哪里？"

"我不知道。"

"她在长春没有告诉你？"

"她说回加拿大了。"

"你们是什么关系？"

"同学呀。"

"还有什么关系？"

"亲人关系。"

"什么亲人关系？"

"最纯粹、最干净、最真挚的亲人关系。"

"没有男女关系？"

"我想有，但没有。"

"你们为什么在长春见面？"

"祭奠她的父母。"

"还有呢？"

"没有了。"

"你能联系上她吗？"

"我联系过，联系不上。"

"她在 CBD 新坐标项目中起什么作用？"

"因为她对成长地的情感因素，加上我们的同学关系，推动了 CBD 新坐标项目快速落地。"

"靳桦林向你行贿了没有？"

"没有。"

"靳桦林与你们市委书记是什么关系？"

"他们有关系吗？"

"柏恒秋同志，请你认真配合组织调查。明确告诉你，省纪委已经对你们市委书记立案审查了。请你认清形势，不要抱侥幸心理。"

"戴组长，我比你更想知道靳桦林和书记是什么关系，请你赶快告诉我。"

"你真不知道？"

"不知道。"

"那我告诉你，所谓 Channa 女士，靳桦林，是你们市委书记的情妇，他们保持通奸关系十多年了……"

"真，真是这样吗？"

"这里不是开玩笑的地方。"

"哎呀，我的女神啊……"

……

柏恒秋崩溃了。

缓过几天，谈到了石鼠。戴组长问："柏恒秋同志，请你谈谈向市委书记行贿的情况。"

"我没有向他行贿。"

"请你端正思想，我们已经掌握了证据。"

"没有！"

"玉鼠是什么情况？"

"玉鼠？石鼠吧。那也算行贿？那是我家祖传的，我当作生日礼物送给他了。"

"你对玉鼠的价值了解吗？"

"石鼠！不了解。"

"一点也不了解？"

"不了解！"

"柏恒秋同志，事情可不像你说的这么简单啊。我们委托文物部门做了鉴定，鉴定结果是：该雕件名为吐宝鼠，长560mm，宽256mm，高248mm，材质为新疆和田墨玉，纹理精细，色纯质腻，应为唐代大寺院所有，价值在六千万元……"

"啊，唐代大寺院，六千万元……大啊，咱的石鼠……"